블랙 먼데이

블랙 먼데이

제13회 수림문학상 수상작
© 박해동 2025

초판 1쇄 발행 2025년 12월 15일

지은이	박해동
발행인	황대일
편집인	김재홍
주간	김병수
기획	안정원
제작진행	이원순
발행처	연합뉴스
주소	03143 서울시 종로구 율곡로2길 25
	www.yna.co.kr
인쇄	벽호
정가	16,800원
구입문의	02-398-3615

ISBN 978-89-7433-146-7 03810

• 이 책은 수림문화재단의 지원을 받아 출간되었습니다.
• 광화문글방은 연합뉴스의 출판 전용 브랜드입니다.

제13회
수림문학상
수상작

블랙 먼데이

박해동 장편소설

광화문글방

차
례

1부
나는 사랑했을 뿐이지
—
7

2부
이제 아무도 나를 떠날 수 없어
—
155

1부

나는 사랑했을 뿐이지

1

바람이 분다.

눈을 돌리면 굵은 나뭇가지에 연약하게 매달린 무성한 초록 잎들이 흔들리는 모습이 보인다. 어머니가 가꾸던 작은 화분들이 내 발자국 소리를 듣고 있다. 저녁노을 빛을 받아 창문들이 황금빛으로 빛나지만 문을 열면 그 안에 존재하는 모든 것들은 기이한 고독과 쓸쓸함과 푸르죽죽함 속에 잠겨 있다.

거실 한가운데에 있는 오렌지색 소파 위에 내가 늘 가지고 다니던 한쪽 팔이 덜렁대는 회색 토끼인형이 놓여 있다. 한때는 영원히 잃어버린 줄 알고 무척이나 슬퍼했는데. 어두운 빛깔의 자작나무 장식장, 책들이 빼곡히 꽂혀 있는 책장도 보인다. 언젠가 내가 분노를 터뜨리며 발로 차서 깨뜨린 까맣고 반질거리는 도베르만 조각상이 멀쩡한 모습으로 여기 있다. 천천히 나선형의 나무 계단을 오르고 짧은 복도를 지나 마침내 하얀 문을 열고 안으로 들어간다. 그날 이후로 늘 서늘하고 고요한 방. 말끔하게 정리된 침대 끝 쪽에 어깨를 늘어뜨리고 형이 앉아 있다.

부드러운 목덜미와 아직도 여전히 매끈한 턱. 형의 창백하고 하얀 얼굴이 신경이 쓰인다. 짙은 눈썹을 치켜올리고 깊이를 알 수 없는 새까만 눈을 깜빡이며 형이 손짓을 한다. 시간은 사라지고. 우린 이곳에 함께 있다. 형은 여전히 나를 사랑한다. 그의 눈을 보면 그걸 느낄 수가 있어서 가슴 한쪽이 저려 온다. 형이 힘겹게 입술을 달싹인다. 나는 귀를 기울이지만 그 어떤 소리도 들을 수가 없다. 뭔가가 머릿속에서 앵앵대고 모든 게 뒤죽박죽이 되어 간다. 나는 내가 한 모든 일들이 의심할 여지 없이 일어난 일이며 돌이킬 수 없다는 걸 깨닫는다. 누군가가 묻고 있다. 후회하고 있나? 형의 목소리는 아니다. 어쩌면 형이 하고 싶은 말인지도 모른다. 형에게 다가가 그의 작은 어깨에 머리를 얹고 싶다. 그럼 그가 어린 연수의 신발 끈을 묶어 주던 손으로 안아 줄 것이다. 늘 그랬듯이 형에게서 나는 좋은 냄새를 맡고 싶다. 하지만 이제 그럴 수 없음을 알고 있다. 더 이상 그의 품에 안겨 울음을 터뜨릴 수 없음을.

형이 뭔가 알려 주기를 바라지만 그는 입을 열지 않는다. 아무것도 약속하지 않은 채 내게서 등을 돌리고 멀어진다. 나는 형의 손을 붙잡으려 애를 써 보지만 허공을 부여잡을 수는 없다. 나는 소리친다. 나를 놓아 달라고, 아니 나를 데려가 달라고.

나는 눈을 뜬다.

2

밤새 잠을 제대로 자지 못했다. 땀으로 눅진해진 옷에서 뿜어져 나오는 들척지근한 냄새가 흐리멍덩한 머리에 현실감을 불어넣는다. 망할 소나기! 온몸에 열이 나고 목 안쪽은 껍질이 벗겨진 것처럼 따끔거린다. 빌어먹을 놈의 차가 계속 말썽을 일으켜 팔아 치우고 나니 이 모양이다. 벗어던진 옷가지가 바닥에 널려 있다. 손바닥 아랫부분으로 한동안 눈두덩을 문지르고 자리에서 일어난다. 바닥에 떨어져 있는 옷을 주워 몸에 걸치고 밖으로 나가려는데 발바닥에 부스러기 같은 것이 달라붙는다.

거실로 나오자 모든 것들이 엉망이다. 식탁 위에는 지난밤 먹고 남은 배달음식들이 보기 싫게 그대로 방치되어 있고 작은 날벌레들이 날아다니는 게 보인다. 아직 포장을 풀지 못한 박스들이 거실 여기저기에 쌓여 있고 바닥에는 신문들이 어지럽게 펼쳐져 있다. 손에 잡히는 대로 신문들을 구겨서 휴지통에 아무렇게나 쑤셔 넣는다. 냉장고를 열고 물병을 꺼내 물을 들이켰다. 가슴이 답답하고 머리도 지끈거려서 참을 수가 없다. 방으로 돌아가 침대 옆쪽에 있는 서랍장을 뒤진다. 두 알씩 먹어야 효과를 보는 두통약을 찾아 물과 함께 넘겼다. 미간을 찌푸리며 생각한다. 언제나 그렇듯 곧 괜찮아질 것이다. 블라인드를 천천히 올리고 창문을 연다. 일순간 강한 빛이 쏟아져 들어와 눈살을 찌푸리며 뒤로 물러났다. 밖은 이미 대낮이고 구름 한 점 없는 하늘에는 동그랗게 해가 떠 있다. 멀리 기차가 지나가는 소리가 들려 창문을 닫으려는 찰나 채소가 가득 든 바구니를 들고 옥상 계단을 내려오던 가희와 눈이 마주쳤다. 그녀는 소녀처럼 머리카락을 뒤로 길게 땋아 내리고 소매가 없는 무난한 흰색 원피스를 입고 있다. 그런 식으로 쳐다봐서는 안 된다는 걸 알지만 나도 모르게 하얀 발가락이 드러난 굽이 낮은 갈색 샌들 쪽으로 시선이 미끄러져 내린다. 갑자기 불어온 서풍에 치맛자락이 펄럭거리자 그녀의 매끈하고 하얀 허벅지가 드러난다. 가희가 당황하며 잔뜩 부풀어 오른 치마를 손바닥으로 누르는 게 보인다. 그녀의 집 옥상으로 이어지는 계단과 내가 서 있는 곳은 불과 몇 미터밖에 떨어져 있지 않다. 눈이 마주치자 그녀 쪽에서 먼저 고개를 끄덕이며 인사를 해 온다. 나는 당황한 채 바라만 본다. 태양이 그녀 뒤에 살짝 숨어 있어 그녀가 하얗게 빛난다.

3

우선 땀으로 흠뻑 젖은 옷을 갈아입는다. 냉장고에서 시원한 우유를 꺼내 한 잔 마시고 나서 현관 앞에 놓아두었던 부겐빌레아 화분(며칠 전 시내 꽃집에서 구입한 것이다.)을 현관 오른쪽 뜰로 가져간다. 화분에 물을 준다는 핑계로 옆집 거실을 더 가까이에서 들여다볼 수 있다. 물을 뿌리며 한참 동안이나 부겐빌레아 색상이 짙어지며 은은히 빛나는 광경을 바라본다. 가희가 부겐빌레아를 좋아해야 할 텐데. 몸집이 작고 털이 짧은 강아지를 키워 볼까도 생각했지만 나는 그걸 어떻게 다뤄야 하는지에 대해 아는 바가 별로 없다. 먹이고 씻기고 산책시키는 정도라면 어찌해 볼 수도 있겠지만 나의 눈을 피해 벼룩을 옮겨 놓거나 슬리퍼를 물어뜯어 놓을 거라 생각하면 도저히 엄두가 나지 않는다. 게다가 내 눈을 똑바로 바라보며 짖어 댄다면? 그 눈을 그냥 내버려둘 수 있을까? 겨울이 오려면 한참 멀었으니까 식물을 키우는 건 나쁘지 않은 생각이다. 집 안에 들여놓아 벌레가 들끓는 일은 없을 테니까. 슬쩍 옆집 거실 쪽을 훔쳐본다. 평소엔 커튼이 쳐져 있지만 지금은 안이 훤히 들여다보인다. 현진은 출근한 모양이고 부엌의 네모난 식탁에서 가희가 혼자 점심을 먹고 있다. 신문을 펼쳐 두고 반 공기도 안 되는 밥을 젓가락으로 깨작거린다. 맨살이 드러난 날씬한 팔이 천천히 육감적으로 움직이는 광경과 오물거리는 선명한 입술을 바라본다. 화장을 거의 하지 않은 얼굴이 앳돼 보인다. 가희가 신문을 접으려다 물컵을 넘어뜨렸다.

"이런!"

투명한 물이 쏟아져 나와 식탁 아래로 주르륵 떨어지자 작은 비명을 토해 낸다. 이러다 또 눈이 마주치면 곤란하다. 아직은 제대로 된 계획을 세워 두지 못했으니까. 일을 서두르다가 망치고 싶지 않다. 모든 게 완벽해야만 한다. 그녀가 어떤 종류의 여자인지 좀 더 확실해질 때까지는 기다려야 한다. 나는 수도를 잠그고 부겐빌레아 화분 곁을 떠났다. 집 안으로 돌아와 소파를 점령하고 있는 옷가지들을 세탁기 안으로 집어넣고 개수대에 쌓여 있는 냄비며 접시를 씻는다. 이제 점심을 먹을 차례다. 더 이상 하찮은 일에 시간을 낭비하고 싶지 않다. 음식을 배달시키기 위해 냉장고 쪽으로 움직인다. 음식점 전화번호들이 냉장고 문에 덕지덕지 붙어 있다. 매일 똑같은 음식점에 주문을 한다. 얼마 후 빨간 헬멧을 쓴 음식점 배달원이 초인종을 누른다. 나는 문틈으로 얼굴을 확인한 후에야 완전히 문을 연다. 배달원은 얼굴에 솜털이 보송한 고등학생이다.

맥도날드나 주유소, 편의점 등에서 젊음을 탕진하고 있는 어린 영혼들. 나는 그들을 좋아한다. 그는 배달 아르바이트를 하는 아이들 중 하나다. 열여덟 살배기. 내가 콜록콜록 기침을 하자 걱정스런 얼굴이 된다. 나는 그런 식의 작은 호의에 녹아내린다. 그의 얼굴과 목이 땀으로 번들거린다. 순수와 반항이 뒤섞인 묘한 눈빛, 풋과일처럼 신선한 몸뚱이. 그는 그 자체로 이미 매력적인 소년이다. 젊음을 과신하고 탐닉하고 아무렇지도 않게 시간에게 내주는 무모한 용기를 가졌다. 나는 시간을 저주한다. 시간은 고약하게도 모든 걸 망가뜨릴 준비가 되어 있다. 무심한 시간은 이토록 매력적인 소년도 순식간에 썩은 과일로 만들어 놓는다. 녀석이 나를 본다. 우리의 관계가 근본적으로 확립되는 순간이다. 녀석은 내가 가리킨 탁자 위에 음식을 내려놓고 나는 돈을 지불한다. 거스름돈을 받을 때 녀석의 손가락이 손바닥에 닿는다. 이런 식의 작은 접촉은 녀석에게 아무런 해가 되지 않는다. 내가 생각에 빠져서 미동도 없이 서 있었던 모양이다. 녀석이 꼼짝도 하지 않는 나를 의아하게 바라보며 괜찮으냐고 묻는다. 고개를 끄덕이자 그가 문을 나선다.

4

나는 올해 스물여덟으로 대학에서 영문학 박사과정을 밟고 있다. 학위논문 발표만을 남겨둔 상태로 틈틈이 번역 일로 생활비를 벌고 있다. 생각해 보면 나는 특별할 게 전혀 없는 모래사장에 뒹구는 모래알 같은 존재였다. 내가 기억하는 한 지금까지는 그랬다. 대학을 다니는 동안에는 기숙사에서 생활했고 졸업을 하고 나서는 한동안 런던에서 살았다. 이곳으로 이사 온 것은 얼마 전이다. 몇 년 전 할아버지가 돌아가시면서 청평 쪽에 있는 별장을 물려받았는데 운 좋게 이번에 팔리면서 늘 꿈꾸어 오던 일이 현실이 되었다.

나는 마른 체형에 상당히 큰 키, 고운 피부 덕분에 남자라기보다는 소년처럼 보이는 외모를 가졌다. 타인에게 겉모습은 그럭저럭 매력적으로 비쳐질지도 모른다. 내부의 결함이 적나라하게 외모에 나타나지는 않으니까. 매주 화요일에 병원에서 심리치료를 받는 것은 내부의 결함 때문이다. 부모님을 더 이상 실망시키고 싶지 않아서 미온적으로나마 그들의 뜻을 따른다. 그들은 자신들이 의지하는 의사가 내 안에서 한줌의 희망이라도 찾아내기를 고대했다. 부정적인 사고를 긍정적으로 바꿀 수 있기를 말이다. 이론적으로 삐뚤어진 부분을 바로잡고 불온한 싹들을 온전히 제거하면 불가능한 일도 아니다. 그러나 그건 애초에 헛된 기대였음을 현재의 내가 단단히 증명하고 있다. 닥터 K는 오십 대 초반이다. 내가 처음 이곳에 발을 들여놓았을 때 그는 어떤 부분에서는 나를 만족시켰다. 다정한 얼굴로 나의 하잘것없는 질문에 거의 답을 해 주었던 것이다. 우리는 약간은 어색한 분위기에서 정기적으로 만날 시간과 회기 길이, 그리고 치료시간 취소 방침에 관해 이야기를 나누었다. 나는 그를 만나기 전 임상심리 전문가를 만나 이미 종합심리진단검사를 받았다.

임상심리 전문가의 소견서를 바탕으로 그가 나에게 내린 공식 진단명은 편집성 인격장애(Paranoid personality disorder)였다. 치료가 시작되고 얼마 후 나는 그를 시험하기 위해 동성애 경험이 있는지를 물었다. 그는 사뭇 당혹스러운 표정으로 교묘히 화제를 돌려 버렸다. 약간 실망했으며 그에 대해 회의적이 되었다.

나는 치료받는 일이 싫지 않지만 가끔은 그를 골려 주고 싶은 충동에 사로잡힌다. 그가 지난밤에 어떤 꿈을 꾸었냐고 묻는다. 그는 인간이 꿈을 통해 자신의 문제에 대한 해결책을 구한다고 믿고 있다. 나는 잠시 생각을 하고 나서 물고기 잡는 꿈을 꾸었다고 말해 준다. 거짓말이 아니다. 실제로 물고기 꿈을 꾸었다. 어떤 물고기였는지, 꿈속에서 기분이 어땠는지, 물고기 꿈이 어떻게 끝났는지, 그는 구체적으로 알고 싶어 한다.

"물고기 꿈이 뭔가 중요한 암시가 될까요?"

"꿈 자체가 중요한 게 아니라 잠재해 있는 꿈의 사상이 치료에 유익해요."

그는 아들러를 지지하고 있다. 격려를 중시할 테고 나의 강점과 긍정적인 면들을 철저히 파악해 내가 인간으로서 충분한 가치를 지니고 있음을 끊임없이 재확인시켜 줄 것이다. 어떤 계기로 인해 촉발된 부정적 감정들을 내가 성공적으로 다룰 수 있을 때까지. 나는 이해했다는 의미로 고개를 끄덕였지만 그게 모든 걸 말하겠다는 뜻은 아니다. 그는 내가 침묵 때문에 불편해하거나 불안에 떨지 않도록 질문을 이어 가고 나는 짧게 대답한다. 우리의 질문과 대답 사이에는 틈이 존재하고 그가 얻고자 하는 것들은 좀처럼 모습을 드러내지 않는다. 그가 이번에는 속에 담아 둔 것들을 털어놓아야 한다고 부추긴다. 나는 털어놓을 이야기가 없다. 그의 질문은 점점 길어진다. 나의 대답은 점점 짧아진다. 한동안 우리는 서로 얼굴만 쳐다보며 앉아 있다. 에어컨이 작동되고 있지만 그는 선풍기도 켜 두었다. 그의 다리 아래쪽에 켜 둔 선풍기가 회전하는 통에 내 머리카락이 자꾸 들린다. 나는 그게 싫지만 말하지 않는다.

"당신을 도우려는 겁니다."

그는 최선을 다하고 있다는 확신에 찬 얼굴로 나를 불쾌하게 만들려는 의도가 전혀 없다는 듯 말했다. 그가 내뱉는 낮게 가라앉은 목소리는 전혀 설득력이 없다. 그 말은 어린 시절 HTP[1] 검사를 받았을

---

[1] 벅(J. Buck)이 고안한 투사적 인격 검사. 집, 나무, 사람을 각각 그리게 하여 내담자의 성격, 행동 양식 및 대인관계를 파악할 수 있다.

때부터 들어 왔던 말이다. 어렸을 때 내가 그린 사람. 현저하게 크고 검고 위협적인 눈은 내가 공격적 표출 행동을 가진 사람임을 증명했다. 내부를 먼저 그리고 윤곽을 나중에 그리는 방식은 대인관계에 문제를 보이고 타인과의 정서적 접촉을 즐거워하지 않는 사람임을 뜻했다. 나는 비공감적·비타협적 존재로 좆같은 비극 그 자체다. 나는 이해한다는 얼굴로 고개를 끄덕였다. 물론 그렇겠지. 나를 돕고 싶어 했던 의사들은 이전에도 있었다. 한때 가족 전체가 나의 강박사고와 강박행동으로 괴로워했었다. 하루에 수십 번씩 손을 씻었고 '인생은 무엇인가?'와 같은 의문이 뇌를 좀먹어 들어가던 시절이었다. 그들은 나를 이해하지 못했고 지금 눈앞에 앉아 있는 그도 마찬가지다. 마음만 먹는다면 내 속에 내가 모르는 존재가 있고 그 존재가 매일 누군가를 죽이겠다고 협박하고 있다는 사실을 말해 줄 수도 있을 것이다. 그렇게 한다면 뜻밖에 그를 시험해 볼 수 있는 좋은 기회를 얻게 될 테지만 그런 짓은 하지 않는다.

 그가 나를 빤히 쳐다본다. 내가 어떻게 문을 열고 들어오는지, 자리에 어떻게 앉는지 눈여겨보았던 많은 의사들처럼 나의 모든 것들을 탐색한다. 말의 속도, 몸의 움직임이나 얼굴의 작은 변화들, 특정 단어를 발음할 때의 목소리에 주의를 기울인다. 그의 예리한 주의력에도 불구하고 표면적으로 모습을 드러내는 건 언제나 심약하고 내향적인 나일 뿐이다. 사회적으로 잘 알려진 학자를 아버지로 두고 현명하고 사려 깊은 어머니를 두었지만 사회적 기술이 부족한 인간 말이다. 나의 어린 시절 기억들을 파헤치고 꿈 따위에 의존해서 그가 알아낼 수 있는 건 아무것도 없다. 나는 머릿속에 떠오른 것들을 아무렇게나 지껄이고 그는 고대생물의 뼛조각을 맞추는 고생물학자처럼 내가 뱉어 낸 말들을 신중하게 맞추어 나간다. 나의 의식과 무의식 사이에 잠재된 심리적 갈등을 알아내고 발병의 원인을 찾아내려는 것이다. 그는 내가 거짓말을 하고 있다는 것을 알고 있지만 직설적으로 나무라지 않는다. 그는 더 기다릴 준비가 되어 있다는 얼굴이다.

"좋아요. 오늘 면담은 여기까지 하죠."

마지막으로 그가 처방전을 썼고 나는 진료실 밖으로 나왔다. 병원 로비 쪽에 놓인 밋밋한 형태의 의자들은 늘 환자들 차지다. TV를 보거나 잡지를 읽는 환자도 있지만 대부분 한곳을 바라본다. 그들을 한곳으로 몰아가고 있는 건 시간이다. 애초에 그런 모습으로 태어났거나 사고를 당했거나 언젠가부터 머리나 몸의 일부가 제대로 작동하지 않는 인간들. 과연 이들에게 새로운 삶이 있을까? 내가 이 면담을 계속하고 있는 까닭은 그가 내 부모를 안심시켜 주기 때문이다. 어린 시절의 야뇨증, 폭력성, 사춘기 시절의 동성애 문제 등등. 부모님은 문제를 해결하기 위해 늘 전문가들의 도움을 받으려 했다.

"정신적인 문제일 수도 있습니다. 어린 시절 어머니 콤플렉스에 기원을 둔 질투 충동이 경쟁자들을 향해 아주 강렬하게 일어나는 사례가 있기도 합니다. 질투는 때로 형제들에 대해 몹시 적대적이고 공격적인 태도로 발전되기도 하죠. 실제로 형제를 죽이고 싶다는 생각을 하기도 합니다. 하지만 환자가 성장하면서 그런 충동은 교육의 영향으로 억압을 받게 되죠." 그는 프로이트를 들먹였다. "이런 변화를 겪으면서 어린 시절의 경쟁자가 첫 번째 동성애적인 성 대상이 되기도 합니다." 언젠가 나를 진료했던 좆같은 대머리 의사가 말했다. 성적 성숙장애(Sexual maturation disorder)의 문제가 드러났던 때이다.

집으로 돌아오는 사이 셔츠의 겨드랑이와 바지 안쪽이 땀으로 젖어 불쾌한 감정이 든다. 집 안으로 들어가 옷을 벗어던지고 욕실로 들어갔다. 찬물로 몸을 씻고 옷을 갈아입자 마음이 느긋해지고 만족감이 든다. 소파에 앉아 냉장고에서 꺼낸 맥주 캔을 따고 TV를 켠다. 물가에서 목을 축이는 누를 사냥하고 있는 암사자를 바라보며 맥주를 마신다. 멍하니 화면을 바라보는 동안 눈이 감겨 왔다. 어쩌다 잠이 들었다가 밖에서 들리는 차 소리를 듣고 눈을 떴다. 사위가 어두워져 있었다.

TV를 끄고 소파에서 일어나 창가로 가서 밖을 내다본다. 철제 대문 앞에 서 있는 가희가 보이고 무슨 일인지 그녀의 집은 방마다 환하게 불이 켜져 있다. 여러 대의 자동차가 길가에 서 있고 현진과 말끔하게 차려입은 사람들이 내린다. 몇몇은 가희와 가볍게 포옹을 나누고 현진을 따라 집 안으로 들어간다. 현진의 동료들인가? 어딘가에서 특별한 모임을 가졌던 것인가? 헤어지기 아쉬워 현진의 집으로 몰려온 것인지도 모른다. 가희가 손님을 치르기 위해 부엌에서 분주하게 움직이는 것이 보인다. 현진이 부엌으로 들어와 뒤에서 가희를 끌어안는다. 가희의 표정이 궁금하지만 이쪽에서는 보이지 않는다. 그들이 웃고 떠드는 소리를 들으려고 나는 창가에 서서 귀를 기울인다. 밤은 깊어 가고 그만 할 일을 해야 한다는 것을 알지만 나는 어둠 속에 서 있다. 그들 속에 끼어 있는 나를 상상하며. 젠장! 갑자기 소파 위에 놓아둔 휴대폰이 울린다. 소파로 가서 휴대폰을 들고 통화 버튼을 누르자 저녁을 먹었는지 묻는 어머니의 차분한 음성이 들린다. 나는 먹지 않았지만 먹었다고 대답하며 다시 창가로 간다. 어머니는 이삿짐은 정리가 끝났는지, 논문 쓰는 일은 잘되어 가는지 묻는다. 나는 적당히 대답한다. 잠시 딴생각을 하는 동안 어머니가 말한다.

— 다음 주는 어떠니?

"네?"

— 저녁을 먹으러 올 수 있니?

"죄송해요."

— 그래, 알았다. 끊자.

통화를 끝내고 창가를 떠난다.

5

닥터 K는 나의 생활 방식에 관해 알고 싶어 하며 초기 기억에 대한 답변을 요구한다. 나의 신념 체계가 궁금한 것이다. 나는 머리카락을 두어 번 쓸어 넘기고 눈을 깜빡이며 그의 뒤쪽 창문 너머로 비가 내리는 모습을 본다. 우산을 가져오지 않았다는 생각을 하고 있을 때 그가 헛기침을 한다. 나는 두 손을 무릎 위에 얌전하게 올린 상태로 이야기를 시작했다. 내가 기억하는 최초의 기억은 나를 대신해서 형이 벌을 섰던 어느 날 밤이다.

"어린 시절 저는 그림 그리는 것을 좋아했어요. 하지만 어머니는 제가 그리는 그림들을 마음에 들어 하시지 않았죠. 제가 그린 사람들의 표정이 어둡고 슬프다고 아버지에게 말씀하시는 걸 들은 적이 있어요. 겨울이었고, 형과 나는 집 근처에 새로 생긴 실내 스케이트장에 스케이트를 타러 갈 생각으로 며칠 동안 아주 들떠 있었어요. 그런데 하필 스케이트를 타러 가기로 한 날 아침에 기침이 시작되었어요. 어머니는 저를 데리고 병원에 갔고 형은 혼자서 스케이트를 타러 갔죠. 병원에서 돌아와 저는 그림을 그리다가 잠이 들었는데 제가 잠이 들고 나서 오후에 어머니가 잠깐 볼일을 보러 나가셨어요."

그는 내가 이야기를 계속할 수 있도록 고개를 끄덕이며 호응한다.

"저 때문이었는지 형은 친구들과 실컷 놀지 못하고 일찍 집으로 돌아왔어요. 문을 열고 집 안으로 들어선 순간 온 집안의 모든 벽이 낙서로 가득 찬 걸 보고 형이 놀랐죠. 제가 그렇게 한 거죠. 왜 그랬는지는 기억에 없어요. 어머니가 돌아왔을 때 형은 자기가 그런 거라고 말했어요. 불쌍한 나를 감싸기 위해서였는지, 혼자서 친구들을 만나러 나간 것이 미안해서였는지.”

나는 어깨를 으쓱했다. 그는 듣고만 있다.

“형은 밤늦게까지 밖에서 벌을 섰어요. 형이 침대로 기어들어 왔을 때 형의 발가락들이 빨갛게 얼어 있었죠.”

“형이 미웠나요?”

그가 묻는다.

“아뇨. 형을 좋아했어요. 그는 모범적이었죠. 진취적이면서 타협적이고 활기찼어요. 모든 면에서 어머니를 만족시켰어요.”

나는 질투가 났고 삶이 불공평하다고 생각했다. 속마음을 이야기하게 될까 봐 두려워 갑작스럽게 나는 어머니에 대한 이야기로 화제를 바꿨다.

“어머니는 엄격했지만 가정을 소중히 여겼어요. 집 안은 항상 조용하고 청결했죠. 자고 일어나면 머리맡에 깨끗한 옷이 놓여 있었어요. 냉장고 안에는 형과 나를 위해 어머니가 직접 만든 간식이 늘 준비되어 있었어요. 어머니는 아침마다 다림질한 손수건을 가방 안에 챙겨 넣어 주시는 분이었죠. 우린 자기 전에 양치를 해야만 했어요. 생각해 보면 항상 좋은 습관을 물려주시려고 했던 것 같아요.”

그는 억지로 내게서 이야기를 끄집어내려 하지는 않는다. 그건 내가 마음을 열도록 좀 더 기다리겠다는 뜻이다. 나는 그의 앞에서 잘근잘근 입술을 깨물거나 발을 떨지 않도록 신경을 쓰느라 조금은 경직되어 있다.

"완벽한 어머니 때문에 숨이 막힌다고 느꼈을 수도 있겠군요."

그는 바보가 아니다. 나는 애매하게 어깨를 으쓱했다. 나는 순종적인 아이였지만 가끔 빗나간 행동으로 어머니의 노여움을 샀다. 들고양이들을 괴롭히거나 못된 장난을 저지르고 숨어 있을 때가 종종 있었던 것이다. 그때마다 여자아이처럼 질질 짜며 어머니에게 용서를 빌어야만 했다. 나는 집 안에서, 그리고 집 밖에서 사사건건 형과 비교되었는데 나는 나를 지키기 위해 상처받지 않으려고 노력했다.

어쩌면 내가 좀 더 많은 이야기를 그에게 털어놓을 날이 올지도 모르겠다. 다행히 약속된 시간이 다 되었고 나는 자리에서 일어났다.

당장은 형의 죽음에 대해서 이야기할 필요가 없다는 뜻이다. 형은 중학교 때 세상을 떠났다. 사고였다. 나는 집 안을 점령한 슬픔이 출렁거리지 않도록 소리 없이 걸어야 했고 어머니가 나를 미워하게 될까 봐 눈을 똑바로 쳐다보지 못했다. 어머니는 나를 원망하고 있었다.

6

밖으로 나오자 갑자기 다리가 후들거린다. 해서는 안 되는 말을 했을지도 모른다는 생각에 신경이 날카롭고 불안하다. 소나기는 그새 그쳤다. 나는 잠시 걸음을 멈추고 뭉친 근육을 풀기 위해 손으로 목을 주물럭댔다. 지나다니는 사람들이 없는 곳을 찾아 걷는다. 고작 여섯 살쯤 되어 보이는 작은 꼬마를 태운 휠체어를 밀고 가던 남자와 눈이 마주친다. 아이가 웃고 재잘거리는 동안 말장구를 쳐 주는 남자의 눈에 피로감이 역력하다. 어둡게 내려앉은 두려움과 막연한 슬픔을 엿보았다고 생각하지만 그게 진실일까? 실은 아이가 남자의 비위를 맞추고 있는지도 모른다. 자신이 처한 상황이 정상적이지 않다는 것을 알고, 남자가 자신 때문에 힘들어한다는 사실을 감지하고 웃고 있는 거라면? 어느 쪽을 동정해야 할까?

병원 한쪽의 후미진 담벼락에 기대어 담배 한 개비를 꺼내 입에 물었다. 담배 연기를 깊숙이 들이마시고 공중으로 뿜어낸다. 내가 아버지의 담뱃갑에서 담배 두 개비를 훔쳐내 2층 화장실에서 몰래 피우다 어머니에게 걸린 것은 운이 나빠서였다. 막 중학생이 되었을 때였다. 어머니의 하얗고 작은 얼굴이 대리석처럼 딱딱하게 굳었고 낯선 사람을 바라보듯 나를 보았다. 어머니는 창백한 손으로 담배 연기가 빠져나가도록 창문을 열어 둔 후에 조용히 내 손을 잡고 내 방으로 데리고 들어갔다.

"대체 언제부터 담배를 피우기 시작한 거지?"

어머니가 거친 목소리로 물었다. 나는 처음이라고 변명했다. 이미 거짓말을 들킨 적이 여러 번 있었기 때문에 어머니는 믿지 않는 눈치였다. 책상 서랍과 가방을 뒤졌고 그 어디에도 담뱃갑이 없다는 걸 확인하고 안도의 한숨을 내쉬었다.

"내가 너에 대해 또 모르는 게 있니?"

나는 고개를 저었다. 그러자 어머니는 타이르듯 조용히 담배가 해롭다는 사실을 이해시키려 했다. 아버지도 담배를 피운다는 사실에 대해 내가 언급했던가? 아마도 나는 그 말은 입에 올리지 않았을 것이다. 나와 아버지를 동일선상에 두고 생각해 본 적이 없다.

나는 납득한 얼굴로 다시는 피우지 않겠다고 맹세했지만 그 후로도 어머니를 속이며 담배를 피운다. 이 좋은 것을 왜 그만둬야 하는지 모르겠다. 담배꽁초를 바닥에 던지고 발로 비벼서 끈다. 담배 한 개비를 다시 입에 문다. 조급해지고 싶지 않은데 자꾸만 마음이 조급해진다. 병원 한쪽에 있는 커다란 모과나무 위에서 푸드덕거리며 새 떼가 날아오르고 푸른 하늘에 조각구름이 꿈꾸듯이 서쪽으로 천천히 흘러가는 것이 보인다. 어릴 적 보던 구름과 똑같아 보이지만 세상에 똑같은 구름이란 없다. 인정받기 위해 몸부림치던 어린 연수가 변한 것처럼 모든 게 변한다. 조금은 씁쓸하고 또 조금은 후련하다.

7

이번만은 맹세코 우연이다. 커피숍 안은 휴일을 즐기러 나온 연인들로 북적거린다. 서로의 손을 만지며 머리를 맞대고 속삭이는 무리들. 나는 조금 소외되어 있다. 거대한 야자나무 화분에 가려진 구석진 테이블 쪽에 앉아서. 그곳은 사람들의 눈을 피해 그들을 지켜볼 수 있는 안전한 장소다. 왼손으로 턱을 괴고 현진에게 몰두해 있는 가희의 옆모습이 뱅갈고무나무의 연둣빛 이파리들 사이로 보인다. 도톰한 입술과 오뚝하고 앙증맞은 코가 그대로 드러난다. 그녀는 지금 빛이 뿜어져 나오는 화사한 미소를 짓고 있다. 우아한 목선과 투명한 살갗을 돋보이게 만드는 흰 블라우스가 그녀에게 아주 잘 어울린다. 버릇없는 바람이 머리카락을 스치자 그녀가 하얀 손으로 빗질하듯 이마 쪽으로 흘러내린 머리카락을 쓸어 넘긴다. 그럴 때마다 적당히 넓고 단아한 이마가 살짝 엿보인다.

교태가 흐르는 검고 아름다운 눈. 내가 부엌에서 물을 마시거나 창밖에 놓아둔 작은 화분에 물을 줄 때 벌써 여러 번 우리의 눈이 마주치기도 했다. 지금 그 눈이 현진을 떠나 이쪽을 향해 있다. 나는 그녀와 눈이 마주치지 않도록 시선을 피한다.

두 사람은 더위에도 아랑곳하지 않고 벌써 30분째 커피숍 야외 테라스에 앉아 있다. 담배를 피워 대고 있는 현진 때문이다. 가희는 하이힐을 벗고 맨발을 자연스럽게 현진의 가죽 샌들 위에 올려두고 있다. 가희가 작은 입술을 달싹거리며 머리를 현진 쪽으로 바싹 숙인다. 날씨 이야기일까? 최근에 보았던 영화 이야기? 아님, 현진이 쓰고 있는 논문에 관한 이야기? 어쩌면 나에 관한 이야기일 수도 있을 것이다. 새로 이사 온 이웃에 관해 그녀가 어떤 생각을 갖고 있는지 들어 볼 수 있는 좋은 기회지만 지금 당장 밖으로 나갈 수는 없다.

테이블 아래로 그녀의 발끝이 그의 종아리를 쓰다듬는 모습이 보인다. 현진이 장난스럽게 그녀의 발가락을 움켜잡는다. 흐드러진 그녀의 웃음. 그들의 다정함이 나를 자극한다. 이제 때가 되어 간다. 우주 속에 지구가 존재하고 지구에 생명체가 생겨나게 된 것처럼, 내 어머니가 나를 낳은 것처럼, 운명은 이렇게 되도록 정해져 있었던 것이다. 현진을 다시 만날 날도 이제 멀지 않았다. 현진이 담배에 불을 붙이며 주변을 두리번거린다. 그의 직관이 나의 존재를 인식한 것인지도 모른다. 나는 공벌레처럼 몸을 움츠려 그의 시선을 피한다.

8

작은 꽃무늬가 잔뜩 프린트된 앞치마를 입고 두부를 썰고 있는 가희가 보인다. 끓어오르는 뚝배기 속으로 정사각형으로 보기 좋게 썰어 둔 두부를 집어넣고 파를 썬다. 그녀가 나를 보고 놀라지 않도록 갈색 블라인드를 내렸다. 노래를 흥얼거리고 있는지 가끔 고개를 끄덕이며 입술을 달싹인다. 식탁에 앉아 신문을 읽고 있던 현진이 신문을 접고 일어나 가희 쪽으로 걸어간다. 뒤쪽에서 끌어안고 그녀의 목덜미에 입술을 가져다 댄다. 가희가 낄낄거리며 몸을 비틀지만 놓아주지 않고 자신 쪽으로 돌려세워 입을 맞춘다. 숟가락을 들고 간을 보는 현진, 직접 뚝배기를 식탁으로 옮기고 밥솥에서 밥을 퍼 담는 현진, 젓가락으로 김을 집어 드는 현진, 오물오물 씹어 대며 이야기를 늘어놓고 있는 그의 모습이 보인다. 무슨 말이 오고 가는지, 현진이 환하게 웃어 젖힌다. 나와 있을 때도 가끔 저런 웃음을 터뜨릴 때가 있었다. 너무 행복하다는 듯이.

두 사람이 저녁 산책을 나간 건 여덟 시가 넘어서였다. 내내 그들을 지켜보지 않았다면 거실과 부엌 쪽 불이 환히 켜져 있어 그들이 외출했다는 걸 몰랐을지도 모른다. 면바지와 흰색 폴로셔츠 차림의 현진과 줄무늬 원피스 차림으로 손을 잡고 걸어가는 가희는 누가 봐도 연인처럼 보인다. 서로의 몸을 껴안다시피 밀착시키고 마로니에 가로수 길을 걸어 공원 쪽으로 걸어간다. 그들이 늘 다니는 산책 코스다. 저녁을 일찍 먹은 사람들이 더위를 피해 공원으로 몰려든다. 두 사람은 때때로 지나가는 이웃의 얼굴을 발견하고 가볍게 인사를 나누고 날씨 이야기를 주고받는다. 나는 얼굴이 사람들 눈에 띄지 않도록 검은색 야구 모자를 푹 눌러쓰고 검은 뿔테 안경을 끼고 있다. 마치 공기처럼 바람처럼 그들 옆을 지나친다. 너무 가까워지지 않도록 혹은 그들이 시야에서 사라지지 않도록 신경을 쓰며 걷는다. 애완용 개를 안고 지나가던 여자가 가희에게 아는 체를 하며 다가서자 가희가 잠시 이야기를 나눈다. 현진이 가희에게서 떨어져 앞서 걸어간다. 예전에 나와 함께 걸어갈 때도 누군가 말을 걸어오면 저렇게 혼자 걸어가 버렸지. 내가 너무 요구적이고 나빴기 때문에 불행이 나에게 들러붙었나? 가희가 대화를 끝내고 종종걸음으로 현진의 뒤를 따라간다. 바람 한 점 없는 여름밤이 꿈처럼 느껴진다. 물속에서 허우적거리는 것처럼 팔다리가 무겁다. 가끔 들려오는 가희의 웃음소리만이 세상이 여전히 돌아가고 있음을 실감나게 만든다. 그들이 뒤돌아보길 바란다. 현진의 놀라는 얼굴이 보고 싶다. 내가 이렇게 자랐다는 걸, 어엿한 성인이 되었다는 걸 보여 주고 싶다.

나의 간절한 열망이 전해진 것인지 두 사람이 둥근 모양의 벤치에 자리를 잡는다. 내가 슬쩍 뒤쪽에 앉을 수 있도록 말이다. 현진이 빵빵하게 바람이 들어간 빨간 풍선을 들고 뛰어가는 꼬마에게서 눈을 떼지 못하고 사랑스럽게 바라본다. 아이가 어쩌다 돌부리에 넘어지자 그가 다가가 얼른 일으켜 세워 준다. 아이의 장밋빛 부드러운 볼을 쓰다듬고 아이 엄마에게로 돌려보낸다. 자리로 되돌아온 현진은 가희의 손을 자신의 허벅지 위에 올려두고 주물럭대며 아이를 갖자고 말한다. 그녀를 닮은 여자아이를 원한다고.

현진이 가희를 끌어안고 그녀의 이마에 가볍게 입을 맞춘다. 그녀가 낮은 목소리로 이대로 자신은 충분히 행복하다고 말한다. 나는 실망한다. 새로 이사 온 이웃에 관한 이야기가 없기 때문이다.

9

구입할 목록이 적힌 오렌지색 수첩을 코앞에 쳐들고 입구 쪽에 서 있는 가희가 보인다. 일주일에 두 번 정도 그녀가 들르는 마트다. 현진이 일을 일찍 마치는 날엔 나란히 카트를 밀며 이곳저곳을 돌아다니지만 오늘은 혼자다. 흰색 반바지에 까만색 민소매 블라우스 차림으로 굽이 낮은 샌들을 신고 있다. 물건을 집어 올릴 때마다 커튼처럼 출렁거리는 짙은 벽돌색 머리카락, 잘록한 허리, 가는 발목은 꽤나 유혹적이다. 탐스러운 머리카락이 거추장스럽기라도 한 것처럼 아무렇게나 뒤로 쓸어 넘긴다. 그런 사실에 무심한 듯 보이지만 그런 행동이 남자들에게 유혹적으로 비친다는 걸 알고 있다. 생선을 손질하던 남자가 그녀의 다리를 훔쳐보는 게 보인다. 갈망으로 짙어진 끈적거리는 시선이 오랫동안 그녀의 다리에 머문다. 샌들 앞쪽으로 삐죽 나온 발톱에도 손톱처럼 핑크빛이 도는 매니큐어가 칠해져 있다. 그녀는 음식을 하거나 집 안 청소를 할 때조차도 완벽하다. 머리를 뒤로 질끈 묶고 앞치마를 두르고 있지만 언제든 손님을 맞을 준비가 된 모습. 현진이 돌아와서 목덜미에 입을 맞출 때 찡그려지지 않도록 곱게 화장을 하고 그가 좋아하는 향수를 뿌리고 손톱을 다듬어 두는 것이다. 나는 물건을 살펴보는 척을 하고 진열대 사이를 돌아다니며 가희를 놓치지 않으려고 애쓴다. 필요한 물품을 고르는 데 시간이 걸릴 테니 어쩌다 그녀를 놓치더라도 나를 두고 이곳을 빠져나가는 일은 없을 것이다. 뚱뚱한 여자가 술과 라면을 잔뜩 담은 카트를 밀고 가며 마치 내가 자신의 앞길을 막고 있기나 한 것처럼 쳐다보고 나는 고개를 돌린다.

먼저 생활용품을 구매한 가희가 식료품 코너 쪽으로 움직인다. 고등어와 연어를 카트에 담고 이번엔 방향을 바꿔 야채 코너 쪽으로 다가간다. 작게 포장되어 있는 브로콜리와 양파를 카트에 담고 오이 하나를 집어 드는 순간 그녀의 팔꿈치가 옆쪽에 잔뜩 쌓여 있던 파프리카들 중 하나를 건드리고 만다.

"제가 잡았어요."

파프리카 하나가 바닥에 떨어지기 전에 운 좋게 내가 잡았다. 그녀의 뒤쪽에 바싹 붙어 서 있지 않았다면 잡지 못했을 것이다. 노란 빛깔의 파프리카를 손에 쥐고 고개를 들자 놀란 가희가 이쪽을 보고 서 있다.

"어머나. 고마워요."

지나치게 친근하게 느껴지지 않도록 그렇다고 쌀쌀맞고 거만하지도 않게, 나는 살짝 미소를 짓고 나서 돌아섰다. 그녀를 모르는 것처럼 무관심하게 행동한다. 쓸데없이 말을 걸면 뭔가 목적을 가지고 접근했다는 의심을 품게 할 가능성이 있으니까. 의심은 지긋지긋하다. 과일과 채소류, 집 안에서 신는 실내화와 욕실용 세제가 담긴 카트를 밀고 계산대 쪽으로 천천히 움직인다. 가희가 내 카트에 담긴 물건들을 바라보고 있는 게 보였다. 인스턴트식품이나 잔뜩 고른 남자라면 의심의 여지가 있겠지만 내 카트에 담긴 물건들은 정상적인 생활에 길든 사회 친화적인 남자라는 인상을 남길 것이다. 나는 집에서 음식을 거의 해 먹지 않고 학교 식당에서 해결하거나 배달음식으로 때우는 편이지만 오늘만큼은 어머니가 마트에서 사오는 것들을 카트에 담앉다. 이웃이 자신을 못 알아보자 그녀는 당황한 듯 보인다.

그녀보다 먼저 마트를 빠져나와 가희가 마트 주차장 쪽으로 걸어가는 걸 확인한 후에야 모범택시에 올랐다. 나이 지긋한 택시 기사에게 집 위치를 말하고 뒷좌석 깊숙이 앉는다. 이대로 가희가 다른 곳에 들르는 일만 없다면 집 앞에서 다시 마주칠 수도 있을 것이다. 내가 노리는 것은 그뿐이다. 그녀를 다시 만나 또다시 가볍게 눈인사를 나누는 것. 나는 택시 기사에게 좀 더 빨리 갈 수 있는 길을 알려주고 그녀의 흰색 토요타가 옆 차선으로 지나쳐 가는 걸 바라본다. 우리가 다시 집 앞에서 만났을 때 이런 우연을 기다렸다는 듯이 그녀가 상냥하게 미소를 지었다. 흥미롭다는 듯이.

10

나는 벌써 한 시간째 인문관 로비의 한쪽 벽면에 마련되어 있는 푹신한 갈색 소파에 앉아 신문을 펼쳐 들고 있다. 트레이닝팬츠 차림으로 양손에 커피를 든 여학생이 커다란 백팩을 메고 계단을 뛰어 올라가는 모습을 바라본다. 학교 측에서 고용한 솜씨 좋은 젊은 청소부가 나타나 조용히 복도를 깨끗하게 닦고 나서 사라진다. 이따금 복도를 지나가는 학생들이 이쪽을 힐끔거리지만 나는 전혀 신경 쓰지 않는다. 열린 창문 너머로 비둘기 떼가 어디론가 날아가는 모습이 보였는데 며칠 전 공원에서 날아가던 비둘기가 내 어깨 위로 회색 배설물을 떨어뜨린 것이 생각나 화가 치밀어 올랐다. 개똥을 피해 걷던 중에 일어난 일이다. 운이 나쁜 날이 있지. 나는 생각한다. 오늘은 아주 운이 좋을 것이다. 이제 곧 성격심리학 수업이 끝날 테고 현진이 이곳을 지나쳐 밖으로 나갈 것이다. 그는 나를 알아보지 못할지도 모른다. 지금 나는 검은색 뿔테 안경을 끼고 있고 그는 오랫동안 내 얼굴을 볼 수 없었다. 네 시 정각이 조금 지나자 두꺼운 전공서적을 옆구리에 낀 학생들이 우르르 쏟아져 나온다. 어디로 가야 할지 아는 인간들. 나는 그런 인간들을 존경한다. 서로 이야기를 나누며 보조를 맞추고 내 옆을 무심하게 지나간다. 그들이 내는 경쾌한 발자국 소리가 듣기 좋다. 살짝 고개를 들었을 때 맨다리에 짧은 미니스커트를 입은 여학생이 이쪽을 보며 손을 흔든다. 잘 기억나지 않지만 친절을 베풀었던 여학생들 중 하나일 것이다. 나는 신문을 치켜든다.

  한 무리의 학생들이 소란스럽게 로비를 빠져나가고 난 뒤 서류 가방을 든 말쑥한 차림의 그가 모습을 드러냈다. 뒤쪽에서 걸어 나오던 여학생들 중 한 명이 "교수님." 하고 그를 부른다. 현진이 바로 코앞에서 걸음을 멈췄다. 그를 둘러싼 여자들. 그에게 어떤 의도를 갖고 접근하는 여자들은 늘 그를 부르고, 눈을 맞추고, 시간을 함께했다. 나는 눈앞의 상황에 질투가 나고 초조해진다. 신문을 치켜들고 있지만 그가 내려다본다면 내 얼굴을 볼 수도 있을 것이다. 여학생이 리포트에 대해 묻자 다행히 현진은 대답하는 데 열중해서 나의 존재를 전혀 의식하지 못한다. 그가 신고 있는 태슬 로퍼가 눈에 들어온다. 나는 그의 구두와 색상만 다른 똑같은 구두를 신고 있다. 예전에도 우리는 같은 디자인의 신발을 신었다. 사내들끼리는 같은 신발을 신고 다니는 게 아니라고 그가 핀잔을 주었지만 나는 그가 신는 신발이 마음에 들었다. 땀으로 끈적거리는 날엔 과외수업이 끝나고 그의 욕실에서 샤워도 했다. 그가 사용하는 샴푸와 비누를 사용했고 속옷도 꺼내 입었다. 내가 그의 속옷을 함부로 입은 것 때문에 화를 낸 적이 있어서 그다음부터는 주의를 했고 그의 물건들과 똑같은 걸 봐 두었다가 구입했다.

지금 신고 있는 구두도 한 달 전에 그가 백화점에서 고르는 것을 보고 똑같은 걸 골라 두었다. 기분이 마냥 좋아진다. 그의 관자놀이 옆쪽으로 드물게 흰머리가 난 것이 눈에 들어온다. 우리가 멀어져 있는 동안 시간이 그를 더 근사하게 만들었다는 생각이 든다. 다만 그의 왼손 약지에서 반짝거리는 결혼반지만이 눈에 거슬린다. 같은 디자인의 반지를 가희도 끼고 있다. 두 사람이 한통속이라는 생각이 들자 부아가 치밀어 오른다.

"자, 그럼. 다음 시간에 볼까?"

그의 목소리가 들리고 겨우 현실로 돌아왔다. 여학생이 고개를 꾸벅 숙여 인사를 하고 앞쪽으로 뛰어간다. 아주 잠깐 그의 시선이 내 신발 쪽에 머무는 게 느껴진다. 지금 그의 눈에 띄어서는 안 된다. 좀 더 극적인 순간을 만들어 볼 생각이다. 그가 나를 보고 경악하는 걸 보고 싶다. 다행히 그는 의심 없이 로비를 빠져나가 환한 빛 속으로 사라졌다.

11

 라면을 끓여서 아침을 해결하고 지도교수의 연구실을 찾아간다. 어머니의 부탁 때문이다. 졸업에 필요한 학점은 이미 이수한 상태다. 논문도 이미 거의 마무리 단계여서 형식적인 만남이 이루어질 뿐이다. 오래전 알게 된 사실인데 그와 어머니는 먼 친척뻘이다. 얼마 전 어머니가 프랑스 여행을 다녀오면서 그를 위한 선물을 구매했고 직접 전해 줄 수도 있지만 나를 통해 전해지기를 바랐다. 연구실 문을 열고 들어서자 그는 살가운 미소를 짓고 나에게 앉으라고 권했다. 그리고는 한쪽 다리가 살짝 짧은 탓에 뒤뚱거리는 걸음으로 연구실 중앙에 있는 테이블 쪽으로 걸어 나왔다. 소파에 앉자마자 담배에 불을 붙이고 나를 바라본다. 그는 한 번 담배를 피우기 시작하면 연구실 전체가 뿌옇게 될 때까지 담배를 피워 댄다. 담배꽁초가 재떨이에 수북이 쌓이기 전에 그의 연구실을 벗어나고 싶다고 생각한다. 나는 어머니가 보낸 선물이 든 쇼핑백을 그에게 건넸다. 그는 어머니의 선물을 받고 흡족한 듯 밝은 미소를 지었다. 하지만 지난밤 제대로 잠 못 잔 것인지 그의 눈두덩은 부석부석하고 창백한 얼굴에는 피로감이 엿보인다. 그가 손을 들어 자신의 뺨을 긁적이고 나서 부모님의 근황에 대해 묻고 나는 짧게 대답한다.

그는 자세를 고쳐 소파 깊숙이 앉고 정수리 부근이 약간 벗겨진 머리를 들고 안경을 코에 걸치며 나를 지긋이 바라보았다. 갑자기 떠오른 것처럼 그가 입꼬리를 올리며 지난번에 맡긴 번역물의 번역에 진척이 있는지 묻는다. 아직 시작조차 하지 않았지만 나는 잘되고 있다고 말한다. 어쨌든 마감까지는 시간이 많이 남아 있다. 나는 내내 두 손을 무릎 위에 올리고 공손한 자세를 유지하며 그가 말을 할 때마다 고개를 끄덕인다. 때때로 나는 바닥 여기저기에 무너질 듯 높게 쌓여 있는 책들을 바라본다.

그의 제자들 중에는 나보다 더 나은 실력을 갖춘 인물들이 있지만 그는 출판사로부터 의뢰받은 번역물의 일부를 나에게 맡기고 있다. 어머니의 입김일 것이다. 내가 다른 생각에 빠져 침묵하고 있는 사이 그의 두 눈에 어렴풋이 경계의 빛이 떠오른다. 그는 내게 강의를 해볼 생각이 있는지 묻는다. 나는 강의를 하는 동안 수많은 눈이 나를 주시하는 것을 바라지 않지만 하고 싶다고 대답한다. 이곳을 빠져나가자마자 내가 한 말이 어머니의 귀로 흘러 들어갈 것이 분명했다. 그가 미소를 지으며 곧 논문 심사가 있을 것이고 논문이 통과될 거라고 말한다. 예의 바르게 "감사합니다."라고 말하는 내 목소리가 들린다.

12

늦은 오후지만 여전히 뜨거운 태양이 하얗게 빛나고 있다. 나뭇가지에 들러붙은 매미들이 시끄럽게 울어 댄다. 오늘은 금요일이고 나는 하루 종일 집 안에 머물렀다. 가희는 지금 저녁 준비도 잊은 채 뜰에서 자동차 바퀴와 씨름 중이다. 지난밤 현진과 가희가 산책을 나간 사이 내가 만들어 둔 작품이다. 어디에나 못된 장난을 하는 아이들이 있으니 누구도 나를 의심하지는 않을 것이다. 가희가 흰색 리넨 셔츠의 소매를 팔꿈치 위로 밀어올리고 혼자서 펑크가 난 타이어를 갈아 끼우려고 애쓰고 있다. 빨갛게 달아오른 얼굴에 땀방울이 맺혀 있고 벽돌색 머리카락은 커다란 머리핀으로 뒤쪽에 단단히 고정되어 있다. 목덜미 쪽으로 흘러내린 몇 가닥의 머리카락이 바람에 나부낀다.

우연인 척 그녀의 주변에서 얼쩡거려 보기로 한다. 깨끗한 셔츠로 갈아입고 단추가 덜렁대는 곳이 없는지 살핀 후 현관문을 빠져나간다. 현관문이 닫히는 소리를 듣고 가희가 잠시 자동차에서 시선을 떼고 이쪽을 바라본다. 도움을 요청할까? 곧 현진이 퇴근할 시간이다. 그녀가 결정을 내렸고 손을 흔들며 나의 주의를 끈다.

며칠 전 공원에서 담배를 피우고 있는 남학생에게 접근해 아르바이트를 제공한 적이 있다. 가희가 마트에서 구입한 식료품이 든 박스를 들고 차에서 내릴 때 접촉사고를 일으켜 달라고 부탁했었다. 어린 녀석은 그 대가로 돈을 받았고 아주 효과적으로 일을 수행해 주었다.

오토바이가 지나가면서 가희가 들고 있던 박스를 건드렸다. 그 바람에 박스가 바닥으로 떨어져 담겨 있던 물건들이 사방으로 흩어졌다. 당연히 그 시간 뜰에서 부겐빌레아에 물을 주고 있던 내가 그녀를 도왔다. 우리는 제대로 통성명을 했고 이웃이 되었다. 그날, 나는 그냥 해 보는 말처럼 들리지 않도록 그녀의 눈을 똑바로 바라보며 "도움이 필요할 때 언제든 말해 줘요."라고 말해 두었다.

"연수 씨!"

그녀는 지금 도움이 필요하다는 표정으로 이쪽을 보고 있다. 나는 재빨리 상록수 울타리를 넘어 그녀 쪽으로 건너갔다. 혼자서 해 보려고 했는데 잘 안 된다면서 도와줄 수 있느냐고 묻는다.

"물론이죠."

나는 대답했다. 곧바로 소매를 걷고 바닥에 쭈그리고 앉아 타이어를 교체하기 위한 작업에 돌입한다. 가희가 옆에서 필요한 공구들을 집어 주며 내내 미안한 얼굴로 말을 건다. 어디서 이사를 왔는지, 직업이 뭔지, 결혼은 했는지 등에 관한 사적인 질문들을 던진다. 내가 결혼하지 않았다고 말하자 짐이 별로 없어서 그럴 거라고 예상했다며 미소를 짓는다. 나의 시선이 그녀의 살짝 드러난 어깨를 어루만지자 미소가 교활해진다. 모든 남자가 자신의 고양이 같은 새침한 얼굴과 우윳빛 피부에 매료당할 수밖에 없을 거란 걸 알고 있는 듯 말이다. 지금 내 표정이 한눈에도 유혹당한 얼빠진 청년의 얼굴일 테니까. 그녀가 의도적으로 상체를 앞쪽으로 기울인다. 드러난 가슴골 때문에 나는 눈을 어디다 두어야 할지 모른다. 나는 얼뜨기처럼 침을 삼키고 타이어를 교체하는 데 몰두한 척을 한다.

어머니와는 전혀 다른 분위기를 풍긴다. 어머니는 어깨가 드러나거나 가슴골이 엿보이는 옷을 입은 적이 없다. 목 끝 쪽까지 단정하게 단추를 채우고 무릎 아래쪽까지 내려오는 스커트를 입었다. 아주 어렸을 때는 내가 징징거리며 울 때 가슴에 꼭 안아 주기도 했는데 나는 어머니의 물컹거리는 가슴이 낯설기만 했다. 언젠가 충동적으로 집게손가락으로 만진 적이 있는데 어머니가 기겁을 하며 내 손을 뿌리쳤다. 그녀의 젖통은 그다지 큰 편이 아니다. 가슴을 중앙으로 모아 주는 속옷을 입은 덕분에 그나마 환상적인 가슴골이 드러난 것이다. 느닷없이 손을 뻗어 가슴을 만지면 어떤 반응을 보일지가 미치도록 궁금하지만 나는 계속 순진한 청년처럼 힐끔거리기만 한다. 이제 여자는 본능적으로 자신의 영향력을 깨달았으니 나를 멋대로 조종해 보고 싶을 것이다.

마침내 타이어를 교체하고 허리를 펴고 일어서자 어디선가 막 깎은 잔디 냄새가 흘러든다. 잔뜩 더러워진 손을 내려다보자 그녀가 손을 닦으라며 주머니에서 재빨리 푸른색 줄무늬가 들어간 손수건을 꺼내 내밀었다. 손수건에서 엷게 라벤더 향이 난다. 나는 미소를 짓고 그녀가 내미는 손수건을 받아 들고 손을 닦았다. 그녀의 이마 쪽으로 흘러내린 몇 가닥의 머리카락이 바람에 나부낀다. 손이 지저분하지 않다면 가볍게 매만져 줄 수도 있을 텐데. 나는 즉시 그 생각을 철회

했다. 섣부른 육체적 접촉은 자연스런 유대를 해칠 우려가 있다. "고마워요."라고 여자가 말한다. 나는 다시 살짝 미소를 지었다. 뒷정리를 도와주며 슬쩍 손목시계를 보니 이제 곧 현진이 돌아올 시간이다.

아니나 다를까 자동차 소리가 들렸고 짙은 화강암 색상의 SUV가 집 안으로 들어왔다. 차고에 매끄럽게 차를 주차시키며 현진이 이쪽을 바라보고 있다. 자신의 집에서 낯선 존재를 발견하고 황급히 차에서 내려 걸어온다. 잔뜩 긴장한 눈이 나를 보고 있다. 성인이 된 나의 얼굴에서 예전에 자신이 알고 있던 소년의 얼굴을 발견하고서는 얼굴이 차츰 일그러진다. 나의 의도를, 속셈을 알고 싶어 안달이 난 얼굴이다. 거리가 가까워질수록 표정이 점점 굳어 가는 꼴을 보고 있자니 웃음이 났다. 이 극적인 상황이 마음에 들지 않은 게 분명했다. 그를 위해 며칠을 고민한 끝에 만들어 낸 상황인데도 말이다. 자신의 아름다운 부인에게 껄떡대고 있는 게 아니란 사실에 대한 안도와 불편한 상황을 야기한 나에 대한 분노로 인해 혼란스러운 기분에 빠져 있는 듯하다.

어색한 분위기가 신경이 쓰였는지 가희가 사정을 이야기한다. 묘하게 돌아가는 상황을 가희가 눈치채지 못하도록 그가 애써 가식적인 미소를 짓는다. 짐짓 시치미를 떼고 먼저 손을 내밀자 마지못해 내 손을 꽉 잡는다. 이날을 얼마나 기다렸던가! 그는 당장이라도 서류 가방을 내팽개치고 나의 멱살을 부여잡고 자신의 집에서 내쫓고 싶다는 얼굴이다. 가희가 아무것도 모르고 있는 이상 그런 일은 절대 일어나지 않을 것이다. 그는 이제 은근한 적의를 감추고 사태를 파악 중이다. 가희가 고마움의 뜻으로 저녁식사에 나를 초대하고 싶다고 말한다. 나는 미소를 지으며 기꺼이 초대에 응했다. 콧노래를 부르며 샤워를 하고 말끔하게 면도를 했다. 시내에 있는 꽃집에 들러 그녀의 마음을 사로잡을 싱싱하고 탐스런 핑크빛 장미꽃을 사들고 갔다.

현진이 문을 열었다. 그의 입술이 뒤틀리고 눈이 위험스럽게 빛난다. 방금 뛰다 들어온 사람처럼 그의 얼굴과 목이 벌겋게 달아오르자 아쉽게도 매력적인 얼굴이 한순간에 사라져 버렸다. 손을 뻗어 그의 목을 끌어당기고 혀로 핥을 수 있는 자유는 내게 허락된 것이 아니다. 내 표정이 그의 분노에 기름을 쏟아부은 모양이다. 당장이라도 닭 모가지를 비틀듯이 내 목을 비틀어 버리고 싶다는 표정이다.

"도대체 무슨 꿍꿍이야."

겁쟁이처럼 목소리를 낮추고 그가 말한다.

"난 당신 부인에게 이웃으로서 초대를 받은 것뿐이야. 시끄럽게 하고 싶지 않지만 당신이 원한다면 그렇게 해."

그는 곧 체념의 한숨을 내쉰다. 고갯짓으로 가리키며 나를 집 안으로 안내한다. 좁고 짧은 복도를 지나자 거실이 나온다. 거실 한복판에 소파가 있다. 휴일이면 거대한 소파 위에서 뒹굴며 TV를 시청하는 그를 볼 수 있다. 블라인드만 걷어 올리면 창을 통해 그러고 있는 모습이 고스란히 보였다. 그는 그곳에 앉아 걱정 없는 아이처럼 낄낄거리며 웃고 하품을 하고 병아리처럼 졸기도 했다. 소파 위에 앉아 보고 싶은 충동을 느낀다. 벽 쪽에는 사진이 담긴 액자며 도기 등 다양한 장식품들이 진열되어 있는 장식장이 있다. 먼지 따위는 없다. 오전 중으로 장식장을 닦고 있는 가희를 종종 본 적이 있다. 창가 쪽에는 흰색 그랜드 피아노가 있다. 가희나 현진이 그 피아노 앞에 앉아 있는 모습은 한 번도 본 적이 없다. 그가 뒤돌아보며 눈빛으로 나를 재촉한다. 나는 부엌으로 안내된다. 흰색 식탁보가 깔린 식탁 위에 샐러드 접시를 내려놓던 가희가 나를 보고 부드러운 미소를 짓는다. 가슴골이 살짝 드러난 민소매 실크 블라우스와 뒤쪽에 트임이 있는 세련된 스커트를 입고 있다. 가슴 위로 늘어져 움직일 때마다 우아하게 흔들리는 진주 목걸이와 정성들여 손질한 머리. 이 밤, 그녀는 자신의 매력을 충분히 발휘했다. 마음만 먹는다면 어떤 남자의 마음이라도 훔쳐 낼 수 있을 것이다. 게다가 향수, 상대를 현혹시키는 마법의 힘까지 빌리고 있다. 남자들이 그 투명한 목덜미에 코를 박고 혀로 핥고 싶은 욕망을 불러일으키려고 말이다. 꽃을 내밀자 꽃을 선물 받은 사람들이 으레 그러하듯 향기를 맡는다. 장미꽃이 마음에 든다는 표정으로 고맙다고 말한 뒤 내가 앉을 자리를 알려 준다.

나는 현진과 마주 보는 자리에 앉는다. 가희가 꽃을 유리 화병에 꽂아 식탁 중앙에 놓는다. 하얀 식탁보가 깔린 식탁에는 이미 스파게티 접시가 놓여 있다. 스파게티가 목구멍으로 넘어가기도 전에 나는 형식적으로 들리지 않도록 진지한 표정으로 특별할 것 없는 맛이지만 이런저런 수식어를 붙여 맛을 좋게 평가해 주었다. 기대 가득한 눈빛을 보내며 턱을 괴고 그녀가 자신이 만든 음식에 대한 평가를 기다리고 있었던 것이다.

    우리는 와인을 마시며 스파게티 접시를 비워 나갔다. 가희가 앞쪽으로 흘러내린 머리카락을 쓸어 넘기며 주로 어떤 책을 번역하느냐고 묻는다. 영미 소설을 주로 번역하고 있다고 대답했다. 가희가 어떻게 번역을 시작하게 되었냐고 묻는다. 대학에서 영문학 박사과정을 밟고 있으며 교수의 추천으로 가능했다고 대답했다. 대화는 최근에 내가 번역한 소설 쪽으로 옮겨 간다. 그녀가 질문을 하면 내가 대답하는 식이다. 현진은 주먹을 꽉 쥐고 스파게티 접시를 노려보고 있지만 가희가 자신을 바라볼 때면 어쩔 수 없이 엷게 미소를 짓는다. 나는 두 사람이 내 앞에 앉아 있다는 사실에 들떠 있다. 가희가 묻는 말에 최대한 꾸밈없는 얼굴로 적극적으로 대답한다. 모르는 사람을 속이는 일보다 아는 사람을 속이는 일이 더 쉽다. 원하는 대답만 해 주면 상대는 의심을 품지 않는다. 내 모든 걸 알려주고 싶지만 지금은 아니다. 적당히 거짓말을 하며 그녀의 눈을 똑바로 쳐다본다. 단숨에 와인 잔을 비우자 그녀가 와인을 좋아하느냐고 묻는다. "네. 좋아합니다. 예전에 와인을 몹시 좋아하는 사람을 만난 적이 있는데 함께 자주 마시다 보니 좋아하게 되어 버렸죠."라고 말해 주었다. 그게 바로 자기 남편이란 것도 모르고 그녀는 "남편도 와인을 아주 좋아하죠."라며 입을 꾹 다물고 있는 현진을 바라본다. 그의 눈은 불안하게 움직이고 몸은 잔뜩 경직되어 있다.

"다신 이런 짓 하지 마!"

가희가 잠깐 자리를 비운 사이 그가 바로 내 눈앞에 얼굴을 들이대고 말했다. 그의 관자놀이에 핏줄이 곤두서 있는 게 보였다. 우연을 어찌할 수 있는 사람은 없다고 내가 말하자 그가 내 손목을 비틀어 잡는다.

"이게 우연이라고? 나더러 믿으라고?"

나는 그의 손아귀에서 손을 뺐고 능청스럽게 미소를 지었다.

"아니면 뭐겠어?"

13

한때는 막막했지만 지금은 아니다. 나는 그의 곁에 있다. 그는 다시 내 이름을 부르게 될 것이다. 현진의 매력적인 목소리는 전혀 변하지 않았다. 결혼을 했고 여전히 나를 반기지 않지만 상관없다. 시간이 해결해 줄 것이다. 내게 실망했던 때는 이미 과거이고 나는 지금 전혀 다른 사람이 되어 돌아왔으니까. 우리가 이웃이 된 이상 전처럼 외면하기만 할 수는 없으리라. 사실 예전에 나는 나의 가치를 제대로 인정받을 수 없었다. 생각해 보면 형편없는 모습이었던 것도 사실이다. 깡마른 몸에 여자들처럼 하얀 피부였고 제대로 할 줄 아는 스포츠도 없었다. 다른 남학생들은 코밑이 거뭇거뭇했고 겨드랑이와 사타구니에

털이 났지만 나는 늦게까지 계집애처럼 보였다. 지금은 그 초라한 껍질을 완전히 벗어던졌고 지나가는 사람들의 시선을 뒤로 끌어당길 만큼 충분히 매력적인 외모를 얻게 되었다.

형을 잃었고 지태를 잃었지만 나에게는 아직 현진이 남아 있다. 그는 여전히 나를 무시하려 들지만 곧 달라질 것이다. 무엇보다 내가 자진해서 치료를 받고 있다는 사실을 알게 되면 말이다. 예전의 내가 아니란 걸 그가 알기만 하면 말이다. 물론 그의 신뢰를 되돌리는 일은 어려울 것이다. 그는 영리해서 한쪽 면만을 보고 사물을 판단하지는 않으니까.

깊어 가는 밤, 불을 끄고 거실 블라인드를 들추고 창밖을 내다본다. 풀벌레 소리에 귀를 기울이면 마음이 얼마간 편안해진다. 불빛이 반짝이는 세상은 아름답지만 인간들이 우글우글한 건 싫다. 그들의 눈이 싫다. 내가 밖을 내다보는 것처럼 외부에 존재하는 수많은 눈들이 언제나 나를 들여다보고 있다고 생각하면 소름이 끼친다. 어쨌든 상관없다. 사회는 늘 감시를 게을리하지 않지만 내가 정상이 아니란 사실을 제대로 간파하지 못하고 있으니까. 맞지 않는 신발을 신고 낑낑대고 있는 불쌍한 영혼을 들여다볼 만큼 사회는 한가하지 않다. 그들이 볼 수 있는 건 영혼이 아니라 겉모습이니까. 고급 주택을 소유하고 전문직에 종사하고 값비싼 구두를 신고 다니는 남자는 경계 대상에서 배제되기 마련이다. 이 모든 게 당신을 위한 거야. 그가 잠들어 있는 집 쪽을 향해 속삭여 본다.

14

    일기예보에 태풍이 북상 중이라고 했다. 나는 지금 태풍을 기다린다. 하염없이 밖을 내다보며 바람이 모든 걸 쓸어가 버렸으면 좋겠다고 생각한다. 아직까지 태풍은 그다지 힘이 없다. 사람들은 안전한 피난처를 찾아 서둘러 발걸음을 옮긴다. 그들 중에는 공원이나 경로당에서 하루를 보내는 노인들도 있다. 허리를 구부리고 입술을 꽉 다문 채 조금씩 앞으로 나아간다. 지금껏 수도 없이 이런 날들을 맞이했을 텐데도 그들은 여전히 우산으로 완전히 비를 막아 내지 못한다. 나는 그들에게 들키지 않도록 벽 쪽으로 바짝 붙는다. 그들은 젊은이에게 기대하는 바가 있다. 창밖을 내다보던 새로운 이웃이 곤란을 겪는 자신들을 도우러 나오지 않았다는 사실은 얼마든지 비난의 이유가 될 수 있다.

    "넌 사람들에게 좀 더 관심을 가질 필요가 있단다. 자기 내부에만 틀어박혀 있는 건 겁쟁이들이나 하는 짓이야."라고 예전에 어머니가 말했다. 이제 어머니는 더 이상 날 걱정하실 필요가 없다. 나는 이제 사람들을 두려워하지 않는다. 이런 이야기를 지금 당장 어머니에게 한다면 자신의 노력이 결실을 맺은 거라고 생각할 것이다. 물론 자신이 망쳤다는 사실은 인정하지 않은 채. 어쩌면 어머니가 망친 것이 아닌지도 모른다. 순전히 유전적인 문제였는지도 모른다. 변이유전자를 보유한 인간의 확정된 운명처럼. 그게 나한테 일어났다는 걸 인정하기만 하면 모두의 불편한 마음이 해결될 것이다. 자책 따위가 무슨 소용이 있을까? 변화는 내게서 시작된다. 나는 변했다. 활기차게 거리를 활보하고 이웃들과 무리 없이 인사와 가벼운 농담을 나눈다. 이웃이 무거운 짐을 들고 있다면 기꺼이 함께 들어 주는 일도 마다하지 않는다. 나는 그들이 원하는 전형적인 좋은 이웃이다.

가희는 태풍이 오고 있다는 사실을 모르고 있는 것이 분명했다. 오전에 건조대에 빨래를 널어놓은 채 꼼짝하지 않는다. 낮잠을 자는 건가? 음악을 듣는 건가? 누군가와 통화 중인지도 모른다. 때로 아주 오랫동안 전화기를 붙들고 있을 때가 있다. 어쩌면 지금 방 안에서 그런 긴 통화를 하고 있는 건지도 모른다. 좀처럼 모습을 드러내지 않는다. 외부의 시선을 거세하기 위해 커튼을 쳐 두고서 말이다.

그녀의 집 뜰 한가운데에 놓인 건조대가 바람에 흔들린다. 비에 젖은 빨래가 펄럭거린다. 춤을 추는 수건과 옷가지들. 바람이 세력을 모아 점점 더 강력해진다. 잿빛 구름을 뚫고 번개가 노란 섬광으로 하늘을 가른다. 나는 건조대에서 눈을 떼지 못한다. 태풍이 강해지면서 빗줄기도 강해졌다. 나뭇가지를 휘감으며 바람이 거칠게 쉭쉭거리는 소리를 낸다. 곧 건조대가 바람에 넘어질 것이다. 내가 관여할 바가 아니다. 지켜보는 것은 곤혹스럽다. 더 이상 참지 못하고 밖으로 뛰어나간다. 곧장 옆집 울타리를 넘어 건조대가 있는 곳으로 간다. 비에 젖은 늙은 고양이 한 마리가 야옹거리며 뜰을 가로지른다. 비가 얼굴을 때린다. 신발은 금세 젖어 철벅거리고 빗물이 목을 타고 흘러내린다.

서두르다가 미끄러져서 우스운 꼴을 연출하고 싶지 않다. 누군가 나를 보고 있는지 살펴본다. 아무도 없다. 재빨리 젖은 빨래들을 걷은 다음 미끌거리는 빨래 건조대를 접어 들고 현관으로 간다. 그녀의 집 현관문은 나를 환영하지 않는 것처럼 굳게 닫혀 있다. 현관 벨을 누른다. 가희가 소리를 들었을까? 잠에서 깼을까? 음악이 끝났을까? 통화가 끝났을까? 안에서는 인기척이 없다. 주먹으로 문을 탕탕 두드려본다. "잠깐만요." 안쪽에서 목소리가 흘러나오고 곧 문이 열린다. 나는 그녀의 눈동자가 놀라움으로 커지는 광경을 아주 가까이에서 볼 수 있다. 입술을 반쯤 벌리고 멍한 표정으로 나를 본다.

"샤워 중이어서…… 어머나."

"비가 쏟아지는데 잊고 계신 것 같아서…… 실례를 무, 무릅쓰고……."

눈에 경련이 일어난다. 내가 말을 더듬자 그녀의 얼굴이 풀어졌다. 흰색의 두툼한 목욕 가운을 입은 가희는 맨얼굴이다. 광대 근처에 살짝 엷은 기미가 올라오긴 했지만 아래위로 짙은 속눈썹과 도톰한 핑크빛 입술 덕분에 젊어 보인다. 그녀가 상황을 파악한 듯 한쪽으로 비켜섰다. 나는 안으로 들어갔고 빨래 건조대를 벽 쪽에 세우고 들고 있던 것들을 건네기 위해 팔을 뻗었다. 그녀가 고맙다는 말을 하며 수건과 옷가지들을 받아들고 나의 팔목에 그녀의 손이 살짝 닿는다. 심장박동이 빨라지고 다리가 후들거린다. 그녀의 눈이 뚫어질 듯 내 얼굴을 바라보는 통에 얼굴이 달아올라 시선을 피하고 짙은 올리브색 현관 매트를 내려다보았다.

"그럼."

막 돌아서려는데 경계를 누그러뜨리며 그녀가 말한다.

"차 한 잔 하고 갈래요."

나는 얼빠진 얼굴로 고개를 끄덕이고 그녀를 따라 안쪽으로 들어갔다. 다시 세탁을 해야겠다고 말하며 가희가 수건과 옷가지들을 세탁실로 옮긴다. 거실로 돌아온 그녀가 자연스럽게 젖은 머리를 감싸고 있던 수건을 풀어 머리를 닦는다. 그러자 매끄럽고 새하얀 목덜미가 눈앞에서 사라지고 젖은 머리카락이 어깨 위로 떨어졌다. 내게 닦으라면서 욕실에서 꺼내온 수건을 건네주고 소파에 앉으라고 권한다. 그리고 자신은 성큼성큼 부엌 쪽으로 들어가 커피포트에 물을 끓인다. 나는 소파에 살짝 걸터앉아 창밖을 힐끔거리다 그녀를 바라본다.

"냉커피가 좋겠죠?"

나는 고개를 끄덕인다. 머리카락에서 물방울이 떨어져 그녀의 어깨 위에 작은 얼룩들을 만들어 놓는다. 나는 그녀가 싱크대 수납장 위쪽에서 냉커피용 컵을 꺼내려고 팔을 뻗는 모습을 지켜본다. 부드러운 곡선을 그리는 젖가슴과 앙증맞은 엉덩이, 새하얀 다리와 가는 발목이 눈길을 사로잡는다. 물이 끓고 가희가 돌아선다. 그녀가 완전히 몸을 틀기 전에 나는 얼른 시선을 주워 담는다. 그녀는 바짝 긴장한 사람처럼 내가 등을 꼿꼿이 세우고 있는 모습을 보며 재미있어 하는 눈치다.

"편하게 앉아요."

가희가 얼음이 잔뜩 들어간 커피를 내민 후 잠깐 실례한다는 말을 남기고 방으로 들어갔다. 나는 자리에서 일어나 피아노 옆을 지나쳐 창문 쪽으로 걸어갔다. 메말랐던 땅이 젖으면서 안으로 흙냄새가 스며들어 온다. 하늘은 온통 찌푸린 회색빛이다. 비를 피하기 위해 꽁꽁 닫힌 거리의 문들. 이 집 안에는 지금 나와 가희뿐이다. 그녀 외에는 지금 내가 여기 있다는 사실을 아는 사람이 없다. 어떤 일이 벌어진다 해도 간섭할 사람이 없다. 가능성을 재 보고 미구에 닥칠지 모르는 위험을 계산해 본다. 갑자기 촉발된 강렬한 전율을 온몸으로 느끼며 유리창을 타고 흘러내리는 빗방울을 따라 손가락을 움직인다. 요란한 빗소리에 파묻혀 문이 열리는 소리를 듣지 못했다.

"세상에 엄청나네요."

그녀는 어깨가 드러난 겨자색 원피스를 입고 있다. 엷게 화장을 하긴 했지만 머리는 여전히 젖은 채로 삐죽삐죽 뻗친 상태였다. 어린 여자애 같은 그런 모습은 신선한 충격이다. 가희가 주저 없이 창문 쪽으로 걸어와 바로 내 등 뒤에 서서 커피잔을 살짝 흔들어 댔다. 얼음들이 서로 부딪치며 달그락거리는 소리를 낸다. 지난번 초대 때와는 전혀 다른 느낌이 있다. 나를 시험대에 올려 두고 있는 것인지도 모른다. 그녀는 나와 단둘뿐이라는 사실이 전혀 신경 쓰이지 않는 것처럼 보인다.

"이쪽 창문을 열면 연수 씨 집이 보이죠."

의미심장한 말투로 그녀가 말했다.

"예전에 그 집에 살던 사람은 그림을 그리는 사람이라고 들었는데 좀 괴상했어요. 새벽까지 불을 켜 놓는 경우가 많아서 늘 커튼을 치고 살았죠. 염소처럼 기른 턱수염은 정말 최악이었는데."

그녀는 생각만 해도 끔찍하다는 듯 몸을 떨었다. 나는 살짝 미소를 지어 보였다.

"커피 잘 마셨습니다. 그만 돌아가 볼게요."

스치듯 그녀 옆을 지나 테이블 위에 잔을 내려놓는다.

"믿기지 않겠지만 집 안에 우산이 없어요. 비가 올 때마다 손님들이 들고 가서는 돌려주지 않았거든요. 좀 더 기다려 보는 쪽이 어때요?"

그녀는 생글거리며 웃었지만 나를 위해 친절하게 현관문을 열고 서 있었다. 나는 그녀의 팔목 쪽에 있는 여러 개의 작은 점들을 바라보았고 뿌옇게 세상을 적시고 있는 빗줄기를 바라보았다.

"괜찮습니다. 뛰어가면 금방이니까."

나는 아이처럼 고집을 부렸고 두 손으로 머리 쪽을 가리고 집을 향해 뛰었다. 돌아보지 않았지만 문가에 서서 그녀가 이쪽을 지켜보고 있다는 걸 느낄 수 있었다. 물을 잔뜩 머금은 잔디밭은 미끄러웠고 나는 발바닥에 힘을 주고 미끄러지지 않으려고 애쓰며 걸음을 옮겼다. 뛰는 것도 아니고 걷는 것도 아닌 어정쩡한 걸음걸이였다. 마침내 현관 앞에 이르렀을 때 나는 빗물이 뚝뚝 떨어지는 몸으로 뒤돌아섰다. 거친 내 영혼까지 흠뻑 젖은 느낌이었다. 공기가 너무 서늘했고 몸이 부르르 떨려 왔다. 그녀는 여전히 문가에 서서 이쪽을 바라보고 있었다. 우리 사이에는 억수같이 쏟아지는 하얀 빗줄기가 있었고 그 때문에 나는 조금 짜증이 났다. 그녀의 작은 머리통이 무슨 생각으로 가득 차 있는지 궁금했지만 거리가 너무 멀어서 눈빛을 읽을 수는 없었다.

15

매일 밤마다 거듭되는 꿈. 교활한 꿈은 절대 저항할 수 없다는 걸 알고 내가 굴복했다는 걸 알면서도 절대 만족할 줄 모른다. 꿈이 과거를 열면 거부권이 없는 나는 늘 그곳에 있다. 나는 열네 살이고 형과 나는 백팩을 매고 뜨겁게 달궈진 모래사장을 걷는다. 혼잡한 여름날의 해변이 마음을 설레게 한다. 무난한 수영복 차림의 여자들이 물놀이를 즐기고 형이 그들을 눈으로 쫓고 있다. 여기저기를 살피며 일하고 있는 구릿빛 피부의 구조대원들. 모래 속에 파묻혀 있는 근육질의 남자들 옆에 서 있는 젊은 여자가 우리를 바라본다. 여자의 바로 옆에서 칭얼대는 어린아이의 모습도 보인다. 아이가 얇은 주름치마를 잡아당겨 여자가 곤욕을 치르고 있다. 앞으로 걸어 나갈 때마다 신발 속으로 자꾸 모래가 흘러들고 나는 가다 멈추어 서서 신발 속 모래를 털어 낸다.

　단둘이 바다는 처음이었다. 아버지는 학회에 참석했고 어머니는 아픈 이모 때문에 도쿄에 있었다. 무엇 때문에 약속을 했는지는 기억에 없지만 형이 내게 한 약속을 지키려고 부모님을 속이고 나를 바다로 데려왔다. 우린 옷을 갈아입고 곧장 바다로 뛰어들었다. 물은 차갑지 않고 우린 한동안 사람들과 뒤섞여 헤엄을 쳤다. 형은 먼 바다 쪽으로 헤엄쳤고 구조대원들이 호루라기를 불며 형을 불러 세웠다. 점심 무렵이 되어 편의점으로 달려가 라면과 김밥으로 허기를 달래고 나무 그늘에 누워 편의점에서 산 소시지를 먹으며 만화책을 들여다보았다. 오후가 되어 형이 좀 더 수영을 즐기는 동안 나는 혼자서 해변을 걸었다. 조개껍질들이 햇살을 받아 모래 속에서 반짝반짝 빛났다. 나는 쪼그리고 앉아서 조개껍질을 모으기 시작했다. 너무 오랫동안 물속에 있어서 입술이 시퍼렇게 변한 형이 별안간 나타나 나를 잡아끌고 다시 바다로 향했다. 조개껍질이 잔뜩 들어간 비닐봉지가 모래 위에 툭 떨어졌다. 우리는 돌아가기 전 경쟁하듯 숨이 턱에 차오를 때까지 바다로 나아갔다.

　형은 경쟁에서 언제나 나를 앞섰다. 늘 성적이 상위권을 유지했고 취미로 쓴 글이 당선되어 단행본으로 출간된 적도 있다. 사람들은 형의 대단한 집중력에 매력을 느꼈다. 형은 돌아보지 않고 계속 앞으로 나아갔다. 바다 한가운데로 접어들자 모든 소리가 아련해졌다. 바다는 금빛 비늘을 감추고 갑자기 검은 이빨을 드러냈다. 물은 급속도로 차가워졌고 나는 공포에 휩싸이고 말았다. 앞서가던 형이 의기양양한 얼굴로 고개를 돌렸다. 지쳤고 어서 돌아가고 싶어서 형에게 황급히 돌아오라는 손짓을 했다. 그러나 형은 보란 듯이 손을 흔들고 다시 앞으로 나아갔다. 얼마 후 형은 물속으로 자취를 감췄다. 언제나 그렇듯 형이 나를 골려 주기 위해 장난을 치고 있다고 생각했다. 형이 다시 물 밖으로 고개를 내밀었을 때 나는 형에게 문제가 생겼다는 걸 알았다. 부릅뜬 두 눈에 공포가 가득했다. 의지와 관계없이 형의 몸이 점점 가라앉고 있었다. 나는 두려웠지만 물속으로 들어가 형의 팔을 잡았다. 겁에 질린 형은 너무 무거웠고 자신을 구해 주려는 것도 모르고 버둥거리다 갑자기 대책 없이 매달렸다. 겨우 형을 데리고 수면 위로 떠올랐을 때 형이 괴로운 듯 캑캑거리며 기침을 쏟아냈다. 형이 어깨와 머리통을 마구 짓누르는 바람에 나는 거듭 물을 들이켰고 숨을 쉴 수 없는 고통을 맛보았다. 나는 살기 위해 있는 힘을 다해 형을 밀쳐 내고 물 위로 떠올라 가쁜 숨을 내쉬었다. 형이 물속으로 가라앉는 모습이 슬로모션으로 눈에 들어왔다. 조금 더 숨을 고른 후 다시 물속으로 들어갔을 때 형의 모습은 어디론가 사라져 버리고 없었다. 순간 죽음과 같은 두려움이 엄습했다. 형을 삼킨 바다는 고요하기만 했다. 몇 번이고 형을 소리쳐 불러 보았지만 형이 다시 수면 위로 떠오르는 일은 없었다. 행운이 늘 형과 함께했다. 나는 신을 믿지 않았지만 형은 신을 사랑했는데.

눈물이 베개를 적시고 꿈은 황급히 무의식 너머로 자취를 감춘다.

눈을 떴지만 눈물은 멈추지 않는다. 나약하고 비루한 나를 마주할 시간이다. 통제할 수 없는 고통이 서서히 밀려온다.

16

이른 아침.

빌어먹을 날씨는 잔뜩 구리지만 나갈 계획이 없으니 상관없다. 아침으로 어제 먹던 피자를 입안으로 욱여넣으며 블라인드를 걷어 올리고 창문을 열었는데 맙소사! 가희가 이쪽을 보고 서 있다. 어느 쪽도 눈을 피하지 않았기 때문에 우리는 한동안 마주보고 서 있다. 씻지 않았지만 형편없는 꼴은 아니다. 볼일을 보며 거울을 들여다보았는데 밤새 수염이 돋아났지만 보드라운 머리카락은 악마의 뿔처럼 위로 치솟지 않았다. 흰색 폴로 티셔츠에는 지난밤 커피를 마시다 엎지르는 바람에 얼룩이 생겼다. 다행히 가희는 보지 못할 것이다. 나는 똑바로 서서 주머니에 손을 넣고 주먹을 쥐었다.

가희는 마치 자신을 보호하듯 가는 두 팔로 자신을 감싸 안고 있다. 평소와 달리 우아하게 반묶음 머리를 하고 흰 옷깃이 달린 블랙 원피스를 입고 있다. 가는 줄로 묶어 허리가 치명적으로 잘록하게 보여서 분위기가 아주 달라 보인다. 갑자기 약속이라도 잡혔나? 아닌가? 멍하니 이쪽을 바라보고 있는 그녀의 얼굴이 어쩐지 우울해 보인다. 내 마음을 읽었나? 갑자기 미소를 짓는 여자. 매일 쓸고 닦는 일에 정신이 팔려 있더니 갑자기 권태에 사로잡혔나? 회의감이라도 든 것인가? 어쩌면 나에 대해 생각하고 있을지도 모른다. 늘 얼빠진 표정으로 자신을 바라보고 있는 내게 매력을 느끼고 있다면 얼마나 좋을까. 내가 바라던 작은 기회가 온 것인지도 모른다. 나는 기다려 달라는 사인을 보내고 얼른 창가를 벗어나 지하 창고로 향했다. 내가 돌아왔을 때 그녀가 그 자리에 여전히 서서 나를 기다리고 있기를 바라면서.

부엌 바닥에 지하 창고로 통하는 문이 있다. 자세히 들여다보지 않으면 단지 바닥으로만 보인다. 깔끔하게 다듬은 눈썹과 가느다란 입술, 허스키한 목소리를 가지고 있었지만 어쩐지 뱀처럼 서늘한 느낌이 들었던 집주인이 집을 소개할 때 몇 번이고 그 점을 강조했다. 문을 열고 아래로 통하는 계단을 내려가면 그로테스크한 공간이 나온다. 남자가 작업실로 사용했던 곳으로 방음벽까지 완벽하게 되어 있어 그곳으로 들어가면 외부 세계와 완전하게 차단된다. 집 안에 이런 곳을 마련해 두는 것이 남자들에게 어떤 의미인지 아느냐는 표정으로 능글맞게 웃던 남자의 얼굴을 아직도 기억한다. 여자들을 유혹하기 위해 집을 설계할 때부터 만들어 두었던 게 분명했다. 어쨌든 남자는 사정이 생겨 외국으로 떠났고 이 집은 내 차지가 되었다.

바닥에 깔아 둔 카펫을 밀쳐 내고 문을 열자 습하고 퀴퀴한 공기가 훅 밀려 나온다. 이사를 오던 날 이곳으로 내려왔었다. 사람들의 눈에 띄지 않기를 바라는 물건들을 상자에 분류해 이곳에 가져다 두었다. 불을 켜자 전 주인 남자가 그려 놓은 그라피티가 보인다. 자신이 그린 거라며 코를 치켜세우고 자랑스럽게 말했었다. 추상적인 이미지의 알몸 여체가 벽을 가득 채우고 있다. 지워 버릴까도 생각했지만 귀찮아서 내버려 두었다. 축축하고 냉한 공기가 몸을 감싼다. 습한 공기로 인해 나무 계단에 문제가 생겼는지 걸을 때마다 길게 삐거덕거리는 소리를 낸다. 구석진 곳에는 물청소를 용이하게 해 주는 시설도 갖춰져 있다. 깔끔한 성격이었는지 내부는 지저분하지 않다. 주인 남자가 남겨 둔 모래색 소파침대가 보인다. 무슨 용도로 가져다 놓았을지는 뻔하다. 설마 혼자 여기 누워 있으려고 가져다 두지는 않았을 것이다. 어쨌든 이제 이것도 내 차지다. 소파에 앉아 아무렇게나 쌓아 둔 상자들을 차례로 살핀다. 노란색 딱지가 붙은 것을 꺼내 무릎 위에 올렸다. 뿌옇게 쌓인 먼지를 손으로 쓸어 내고 뚜껑을 연다. 색이 바랜 노란 머리가발과 피에로 의상이 들어 있다. 고등학교 시절 잠깐 팬터마임을 배운 적이 있었는데 그때 아버지로부터 선물받은 것이다.

"여자들은 자신을 웃게 만들어 주는 남자를 좋아하지."라고 아버지가 눈을 찡긋하며 말했었다. 아버지와 나 사이에 존재하던 간격이 좁혀지는 순간이었다. 아버지는 혼자만의 생각에 빠져 있는 자식이 걱정될 때마다 그런 식으로 다가왔고 나는 못 이기는 척 말 잘 듣는 아이 흉내를 냈다. 피에로 옷을 입고서 바나나 껍질을 벗기고 유리창을 닦는 시늉을 하고 저글링 묘기를 하면 때때로 어머니가 멍하니 앉아 있다가도 자지러지게 웃곤 했다.

"애야, 정말 잘하는구나."

배운 지 얼마 되지 않아 분명 서툴렀을 텐데도 어머니는 그렇게 말했다. 차가운 손으로 나의 두 손을 꼭 잡고 말이다. 여자들은 남자가 노력하는 걸 좋아한다. 내가 깨달은 건 그것이다.

옷을 꺼내 입어 본다. 팔과 다리 길이가 짧아져서 우스꽝스럽지만 상관없다. 머리에 가발을 쓰고 피에로 코를 코에 붙인다. 완벽하진 않지만 작게라도 웃음이 터질 정도는 될 거라고 기대한다. 그녀가 사라졌을까 봐 조바심을 내며 계단을 쿵쾅거리며 뛰어 올라간다. 오랜만에 가슴이 두근거린다. 가희를 웃게 만들어 내 편으로 끌어들일 기회였다. 나는 그녀가 찾아 헤매던 물건을 우연히 얻게 되었을 때처럼 환하게 웃는 모습을 보고 싶다. 기대는 무참히 깨지고 말았다. 창가에 다가섰을 때 그곳에 더 이상 그녀는 없었다. 몸에서 힘이 빠져나간다.

17

방문객은 난폭하게 문을 두들겨 소리의 세계로 나를 끌어냈다. 바보처럼 피에로 복장에 빨간 코를 달고 문을 연다. 신문 대금이나 우유 대금을 받으러 온 소년일 거라고 생각했는데 뜻밖에도 방문객은 현진이다. 너무 감상적인 기분에 빠져 경계를 소홀히 하고 말았다. 가슴을 쳐 봐야 이미 늦었다. 지하 창고로 이어지는 문을 닫는 것을 깜

빤한 것이 떠오르고 당혹감에 얼굴이 달아오른다. 그는 한때 아버지가 가장 아꼈던 제자로 지금은 대학에서 심리학을 가르치고 있다. 그가 오만한 표정으로 나를 보고 있다. 나 또한 그의 얼굴을 바라본다. 뒤쪽으로 넘겨진 부드러운 머리카락, 격조 있게 뻗은 코, 웃을 때 드러나는 광대뼈, 적당한 넓이의 이마, 잘 관리된 가지런한 치아가 바로 코앞에 있다. 언제든 환영이지만 지금은 아니다. 그가 안으로 들어와서는 안 된다. 현관문을 도로 닫으려는데 그가 재빨리 발로 저지한다.

"무슨 짓이야?"

그가 잔뜩 인상을 쓰며 으르렁거린다. 완력으로 문을 닫아 보려고 애써 보지만 소용없다. 그가 억지로 문을 열어젖히고 안으로 들어온다. 찾아올 거라고 예상하고 있었다. 하지만 늦은 밤이 될 거라고 생각했다. 도둑고양이처럼 다른 사람들의 눈을 피해 올 거라고 여긴 것이다. 이렇게 느닷없이 들이닥치다니.

"여긴 어떻게 알아낸 거지?"

그가 멱살을 잡고 나는 날개를 잡힌 오리처럼 버둥거린다.

"지난번에도 말했지만 우연이지."

"우연? 개자식. 닥쳐!"

조깅이라도 한 것인지 이마며 콧잔등에 땀이 송골송골 맺혀 있다. 그는 분노에 차 있다. 나 같은 사람을 상대할 때 절대 감정적으로 행동해서는 안 된다는 걸 알고 있지만 자신이 가졌다고 생각하는 권력을 과시하고 싶은 것이다. 어쩌면 또 다른 방식인지도 모른다. 나의 의도를 탐색하기 위해 고안해 낸 하나의 실험. 그는 어린 연수를 속속들이 알고 있지만 머리 좋고 일관성이 없는 성인의 나와는 상대해 본 적이 없다. 그가 나를 거실 쪽으로 밀치고 나는 힘없이 꼬꾸라진다. 그는 침입자처럼 신발을 신은 채로 곧장 소파 쪽으로 간다. 무대가 마련되었고 우리는 역할을 수행해야 한다. 그는 나를 비난할 수 있고 내 모든 것들을 뒤흔들어 놓을 수도 있다. 내가 할 수 있는 건 아직 아무것도 없다.

"믿든 말든 상관없어."

평정을 유지하며 대답하자 그의 차가운 눈이 흔들린다. 내가 하는 말들을 믿고 싶은 게 분명했다. 상황이 아주 나쁜 건 아니다. 그가 예전처럼 나를 유령 취급할까 봐 걱정했다. 예전에 그는 일방적으로 나와의 관계를 끊었다. 전화도 받지 않았고 찾아가도 만나 주지 않았다. 그게 얼마나 사람을 미치게 만드는지 그는 모른다. 나중에 그가 영국으로 떠나 버렸다는 사실을 알고 얼마나 슬펐던지. 나는 그냥 이웃이 되고 싶을 뿐이다. 그가 믿어 주기만 하면 되는데……. 그를 속일 생각은 없지만 그는 쉽게 보이는 것을 믿지 않는다. 심리학자들이란 보이지 않는 걸 믿으려는 작자들이니까.

"물 좀 줘."

털썩 소파에 앉으며 그가 말한다. 속내를 떠볼 작정이거나, 비난하고 모욕하러 찾아왔을 테지. 이제 더 이상 내가 맡은 약자라는 역할이 그에게 전적으로 유리하게 작용하지는 않을 것이다. 나를 멀리하는 일이 예전처럼 간단하지도 않을 것이다. 잃을 게 많아지면 몸을 사려야 하는 거니까. 멋진 가정을 지금 당장 파괴하고 싶지 않을 테니까. 그러니 나를 어린아이처럼 어르고 달래려고 할 것이다. 그가 갑자기 일어나 창문 쪽으로 움직이더니 한동안 미동 없이 서 있다. 아직 지하 창고로 이어지는 문을 보지는 못했다. 나는 물을 가지러 가는 척하며 얼른 창고로 이어지는 문을 닫는다. 작은 소음이 들렸지만 생각에 빠진 그는 다행히 아무 소리도 듣지 못했다.

"여기서 내 집을 훔쳐보고 있었군."

그가 흥분한 얼굴로 뒤돌아선다. 언젠가 그가 나에게 이런 말을 한 적이 있다. 그때의 그는 지금처럼 나를 싫어하지 않았다. "너하고만 있으면 머릿속이 엉망진창이 되고 말아. 생각을 정리할 수가 없다고." 나는 발끈해서 그게 무슨 뜻이냐고 물었다. "네 눈동자 말이야. 너무 어두워. 도대체 생각이란 걸 읽을 수가 없어." 그는 투덜거리듯 말했었다. 뭘 느끼고 있는지 알 수가 없어서 두렵다고 말한 적도 있다. 정말 그런지도 모른다. 나조차도 모를 때가 있으니까. 그는 나를 화나게 만들고 싶어서 욕을 하며 비아냥거리듯 턱을 실룩거리고 있다. 예전처럼 화가 나서 이성을 잃고 무슨 말이라도 지껄이기를 바라는 것이다. 그의 집을 훔쳐보고 있었던 건 사실이다. 나는 그의 시선을 피하고 차분하게 냉장고에서 물을 꺼냈다. 보란 듯이 어깨를 으쓱하며 냉동실에서 얼음을 꺼낸다. 달그락거리는 소리가 나도록 얼음부터 잔에 담고 물을 부어 그에게로 가져갔다. 그가 벌컥벌컥 한 잔을 다 비우고 또 한 잔을 요구한다. 다시 얼음을 컵에 담고 물을 붓는다.

"제발 과거에서 벗어나."

그가 등 뒤로 바짝 다가선 것이 느껴진다. 뜨거운 입김이 목덜미에 와 닿는다. 미처 카펫을 제대로 정리하지 못했다. 그가 아래로 시선을 돌리기만 하면 카펫 아래에서 뭔가를 발견하게 될지도 모른다. 손에 전율이 일고 곧 전율은 온몸으로 퍼져 나간다. 긴장한 나머지 컵에 물이 넘쳐 나도록 따른다. 그가 뒤에서 피에로 가발을 벗겨 낸다. 그의 입술이 거의 귀에 닿을 듯 가까이 있었다.

"우스꽝스럽군. 넌 여전히 어린애 같은 짓을 하고 있어."

그가 나를 돌려세웠고 한 손으로 허리를 감싸고 또 다른 손으로 턱을 잡아당긴다. 얼굴이 바로 코앞에 있어서 숨을 쉴 때마다 그의 숨 냄새가 난다.

"이렇게 하면 기분이 좋아져? 이런 걸 기대해?"

이제 더 이상 농락당하지 않을 것이다. 나는 있는 힘을 다해 그의 손을 뿌리쳤다. 그는 어색한 웃음을 지으며 내게서 떨어졌다.

"모든 걸 망치고 싶어? 그런 거야?"

"망치려는 게 아니야."

"과연 그럴까? 네 불쌍한 아버지를 생각해. 아니, 널 생각해. 이제 더 이상 너도 어린아이가 아니잖아. 미래를 망칠 셈이야. 인생이 시궁창에 빠지도록 내버려 둬서는 안 돼. 조용히 떠나. 가서 제발 네 인생을 살아."

"나한테 명령하지 마! 난 내가 있고 싶은 곳에 있을 거야."

그의 눈동자가 놀라움으로 커진다. 예상하지 못한 반응이었던 게 분명하다. 예전처럼 울며 매달릴 거라고 생각했을 테지. 그는 내가 다시 자신을 찾아온 의미를 잘 알고 있다. 심리학자가 모를 리가 없다. 그럼에도 애써 아무 일도 아니란 식으로 자신을 속이고 있다. 이제 그는 더 이상 혼자서 우리의 관계를 끝낼 수 없다는 사실을 알아야만 한다. 그의 눈이 슬프게 빛난다. 무지막지한 힘으로 나의 양쪽 팔을 꽉 움켜쥐고 모든 사실을 내 부모에게 알리겠다고 협박한다.

"당신은 내 아버지를 존경하지."

나는 차분한 목소리로 그에게 말했다. 그가 나를 노려본다.

"걱정할 게 뭐가 있지? 내가 당신의 이웃이 된 것뿐이야. 아무 일도 일어나지 않을 거야. 지켜봐도 좋아."

미소를 지으며 내가 말하자 현진의 눈이 의심으로 가늘어진다.

18

형이 떠나고 오랫동안 어머니는 아무것도 바꿔 놓지 않았다. 형의 방엔 형의 사진이 든 대형 패널이 벽에 붙어 있었고 교복과 책상과 형이 사용하던 물건들이 형이 살아 있을 때와 똑같은 형태로 그곳에 존재했다.

나와 지태는 내 방 침대에 누워 있었다. 형의 죽음 이후로 나는 내 안에 갇혀 지냈다. 나를 외부 세계와 다시 이어지도록 애써 준 것은 가족이 아니라 지태였다. 나는 소심하고 내향적인 성격이어서 친구들과 잘 지내지 못했다. 쉬는 시간마다 운동장에서 뒹구는 과격한 놈들과는 거의 어울리지 않았다. 그 일이 있기 전까지 지태와 같은 반이었지만 이야기를 나눠 본 적은 없었다. 가끔 그가 이쪽을 바라볼 때 나는 우리의 눈이 마주쳤다고 믿었다. 어쩌면 내 생각과 달리 그는 단지 열린 창문을 통해 새 떼가 지나가는 모습을 본 것인지도 몰랐다. 그는 단체 활동에 잘 참여하지 않았고 공부에 열중하지도 않았다. 그렇다고 질이 안 좋은 친구들과 어울려 학교 안팎에서 나쁜 짓을 저지르고 다니지도 않았다. 아이들은 그를 두려워했다. 그의 눈빛은 또래의 남학생들이 가지고 있는 눈빛과는 사뭇 달랐다. 불안정한 현실에 대한 두려움이 그의 눈빛에서는 전혀 드러나지 않았다. 그의 존재는 반 아이들을 불편하게 만들었지만 한편으로 그들은 그의 존재로 인해 자신들의 미성숙함이 어느 정도 희석되었다고 믿었다.

그 순간에 나는 두려움에 떨고 있었다. 누군가 계단에서 내가 하지도 않은 일을 들먹이며 시비를 걸고 있을 때 지태가 그곳을 지나갔다. 그는 어떤 경고도 없이 내 멱살을 잡고 있던 녀석을 밀쳐 냈다. 둘 사이에 몸싸움이 일어났고 나를 괴롭히던 녀석은 어쩌다 공처럼 계단 아래로 굴러떨어져 오른쪽 다리가 부러졌다. 녀석은 고통 속에서 신음하며 울부짖었고 순식간에 아이들이 그를 에워쌌다. 두려움은 사라지고 그 순간 나는 극심한 피로감을 느꼈다. 녀석이 병원에서 치료를 받는 동안 지태와 나는 키가 크고 얼굴이 앙상한 젊은 담임선생 앞으로 불려가서 상황을 설명해야만 했다. 그 일로 학교가 발칵 뒤집어졌다. 그러나 다음 날 지태 아버지가 다리가 부러진 녀석의 부모에게 위로금을 전달하자 사건은 곧 무마되었다. 지태의 부모가 학교 측에 엄청난 금액의 후원금을 냈다는 소문도 떠돌았다. 어쨌든 그 사건을 계기로 지태와 나는 늘 붙어 다녔다.

부모님은 내가 친구를 사귀었다는 것이, 친구를 집으로 데리고 왔다는 사실이 아주 대견스러운 일이라도 되는 것처럼 행동해서 나를 부끄럽게 만들었다. 그 시절 지태는 형의 자리를 대신했다. 가끔 그는 우리 가족과 함께 저녁을 먹었고 소파에 앉아 TV를 보며 다정하게 이야기를 나누었다. 주말에는 늦은 밤까지 내 방에서 나와 게임을 하고 내 침대에서 함께 잠이 들기도 했다. 어머니는 그의 부모님이 무슨 일을 하시는지, 어느 동네에 살고 있는지, 어떤 단체에 가입이 되어 있는지, 또 어떤 사람들과 교류를 하고 있는지 알고 싶어 했으며 지태가 입고 다니는 옷과 신발, 머리 모양과 걸음걸이도 꼼꼼히 살폈다. 지태는 어머니가 뭔가를 권할 때 사양하지 않고 그중에서 최상의 것을 골라냈다. 어머니는 안심했을 것이다. 내가 제대로 뭔가를 해냈다고 생각했을 것이다. 지태는 어떤 면에서 완벽했다. 뭔가를 고를 때의 탁월한 안목, 수다스럽지 않으면서 재치 있는 말투, 젓가락을 사용할 때조차 드러나는 교양, 사업가 집안(그의 집안은 지역에서 애완동물용 습

식사료를 취급하는 회사로 유명했다.)에서 물려받게 될 그의 몫, 매력적이고 품위 있는 외모.

지태에 대한 어머니의 관심은 좀처럼 수그러들지 않았다. 아버지는 달랐다. 처음에는 호의적이었지만 점점 냉담해졌고 결국 싫어했다. 내가 너무 깊이 빠져들어서, 그리고 그 애가 나에게 하려고 했던 행동이 문제가 되었던 것이다.

며칠간 눈이 내렸다. 다행히 그날 아침에는 깨끗한 겨울 햇살이 눈을 찔러 댔는데 오후가 되자 다시 폭설이 내렸다. 우리가 각자의 집으로 갔다면 그런 일은 일어나지 않았을지도 모른다. 도로 사정이 너무 나빠져서 스쿨버스 운행이 일시적으로 중단되었다. 집이 학교에서 멀지 않은 아이들은 도보로 하교했다. 나는 지태에게 그의 부모님 중 한 분이 그를 데리러 올 때까지 나와 함께 우리 집으로 가서 놀지 않겠냐고 말했다. 그는 선뜻 나를 따라나섰다.

우리는 어머니가 만들어 둔 치즈와 계란이 들어간 샌드위치를 먹고 내 방 침대에 드러누워 우주에 관한 책자들을 들여다보았다. 방문이 열려 있었다. 닫아 둘 이유가 없었으니까. 지태가 축농증으로 고생하는 국어 선생의 목소리를 어설프게 흉내 내어 나를 웃겼다. 언제나 그렇듯 장난이 시작되었고 한동안 우리는 서로의 몸을 만지고 간질이며 즐거워했다. 그러다 그의 얼굴이 아주 가까이 다가왔는데 나는 어떻게 대처해야 할지 알 수 없었다. 그를 수치스럽게 만들고 싶지 않았고 순간적으로 벌어진 일이었다. 그의 입술이 나의 입술을 살짝 덮쳤고 기막힌 우연으로 아버지가 내 방 안으로 들어왔다. 아버지가 그 시간에 집으로 돌아오는 일은 거의 없었다. 방금 자신의 눈앞에서 벌어진 일에 대해 해명을 요구하지 않았기 때문에 나는 아버지가 아무것도 보지 못했을 거라고 믿었다. 아버지는 평소와 다름없는 목소리로 어머니의 차가 눈길에 미끄러져 길가의 가로수를 들이받았다는 사고 소식을 전했다. 차는 앞쪽이 크게 망가졌지만 다행히 어머니는 가벼운 찰과상만 입었다고 했다. 그러나 의사의 권고로 며칠 입원을 하는 쪽으로 결정을 내렸다며 아버지는 어머니에게 필요한 물건들을 챙겼고 병원으로 떠났다. 가는 길에 태워다 주겠다며 지태를 조수석에 태운 채.

어느 날 밤 아버지가 내 방을 찾아왔고 지태와 더 이상 가까이 지내지 않기를 당부했다. 나는 늘 그랬듯이 고개를 끄덕였다.

19

한동안은 멀쩡한 듯 보였지만 결국 뒤죽박죽이 되어 버린 머릿속 때문에 몸이 말썽을 부렸다. 겨울방학이었고 내내 집 안에 갇혀 지냈다. 독감이었다. 고열에 시달렸고 온몸에 있는 수분이 몽땅 밖으로 빠져나가는 것처럼 땀이 났다. 옷이 젖고 침대가 젖었다. 어머니가 금방 새것으로 갈아입혔지만 또다시 젖고 말았다. 의지와 상관없이 몸이 흐물거렸다. 어머니가 병원에 데려가려 했지만 나는 거부했다. 환자들이 득실대는 병원에서 시간을 보내고 싶지 않았다. 쉴 새 없이 들려오는 다른 사람들의 숨소리와 소독약 냄새와 환자들에게서 나는 들척지근하고 역겨운 냄새를 견디고 싶지 않았다.

아버지는 지태와 나에게 일어난 일에 대해 어머니에게 함구했다. 아버지는 우리의 비밀이 힘없고 나약해서 어떤 식으로든 내면을 뚫고 나올 수 없을 거라고 생각했다. 일단 그것이 밖으로 튀어나온다면 걷잡을 수 없을 정도로 사나워질 것을 우려한 것인지도 모른다. 혼돈이 아가리를 벌리고 지금까지의 진실을 흡입하고 나면 새로운 진실이 그곳을 차지하게 되는 것이다. 새로운 진실은 그 누구에게도 이로울 게 없었다.

어쩌면 아버지는 두려워하고 있었던 것인지도 모른다. 체면이 우선이었다. 사람들의 뇌리에 의혹이 자리를 잡는다면 어떤 희생을 치르더라도 본래의 진실을 되살릴 수 없다고 굳게 믿었을 것이다. 나는 온전히 아버지가 인정한 세상에 갇혀 있을 수밖에 없다는 현실을 감지했고 급기야 침대에 앓아누운 것이다. 내가 잠들었을 때 아버지는 용서를 바라는 사람처럼 고개를 숙이고 침대 머리맡에 앉아 있었다. 아주 잠깐 잠에서 깨어났을 때 아버지가 울고 있다는 것을 알았다.

나는 오랫동안 아버지를 강인한 사람으로 생각했었다. 언젠가 아버지를 만나러 대학으로 찾아갔다가 우연히 아버지의 강의를 들은 적이 있다. 강의실 맨 끝 쪽에 내가 앉아 있었다. 아버지는 교수다운 옷차림으로 마이크를 잡고 강의에 열중해 있었다. 굵고 낮은 목소리에 제압당한 학생들이 사뭇 진지하게 수업을 듣고 있었다. 학생들이 그를 진심으로 존경하고 있다는 것을 알 수 있었다. 물론 나도 아버지를 존경했다. 그러나 더 이상은 아니었다.

아버지는 일어났고 침대 옆쪽에 구부정하게 서서 내 이마에 손을 얹었다. 그 손이 미세하게 떨렸다. 그는 겁 많고 위선적인 인물에 지나지 않았다. 문제가 나타나자 직면하지 않고 선택의 문제로 돌려놓음으로써 문제를 회피했다. 아버지는 주변을 의식했고 결국 권위의 실추를 두려워하며 진실을 파묻어 버렸다. 방문을 열고 아버지가 다시 자신의 세상으로 돌아갔고 내 문제는 잠시 잊혀졌다. 우려했던 일은 일어나지 않았다. 적어도 피상적으로는 그 일로 인한 감정적 영향으로 피해를 받아 고통당한 사람은 없었다.

몸이 좋아질 무렵 어느 날 밤 형이 찾아왔다. 형은 나를 비웃었다. 나는 형에게 처음으로 꺼지라고 소리를 질렀고, 내가 지른 고함 소리에 어머니가 침대로 달려왔다. 어머니는 걱정스러운 얼굴로 내 손을 잡았다.

"고약한 꿈을 꾸었니?"

바로 코앞에서 어머니의 다정한 눈빛이 나를 향해 쏟아졌다. 나는 침대에서 일어나 앉았다. 가슴이 쿵쾅거렸고 식은땀이 흘러내렸다. 손등으로 이마를 닦아 내며 어머니의 시선을 피해 보려고 했지만 갑자기 어머니가 나를 끌어안는 바람에 놀라고 말았다. 어머니의 가슴에 젖은 얼굴이 파묻혔다. 어머니가 걱정하고 있었다. 진실을 감당할 수 없는 눈, 내 눈을 똑바로 바라보지 못하는 눈이 거기 있었다. 어머니의 눈이 예전처럼 공허해지는 걸 볼 수 없었다. 나는 시간을 거꾸로 되돌리고 싶지 않았다. 결국 내 유일한 무기는 침묵이 되었다. 나는 나를 인정하지 않았고 결국 친구를 잃었다. 방학이 끝나고 학교로 돌아갔을 때 지태는 다른 학교로 전학을 간 뒤였다. 아마도 아버지가 그의 부모를 만났을 것이다.

20

어느 날 밤, 나는 침대에 누워 깊은 생각에 빠져 있었다. 칠흑 같은 시간 속으로 나아갔는데 정확히 어디로 나아가고 있는지는 알 수 없었다. 계속 앞으로 나아가다 보면 어떤 지점에 도착할 것이고 그곳이 바로 내가 목적했던 지점일 거라고 믿었다. 그러나 시간은 내가 이해할 수 있는 이해의 폭이 아니었고 결국 나는 한계에 이르렀다. 나는 출발하지 않았고 결국 도착도 할 수 없었다. 그냥 그 자리에 머물고 있는 것일 뿐. 절망이 눈처럼 겹겹이 쌓였다. 어둠 속에서 나는 그걸 똑똑히 볼 수 있었다. 환상이 시작된 것은 아마도 그때부터였다. 나는 누군가의 목을 졸랐다. 또 어느 때는 망치로 누군가의 머리를 내리쳤다. 상대가 고통에 몸부림치면 내 몸에 존재하는 세포들이 긴장으로 터질 듯 팽창했다.

21

 빨간 헬멧이 피자 배달을 온다. 몇 달 전까지 분식점에서 일했지만 이제 그는 피자집에서 일한다. 그래서 밤에 피자를 먹는다. 언젠가 그에게 몇 시에 자느냐고 물은 적이 있다. 잘못 들었는지 여섯 시간 잔다는 대답이 돌아왔다. 그는 하루에 여섯 시간을 자며 치열하게 살아가고 있지만 사람들 눈에는 그저 오토바이를 타고 도심을 가르며 소음을 일으키고 사고를 몰고 다니는 한심한 배달원일 뿐이다. 누가 그에게 관심을 가지겠는가? 하지만 나는 그를 기다리는 동안 마음이 한껏 부풀어 오르고 그런 티를 내지 않으려고 애쓴다. 거실을 서성이지 않는다는 뜻이다. 대신 창밖의 어둠을 내다보며 땀으로 인해 녀석의 숱 많은 갈색 머리카락들이 그의 이마에 찰싹 달라붙은 모습과 흐벅진 목덜미와 태양에 그을려 구릿빛으로 변한 가늘고 길쭉한 손을 떠올린다. 내내 기다리고 있었음에도 현관 벨이 울리면 나는 곧장 문을 열지 않고 잠시 기다렸다가 문을 열어 준다. 들어올 수 있도록 비켜설 때 그의 팔이 내 몸에 살짝 닿도록 해도 그는 신경을 쓰지 않는다.
 여느 때와 달리 개수대 아래쪽을 손보고 있어서 내 손은 깨끗하지 않다. 그에게 피자를 탁자 위에 놓아 달라고 부탁하자 그가 안으로 들어와 탁자 위에 피자 박스를 내려놓는다. 나는 일부러 그의 뒤에 바싹 다가서 있다가 옆으로 물러섰다. 소매 아래로 드러난 녀석의 그을린 팔을 바라본다. 근육이 잘 발달되어 있다.

"오토바이는 언제 배웠어?"

"열네 살 때 아버지한테서 배웠어요."

배달을 올 때마다 그에게 이렇게 한 가지씩 물어본다. 그는 의심 없이 대답하고 문을 나서기 전에 언제나 "맛있게 드세요."라고 말한다. 녀석이 돈을 자신의 청바지 속으로 쑤셔 넣고 시간에 쫓기는 사람처럼 허겁지겁 운동화를 신는 모습을 지켜본다. 혀를 내밀듯 체크무늬 셔츠 자락이 삐죽 나와 있다. 나는 셔츠 자락을 녀석의 바지 안으로 밀어 넣어 주고 싶지만 그럴 수가 없다. 재수 없는 인간처럼 보여서는 안 되니까.

피자를 시키는 날이 점점 늘어난다. 늦은 밤에 피자를 시키면 빨간 헬멧이 배달을 온다. 나는 그가 마음에 들고 그와 친구가 되고 싶다. 녀석은 가난해 보이고 그 때문에 조금 삐뚤어져 있을지도 모른다. 그 틈을 비집고 들어가면 좀 더 가까워지기 쉬울지도. 가난한 자들은 늘 세상을 원망한다. 세상을 무시하려고 애쓰지만 그럴수록 사회로부터 인정받고 싶어 안달이 나는 법이다. 녀석을 얻는 데 그리 긴 시간이 걸리지는 않을 것이다. 내가 녀석을 인정해 줄 테니까. 사회가 녀석에게 허락해 주지 않은 것들을 내가 허락해 줄 테니까.

어린 시절 종종 나는 나비나 잠자리를 잡아 하루 종일 놀곤 했다. 내겐 그것들이 세상의 비밀처럼 느껴졌고 그 비밀을 알아내는 일이 중요한 일처럼 느껴졌었다. 내가 잠자리의 날개를 떼어 내는 것을 보고 어머니가 경악했다.

"생명체를 귀하게 여겨야지. 이런 몹쓸 짓을 하다니."

나는 벌을 섰다. 개구리나 잠자리가 파리나 바퀴벌레와 왜 다른 대접을 받는지 알 수가 없어서 어머니가 나를 벌 주는 일은 부당한 일이라고 느꼈다. 좀 더 자라서 그 이치를 알게 되었다. 어떤 부류들은 세상에 해가 되는 것이다. 사회에 이득이 되지 않는 것들은 가치가 없다. 녀석은 어떤가? 녀석은 파리나 바퀴벌레 취급을 받지는 않을 것이다. 아마도 닭 정도의 취급은 받겠지. 사회가 목을 비틀어도 제대로 반항조차 못하는 힘없는 존재, 사회를 위해 알을 제공해야 할 의무를 가진 존재.

어느 날 밤 내가 피자 값을 치를 돈을 찾으러 내 방으로 들어간 사이 그는 거실에 홀로 남겨졌다. 서재 문이 열려 있었다. 책들은 보기 좋게 정리가 되어 있었고 책상 위에는 번역 중인 책과 프린트 용지들이 탑처럼 쌓여 있었다. 바닥은 깨끗했다. 누구나 호기심을 가지고 있으니 아마도 그는 주변을 훑어보았을 것이다. 내가 거실로 돌아왔을 때 녀석이 양면 서가에 흥미를 보이며 내가 소설가인지 알고 싶어 했다.

"아니, 번역을 하지."

녀석은 번역가는 처음 만나 본다고 말했다. 나는 내가 번역한 소설책을 책장에서 꺼내 그에게 내밀었고 내 이름을 알려주었다. 그러자 녀석도 자신의 이름을 알려주었다. 서윤우. 나는 그의 이름을 말해 보고 좋은 이름이라고 말해 주었다. 그러자 선명한 광대뼈를 드러내며 그가 미소 지었다.

"이런 집에서 혼자 살다니 멋지다고 생각해요."

그가 말했다.

너도 성인이 되면 독립하게 될 거라고 말하자 이런 집을 살 수는 없을 거라며 녀석이 한숨을 지었다. 나는 녀석과 나누는 사적인 대화가 즐거웠다. 뭔가를 재촉하는 듯한 목소리. 푸르뎅뎅한 복숭아처럼 영혼을 유혹하는 구석이 있었다. 피자 값을 내주자 녀석이 받아 들고 뭔가 아쉬운 얼굴로 내 집을 떠났다.

22

내게 여자가 전혀 없었던 것은 아니다. 한때 왜소한 체격을 비웃으며 괴롭혔던 남학생들 때문에 괴로운 시절을 보낸 적도 있지만 말이다. 그러나 곧 사정은 바뀌었다. 중학교 2학년 2학기가 시작될 무렵 키가 상당히 자란 것이다.

같은 반 여자애들 중에 내게 관심을 가진 여자애가 있었다. 그녀의 가늘고 길쭉했던 손과 핑크빛 손톱이 떠오른다. 다른 여학생들과 달리 해사한 얼굴에 눈이 휘둥그레질 정도로 예뻤고 공부도 잘했다. 사람을 홀리는 외모에 멋진 뇌를 가졌다는 건 특별하다는 의미가 된다. 모든 남학생들이 그녀의 것이 되기 위해 항시 대기 중이었다. 그런데도 그녀는 굳이 내게 관심을 보였다. 내가 자신에게 관심이 없다는 사실이 자존심을 상하게 한 것일 수도 있다. 아니면 의미 없는 나의 행동(노트를 빌려준 적이 있다. 수업 중에 다른 생각에 빠져서 멍하니 쳐다본 적도 있고 스쿨버스에서 자리를 양보해 준 적도 있다.)을 잘못 해석한 것일 수도 있다.

어느 날인가 계단에서 별안간 누군가의 하얀 손이 내 팔을 잡아당겼다. 어머니를 제외하고 여자가 나의 영역 안으로 그토록 가까이 다가온 것은 처음이었다. 핑크빛 손톱이 나를 잡아끌다시피 해서 데려간 곳은 학교 옥상이었다. 중간고사 준비를 위해 늦게까지 학교에 남아서 공부하는 아이들이 있었다. 텅 빈 옥상 한쪽엔 망가진 책상과 걸상들이 잔뜩 쌓여 있었다. 실제로 부서진 걸상 조각이나 아이들이 버린 과자 봉지와 쭈쭈바 껍질이 여기저기 나뒹굴고 있는 지저분한 장소였지만 밤에는 모든 게 어둠 속에 감춰졌다. 까만 밤하늘에 별이 총총히 떠 있는 밤이었다. 환하게 빛나는 교내 도서관에서 고개를 숙이고 열심히 공부하는 아이들의 모습이 보였고 그 모습을 보며 웃었던 기억이 난다. 경쟁에서 밀릴까 봐 항상 두려웠지만 그 순간에는 아니었다. 우리는 별을 올려다보며 이런저런 이야기들을 나누었다. 아주 가까이 서 있었기 때문에 그녀의 온기가 그대로 전해졌다. 나는 어머니가 나를 꼭 껴안았을 때 느꼈던 긴장감을 느꼈다.

"네가 마음에 들어."

그녀가 갑자기 내 귀를 잡아당기고 귀에 숨을 불어넣으며 말했다. 내가 거부하지 않자 가볍게 입을 맞추고 핑크빛 부드러운 혀를 내 입술 속으로 밀어 넣었다. 갑작스럽게 벌어진 일이어서 몸이 뻣뻣해졌다. 나는 그녀의 팔목을 꽉 잡았고 손바닥으로 그녀의 체온이 고스란히 느껴졌다. 그날 이후로 우리는 가까워졌다. 나는 책에서 본 것들을 마치 내가 경험한 일인 양 그녀에게 말했고 그녀는 그게 진실인지 아닌지 궁금해 하지 않았다. 그녀는 적극적이었고 나는 반 아이들에게 주목을 받는 게 싫지 않아서 그녀를 멀리하지 않았다.

어느 날엔가 심한 두통으로 결석을 한 적이 있다. 그녀가 나를 찾아왔고 우리는 공원을 두 바퀴 돌고 나서 낡은 벤치에 앉아 시간을 보냈다. 그녀가 가방을 뒤져 담배를 꺼냈고 불을 붙였다. 스스럼없이 담배를 피우는 그녀의 행동에 조금 놀랐다. 그녀가 나에게 담배를 내밀었고 불을 붙여 주었다. 나는 담배 연기를 깊게 빨아들였고 천천히 내뱉었다. 가끔 스쿨버스를 놓치게 되면 버스를 타고 학교에 갔다. 버스에서 내려 학교 교문이 나타날 때까지 큰길을 따라 걸어가는 동안 자동차 대리점 앞을 지나게 되는데 대리점 직원들이 건물 사이에서 담배를 피우고 있는 모습을 보게 될 때가 있었다. 배가 나오고 머리카락이 가늘어진 사람들이 쪼그리고 앉아 조급하게 담배를 피우는 모습이라니. 그 모습이 어찌나 군색한지.

그녀가 멀리 손을 뻗어 재를 털어 댔는데 바람이 방향을 바꾸자 재가 우리 쪽으로 날아들었다. 내가 생각에 빠져 있는 사이 그녀는 담배 연기를 도넛 모양으로 연속해서 뿜어냈다. 공원 한쪽에서 장기를 두던 노인들이 혀를 끌끌 차며 이쪽을 쳐다보자 그녀가 퉤하고 침을 뱉었다. 노인들은 한심하다는 듯이 얼굴을 찌푸렸고 고개를 돌려 버렸다. 담배 한 개비를 다 피운 후 그녀가 자기 집이 비었다며 놀러 가지 않겠냐고 물었다. 기대로 반짝거리는 눈을 쳐다보며 나는 고개를 끄덕였다.

그녀의 집은 오래된 다세대주택이었다. 그녀가 대문을 열며 주인 할머니의 성격이 고약해서 마주치면 곤란해진다고 말했다. 어쩔 수 없이 도둑고양이마냥 발소리를 죽이고 몰래 2층으로 올라갔다. 우리는 소파에 나란히 앉아 그녀가 냉장고를 뒤져 가져온 마른오징어를 씹으며 TV를 보았다. 북극곰이 나오는 다큐멘터리 프로그램이 방영 중이었는데 내 귀에는 전혀 들리지 않았다. 그녀는 계속 이런저런 이야기를 하며 내게로 조금씩 다가와 앉았다. 우리 사이가 아주 가까워지자 그녀의 눈동자 속에 내 모습이 작게 비쳐 보였다. 그녀가 갑자기 가족 이야기를 꺼냈다. 그녀의 아버지가 바람이 나서 집을 나간 후로는 줄곧 어머니와 단둘이 살고 있다는 말을 담담하게 했다. 가끔 어머니가 술을 마시고 떡이 되어 집 안으로 끌고 들어오는 남자들이 싫어서 곧 집을 나갈 거라고도 했다. 나는 그건 옳지 못한 선택이라고 말해 주었다.

"맞아서 눈가가 시퍼렇게 된 엄마를 본 적 있어?"

나는 고개를 흔들었다.

"엄마가 상대하는 남자들은 자주 엄마를 두들겨 패. 그걸 지켜봐야 하는 게 얼마나 끔찍한 일인지 알아?"

잘 이해가 가지 않았지만 나는 고개를 끄덕였다. 그런 이야기를 나한테 하는 이유를 알 수 없었다. 보기 안쓰러울 정도로 몹시 슬퍼 보였다. 그녀가 살짝 고개를 숙이자 입술 위로 투명한 눈물이 아름답게 굴러 떨어졌다. 위로가 필요해 보여서 어깨에 팔을 돌린 것뿐인데 그녀가 내 가슴속으로 파고들었다. 한참을 흐느꼈고 고개를 들었을 때에는 그녀의 눈자위가 붉어져 있었다.

"날 만지고 싶어?"

그녀가 물었다. 벽에 붙은 둥근 시계 속에서 은빛 시곗바늘이 째깍째깍 흘러가고 있었다. 나는 어떻게 대답해야 좋을지 알 수 없었다.

"만지고 싶다면 만져도 좋아."

그녀가 나의 손을 끌어다 자신의 가슴 위에 올렸다. 얇은 셔츠 속에서 탱탱한 물풍선 같은 가슴이 느껴졌다. 나는 용기를 내서 치마 속으로 부드럽게 손을 밀어 넣어 허벅지를 쓰다듬었고 입술과 목에 입을 맞추었다. 목에서 베이비파우더 냄새가 연하게 났다. 짧은 입맞춤이 끝났을 때 그녀가 키득거리며 웃더니 갑자기 내 손을 잡고 자신의 방으로 데리고 들어갔다. 가구라고는 침대와 낡은 책장과 책상, 작은 옷장뿐인 초라한 방이었다. 그녀가 먼저 침대 쪽에 앉아 이불을 걷어 내고 누웠다. 얇은 커튼을 뚫고 들어온 햇살 때문에 그녀의 눈동자 색깔이 거의 호박색으로 보였다. 나는 서툴렀지만 본능적으로 그녀의 셔츠 단추들을 벗겨 나갔다. 마지막 단추를 풀자 셔츠 앞쪽이 스르륵 벌어졌고 흰색 브래지어가 보였다. 그녀가 자연스럽게 손을 뒤쪽으로 돌려 브래지어를 벗어 버리자 태어나서 처음 보는 여자의 맨가슴이 드러났다. 그곳에 내 손이 닿자 그녀의 몸이 꿈틀거렸다. 그녀는 고양이처럼 배를 드러내고 누워 나를 올려다보고 있었다. 뭐가 재미있는지 계속 키득거리며 자신을 만지도록 내버려 두었다. 치마 속으로 손을 집어넣어 속옷을 허벅지 아래로 끌어내렸는데도 저지하지 않았다. 오히려 자신의 몸을 나에게 밀착시키면서 비벼 댔다. 그녀는 끝까지 가 볼 생각인 것처럼 보였다. 나는 서둘러 바지와 속옷을 벗었고 그녀 위로 올라탔다. 축축한 그녀 속으로 깊숙이 들어갔고 부르르 몸을 떨었다. 얼마 후 나는 기진한 상태로 그녀의 위에 엎드리고 있었다. 남자애들이 밤낮없이 떠들어 대던 섹스가 그토록 하잘것없다는 게 믿기지 않았다. 그녀와의 만남은 한동안 이어졌다. 우리는 아이들 몰래 학교 뒷산과 옥상, 공원에서 만났다. 나쁘지 않은 나날이었다. 적어도 그녀가 어느 월요일 아침 조회 시간에 학교 옥상에서 뛰어내리기 전까지는 말이다.

23

"치료의 시작은 현실을 인정하는 것입니다."

치료를 시작하기 전 그가 내게 했던 말이다. 나는 현실을 부정한 적이 없다. 단지 현실을 내가 원하는 형태로 만들고 싶을 뿐인데 그는 전혀 이해를 못한다. 창문이 닫혀 있지만 매미 우는 소리가 시끄럽다. 그가 내게 자리를 권하고 차를 마시겠냐고 묻는다. 나는 얼음이 담긴 물을 부탁하고 자리에 앉았다.

"오늘 기분은 어때요?"

그가 표면이 뿌옇게 변한 유리잔을 건네주며 물었다.

"좋아요. 요즘 노인들에게 페이퍼 컷 아트를 가르치는 봉사활동을 시작했거든요."

그가 페이퍼 컷 아트에 대해 물어서 한동안 아주 진지하게 설명했다. 그는 고개를 끄덕이기도 하고 가볍게 미소를 짓지만 절대로 말하는 도중에 끼어들지 않는다. 전문가들이란 문제가 구체적으로 드러날 때까지 기다릴 준비가 된 족속들이다. 이윽고 더 이상 할 말이 없어 입을 다물었을 때 그가 조심스럽게 언제 배운 것인지에 대해 묻는다. 별로 대답하고 싶지 않은 질문이다.

어머니가 예전에 강제로 나를 시에서 운영하는 문화센터 프로그램에 끌고 갔었다. 현진이 모습을 감춘 뒤였고 나는 거의 제정신이 아니었다. 뭔가 집중할 수 있는 일이 필요하다고 나를 담당했던 여의사가 말했고 결국 억지로 끌려가 그걸 배우게 된 것이다. 그렇지만 굳이 대답을 하지 않을 이유는 없다. 나는 고등학교 때 배웠다고 짧게 대답했다.

이제 이야기는 나의 과거로 자리를 옮긴다. 그는 내가 학창 시절 어떤 아이였는지 묻는다. 친구 관계가 어땠는지, 충격적인 사건과 첫 성경험에 대해서도 묻는다. 내가 하는 말들을 받아 적기도 한다. 나는 모든 질문에 대해 잠시 고민하고 짧게 대답한다. 그는 서두르지 않는다. 그는 내가 그 시절 이야기에 민감하다는 것을 눈치챈다. 나는 지태에 관한 이야기를 시작하지만 핵심으로 진입하는 일은 없다. 잘 꾸며진 거짓으로 그를 안심시킨다. 그가 더 예리하고 자기 일에 열정적이었더라면 오래전에 내가 하는 거짓말들을 알아차렸을 것이다.

"어때요? 당신 인생에서 그 사람만큼 당신을 이해해 준 사람이 또 있었나요?"

나는 현진에 대해 이야기했다. 현진과의 첫 만남, 편안함을 느꼈던 나날들에 관해 말한다. 그리고 그가 떠났을 때 느꼈던 슬픔과 배신감에 대해서도 이야기했다. 아련한 추억들을 떠올리며 감상에 젖어 내가 눈물을 흘리자 그는 약간 당황했다.

"이별은 우리 모두에게 영향을 미치죠. 사랑하던 사람이 자기 곁을 떠났을 때 충격을 받는 건 너무나 당연한 일입니다. 키우던 개나 고양이가 눈앞에서 사라진다 해도 마찬가지죠. 애착되어 있던 사람이 부재할 경우 자신이 공허하고 실체가 없다고 느낄 수도 있습니다. 중요한 건 관계가 끝이 났다는 걸 인정하는 겁니다. 마음먹기에 따라서 누구나 얼마든지 새로운 관계를 시작할 수 있습니다. 당신은 이사를 했고 지금까지와는 다른 환경에서 새로운 친구들을 얻게 될 겁니다."

그가 휴지를 뽑아 건네주며 말했다. 내가 눈물을 닦아 내고 다시 그를 바라보았을 때 그가 덧붙여서 말했다.

"그가 당신 곁에 없다고 해서 당신이 가치 없는 인간이 되는 건 아니지요. 절대."

흔들리는 상대를 쓰러뜨리는 일이 얼마나 쉬운지 그는 알고 있다. 그가 내게 일어나는 변화를 면밀히 살피고 있는 것이 느껴진다. 눈물은 더 이상 나오지 않는다. 나는 한참 동안이나 그를 바라보았다. 나는 누군가의 눈을 일부러 피한 적이 없다. 상대가 내 눈을 통해 읽어 내는 정보보다 내 쪽에서 상대의 눈을 통해 읽어 내는 정보가 더 많다.

그는 굳이 친구라는 단어를 이용했다. 내가 '게이'라는 사실이 드러나지 않도록 배려하려는 의도가 마음에 들지 않아 얼굴을 찌푸리지만 그의 말에는 동의한다. 윤우의 존재가 모든 상황을 바꿀 수도 있을 것이다. 윤우는 연약하고 사랑스러운 존재다. 돌봐 주고 애정을 쏟고 싶다. 한편으로 내가 왜 여기 앉아 있는지에 대해 의문이 생긴다. 내가 노력하고 있다는 사실을 믿기 어렵다. 나는 인류의 적이고 이미 사회적 관심의 벽을 빠져나왔다. 그런데도 여전히 돌아갈 자리를 찾고 있는 것이다. 여기서 멈춘다면? 그가 없는데 인생 같은 것이 무슨 의미가 있을까? 다시 원점으로 돌아간다. 닥터 K는 결코 나를 바꿀 수 없다. 문제가 어디서부터 시작되었는지 정확히 알지 못하고, 어떤 상황이 나를 어디로 몰고 가고 있는지 전혀 감도 잡지 못하고 있으니까.

24

하루 종일 우중충하게 흐리고 더운 날이었다. 멍하니 창밖을 내다보고 있을 때 그가 탄 오토바이가 내 집 앞에 서는 것이 보였다. 비가 오는 것 같기도 했다. 윤우가 마지막 피자를 배달하기 위해 내 집 현관 벨을 눌렀다. 문을 열자 땀으로 번들거리는 녀석의 얼굴이 보였다. 비가 내리고 있는 듯 그의 어깨가 젖어 있고 녀석은 조금 지쳐 보였다. 나는 피자를 받아 들고 시원한 레몬탄산수를 내밀었다. 녀석이 사양했지만 한 번 더 권하자 유리컵을 받아 들고 벌컥벌컥 들이켰다. 나는 피자를 들고 주방으로 들어갔고 녀석은 빈 컵을 돌려주려고 나를 따라 들어왔다.

"저녁은 먹었어?"라고 물어 보자 녀석이 시큰둥한 얼굴로 고개를 흔든다. 나는 아직도 뜨거운 피자를 꺼내 흰 접시에 담고 혼자 먹기 많다고 말하며 그에게 내밀었다. 녀석이 피자를 접어서 입안으로 밀어 넣고 우걱우걱 씹었다. 그다음부터는 모든 일들이 물 흐르듯 자연스러웠다. 우리는 바닥에 앉아 피자와 콜라를 해치웠고 냉장고에 미리 사다가 넣어 둔 맥주도 나눠 마셨다. TV를 틀자 흘러간 영화가 방영되고 있었는데 한국 코미디 영화였다. 나는 몰입을 못했지만 녀석은 시종일관 깔깔대며 영화를 즐겼다. 영화가 끝나고 남은 피자를 몽땅 해치운 후 배가 한껏 부르자 우린 그대로 바닥을 뒹굴며 이야기를 나누었다. 녀석은 미적분에 대해 묻기도 하고 친구 관계나 자신의 가족에 관한 이야기를 끝도 없이 쏟아 냈다.

이런저런 이야기를 통해 그의 아버지가 술과 노름을 좋아하고 가끔 녀석과 녀석의 여동생에게 거칠게 대한다는 것을 알게 되었다. 그의 부모가 돈 문제로 이혼한 이후로 어릴 적부터 집에 질이 안 좋은 여자들이 자주 들락거렸다는 사실도 알게 되었다. 어린 연수와는 전혀 다른 영혼이 여기 있었다. 나쁜 환경에도 굴하지 않고 자신의 삶을 살아가는 녀석. 그 또래의 남자아이들이 대개 그렇듯 건방지고 잘 흥분하고 자신감에 차 있다. 공격적이고 저돌적인 망아지를 보는 것 같다. 환경 따위에 굴복하지 않는 신선함이 있다. 그 점이 마음에 들었다. 울적한 나날을 보내고 있었고 위로가 될 뭔가가 필요했다.

"박쥐가 빠르게 돌아가는 선풍기 날개 사이로 날아갈 수 있다는 거 알아요? 고양이는 파리가 어디로 달아날 건지 예측하고 미리 가 있다가 낚아채죠. 다 뉴런 덕분이래요. 인간의 뇌가 가장 효율적인 연결망을 가졌다는데 내 머리는 왜 이런가 모르겠어요. 제대로 할 수 있는 게 별로 없어요."

수업 시간에 졸다가 교사가 묻는 말에 제대로 답변을 하지 못해 망신을 당했다며 녀석이 투덜거린다. 그러다 갑자기 나에 대해 묻는다.

"형은 다르죠? 모범생에 우등생이었겠죠. 형에 대해 이야기해 봐요."

이제 그는 나를 형이라고 부른다.

뭐가 궁금한 거냐고, 되물었다. "전부 다."리는 대답이 돌아왔다. 녀석이 나에 대해 알고 싶어 한다는 사실이 기뻤지만 한편으로 조금은 두려웠다. 뭘 알려줘야 할지 알 수가 없었다. 모든 것들은 내가 감추고자 하는 것들과 결국 연관되어 있었다. 내가 뱉어 내는 문장들은 신중하게 선택된 것들로 거대한 퍼즐의 단편적인 조각들이다. 이것들이 어떤 우연성에 의해 결합된다면 생각지도 못한 진실이 튀어나오고 만다.

윤우가 하던 게임에서 시선을 돌려 나를 본다.

"딱히 모범생도 아니었고 우등생도 아니었어."

나는 몹쓸 병을 앓은 적이 없고 마약 같은 데 손을 댄 적도 없고 물려받을 재산이 상당하다고 말해 주며 대답이 되었냐고 말했다. 마음에 든다는 듯 윤우가 낮게 휘파람을 불고 나서 사귀는 여자가 있냐고 묻는다. 지금은 없다고 대답했다. 성가신 존재는 어머니만으로 충분하다고 말했더니 킥킥대며 웃었다.

"그건 그래요. 전에 사귀던 제 여자 친구도 성가시게 굴었죠. 도대체 기분을 맞출 수가 없었다니까요. 한껏 좋았다가 나빴다가, 이랬다가 저랬다가, 잡동사니들을 사다 모으고 이유 없이 울고 따지고. 우리 반 여자애들도 다 그래요."

"내가 아는 여자들도 다 그래."

우리는 공모자가 되어 한동안 여자들을 비난했다. 녀석의 핸드폰 액정이 깨진 것을 보고 새 휴대폰을 선물하기로 마음을 먹었다. 며칠 뒤 나는 휴대폰 매장을 돌아다니며 녀석이 들고 다닐 휴대폰을 골랐다. 그가 어떤 것을 좋아할지 어떤 정보도 없었지만 상관없었다. 고가의 것을 골랐고 포장은 하지 않았다. 녀석이 그것을 보고 환하게 웃었다. 물론 처음에는 거절했지만 동생 같아서 주는 거라고 말하자 결국 내 선물을 받았다.

25

샤워를 했고 아무것도 입지 않고 침대에 누웠다. 지태와 함께했던 추억을 불러오기에 좋은 날이다. 침대는 서늘하고 달빛은 우울하다. 침대에 누워 지태가 남긴 가죽시계를 찼다. 그의 것. 그가 나에게 남긴 물건이다. 중학교 졸업 여행 때 지태가 다시 나를 찾아왔다. 그가 떠난 후로 나는 계속 미안한 감정에 시달렸고 그를 그리워했다. 부모를 속이는 일은 아주 간단했다. 아버지는 교환교수로 런던에 나가 있었고 어머니는 봉사활동으로 바빴다. 나는 3박 4일 떠나는 졸업 여행에 참석하는 대신 그의 집에 머물렀다. 그의 부모는 이혼한 상태였고 지태는 아버지와 생활했는데 그의 아버지는 사업 확장 때문에 지방에 있던 터라 우리는 녀석의 침대에 나란히 누워 빌려 온 포르노 비디오를 보며 낄낄거릴 수 있었다. 누구의 간섭도 받지 않고 배가 고파지면 음식을 시켜 먹고 기분이 내키면 함께 시내를 싸돌아다녔다. 그러다 장난삼아 지태가 내 옷을 죄다 벗겨 냈고 우리는 첫 관계를 맺었다.

그의 움직임은 부드러웠고 나는 감상적인 기분에 빠졌다. 태어나서 처음으로 이해받고 있다는 기분을 느꼈던 것이다. 우리는 벌거벗은 채 온 집안을 뛰어다녔다. 모든 문제가 한꺼번에 해결된 것처럼 홀가분해져서 하늘 위로 날아오를 수 있을 것만 같았다. 나는 2층으로 이어지는 계단을 뛰어올라 갔고 2층 창문 난간 위에 올라섰다. 뒤따라온 지태가 놀라 나를 불러 세웠다.

"안 돼!"

그가 뒤에서 낮게 소리쳤고 잔뜩 긴장한 얼굴로 다가와 나의 손을 낚아챘다. 나는 그의 품으로 떨어졌다. 나는 울기 시작했다. 흐느낌이 점점 더 격렬해지자 그가 나를 꼭 안아 주었다. 나는 학교 옥상에서 뛰어내린 핑크빛 손톱에 대한 이야기를 꺼냈다. 누구에게도 말하지 못했지만 그녀의 죽음에 대해 죄책감을 느꼈다. 지태는 담담하게 나의 어깨를 토닥여 주었고 그게 위로가 되었다.

때때로 어머니에게서 전화가 왔지만 받지 않았다. 문자메시지가 왔지만 확인하지 않았다. 내내 우리는 먹고 마시고 즐겼다. 마지막 날, 우리는 새벽까지 술을 마셨는데 지태가 갑자기 밖으로 나가자고 제안했다. 처음엔 둘이서 공원을 좀 걷다 들어올 생각이었는데 밖으로 나온 지태가 차고에서 그의 아버지가 애지중지하던 스포츠카를 몰고 나왔다. 지태가 차를 타고 먼 곳으로 나가자고 말했다. 비라도 뿌릴 듯 구름이 낮게 떠 있고 바람이 불었다. 나쁘지 않은 생각 같았다. 새벽이어서 도로는 한산했다. 나는 차창을 열고 속력을 내 보라고 소리를 질렀고 술기운에 흥분한 그가 마구 액셀을 밟았다. 차가 바람처럼 도로 위를 달렸다. 가로수며 건물들이 순식간에 휙휙 스쳐 지나갔다. 지태가 주호 이야기를 꺼냈다. 주호는 화장실에서 같은 반 여학생에게 그 짓을 시도하려다가 들켜서 전학을 가게 된 머저리였다. 지태가 먼저 웃기 시작했고 웃음은 곧 내게로 번졌다. 한번 웃음이 터지자 멈출 수가 없었다. 차가 시내를 완전히 벗어났지만 지태는 달리는 걸 멈추지 않았다. 목적지 같은 건 없었다. 우리는 흥에 겨워서 라디오에서 흘러나오는 노래를 따라 부르며 낄낄거렸다.

무겁고 습한 공기가 느껴지더니 비가 내리기 시작했다. 빗방울은 차츰 굵어져서 마침내 억수같이 쏟아져 앞이 뿌옇게 보였다. 고인 빗물이 차바퀴 쪽에서 순간적으로 분수처럼 솟아올라 커튼처럼 펼쳐졌다. 차는 계속 달렸다. 빗속에서 뭔가가 도로 위를 가로지르는 것을 보고 내가 소리를 질렀다. 갑자기 튀어나온 물체를 피하려고 지태가 핸들을 꺾었는데 공교롭게도 철근을 잔뜩 쌓아 놓은 인근 공사장 쪽이었다. 철근이 앞 유리를 뚫고 들어왔고 지태의 피가 사방으로 튀었다. 운전석에 있던 지태는 현장에서 즉사했다. 그때는 정말 세상에서 버려진 느낌이었다. 정말이지 지금 손목에 채워져 있는 그의 시계가 없었다면 견디기 힘든 때였다. 마음이 찢어질 것처럼 아팠다.

26

저녁 무렵 어머니가 갑자기 들이닥쳤다. 현관문을 열자 블라우스와 통이 좁은 바지를 입고 가슴 위로 길게 늘어진 목걸이를 하고 어머니가 서 있었다. 어머니 뒤쪽으로 오렌지 빛깔의 새털구름이 넓게 펼쳐져 있어서 뭔가 비현실적인 느낌이 있었다. 하마터면 어쩐 일이세요?라고 물을 뻔했다. 어머니의 한 손에는 가디건이 또 다른 손에는 도트 무늬 장바구니가 들려 있었다. 내가 장바구니를 받아들자 어머니가 머리를 매만지며 미소를 짓는다. 어머니의 방문이 달갑지 않지만 내색하지 않는다. 어머니가 가디건을 식탁 의자에 걸쳐 두는 사이 냉장고에서 물을 꺼내 컵에 따른다. 어머니에게 물잔을 건네자 물을 마시고 개수대에 소리가 나지 않게 컵을 내려놓았다. 어머니가 냉장고 문을 열며 가자미 튀김을 할 건데 괜찮겠냐고 묻는다. 고개를 끄덕인다. 나는 어릴 적부터 가자미 튀김을 좋아했다. 어머니가 앞치마를 하고 가위로 가자미의 지느러미와 꼬리를 잘라 내고 칼로 주둥이를 잘라 낸다. 이제 가자미는 몸뚱이만 남았다. 나는 싱크대 수납장에서 접시와 튀김 팬을 꺼내 식탁에 올려놓고 어머니를 바라본다. 식탁에 앉아 요리하는 어머니를 지켜보는 건 아주 오랜만이다. 어린 시절 어머니는 요리를 할 때 형과 내가 주방에서 뛰어다니는 걸 용납하지 않았다. 어머니가 생선살의 물기를 닦아 내다 말고 이쪽을 바라보았다.

"밥은 먹고 다니는 거니?"

"그럼요."

"냉장고 안에 음식을 만들 재료가 거의 없더구나."

"시켜 먹을 때가 더 많아요."

"여전히 피자 같은 걸로 끼니를 때우는 거니?"

나를 다 안다는 식의 말투다. 어머니가 깨끗하게 손질한 가자미에 생강즙과 소금을 약간씩 뿌려 밑간을 하고 밀가루를 살짝 뿌린다. 적당한 온도로 기름이 가열되자 생선에 튀김옷을 입혀 끓는 팬 속으로 집어넣는다. 생선이 튀겨지는 소리가 요란하다. 한 끼를 해결하자고 이런 성가신 일을 벌이다니. "그런 음식은 입에 대는 게 아니야. 그런 것들이 네 정신을 병들게 만들고 있잖니."라고, 이런 식의 장황한 잔소리가 시작될 것이라 생각하자 머리가 지끈거리기 시작했다. 어머니를 처음 실망시켰을 때가 언제였나? 내가 태어난 순간이었나? 아마도 그 순간일 것이다. 어머니가 형의 존재에 만족했다면 내가 태어나지 않도록 조심했어야만 했다. 나는 나를 책임지는 생명체지만 내가 태어나는 데는 아무런 영향력도 행사할 수 없었으니까. 내가 태어나 어머니의 생활이 엉망진창이 되었다 해도 내 탓은 아니다. 어머니가 임신중독증으로 고생했다 해도 그건 내 탓이 아니다. 그러나 그런 건 의미가 없다. 내가 모든 걸 망쳤다는 게 중요하다. 가방을 잃어 버리고 질이 나쁜 친구들과 어울리고 식탁에서 다리를 떨고 숟가락을 떨어뜨렸다는 게 문제였다. 그럴 때마다 어머니가 나를 나무랐다.

어머니는 내가 왼손을 사용하는 걸 싫어했다. 내가 오른손보다 왼손일 때 모든 일들을 더 잘 처리할 수 있다는 걸 알면서도 모든 책임을 오른손이 맡도록 요구했다. 결국 나는 오른손잡이가 되었지만 실수가 잦았다. 어머니와 나 사이의 갈등은 그리 오래가지 않았다. 내가 밖에 나가 친구들과 뛰어노는 걸 포기한 대가로 하루 종일 옷을 깨끗하게 유지하고 손톱을 바싹 깎아 손끝이 아픈 걸 참아 내고 음식을 먹을 때 몸이 절로 경직되고 가방을 절대로 손에서 놓지 않았기 때문에 모든 것들은 제대로 돌아갔다. 변화는 느리고 변화를 눈치챘을 때는 이미 늦다.

"좀 더 일찍 관심을 가져 주지 그랬어요."라고 말하려다 "피자를 좋아하지만 예전처럼 많이 먹지는 않아요."라고 대답했다. 잘 튀겨진 가자미가 차례로 하얀 접시 위에 담기는 모습을 지켜본다. 어머니가 소스를 만들고 토마토 샐러드를 만드는 동안 방으로 들어가 침대에 누웠다. 얼마 후 나는 식탁으로 불려 나갔고 어머니와 마주 앉아 저녁을 먹었다.

"네가 기름진 음식을 좋아하는 건 유감이구나. 기름진 음식들이 사람의 혈관을 늙게 만들지."

어머니가 샐러드와 버섯볶음 요리를 내 접시 위에 놓아 주었다. 젓가락으로 샐러드를 집어 입안으로 쑤셔 넣는다. 어머니가 자꾸 음식들을 내 접시 위에 놓아 준다. 짜증이 난다. 이제 어린애가 아니란 걸 어머니가 알았으면 좋겠다.

"지금은 네 몸이 젊어서 기름진 음식을 많이 먹어도 그리 나쁘지 않은 것처럼 느껴질지도 몰라. 하지만 사람은 나이를 먹고 오래된 습관을 고치는 건 힘이 들어."

나는 듣고만 있다.

"이런 이야기가 듣기 싫니?"

어머니가 눈을 가늘게 뜨고 내 눈을 들여다보고 있다.

"아뇨."

나는 몸을 웅크리고 꾸역꾸역 먹는 일에만 집중한다.

"네가 좀처럼 집에 들르지 않아서 아버지가 걱정이 많으셔."

어머니가 짧게 한숨을 내쉰다.

"연수야. 이야기를 나눌 때는 상대방을 바라보는 게 예의지. 그렇게 고개를 숙이고 먹는 일에만 집중하면 앞에 앉아 있는 사람이 무안하지 않겠니."

"죄송해요."

나는 얼굴을 들었고 어머니의 눈을 바라보았다.

"그래, 좋구나. 머리카락을 좀 자르는 게 좋겠어. 앞 머리카락이 눈을 찌르도록 놔두는 건 그다지 좋은 인상을 주지 못해."

"네, 그럴게요."

어머니가 수저를 내려놓고 후식으로 사과를 가져와 깎는다. 손놀림이 너무 느긋하다. 이러다 언제 떠날지 점점 초조해진다. 먹기 좋은 크기로 자른 사과가 접시 위에 놓였지만 나는 먹고 싶은 생각이 없다. 어머니가 포크로 하나를 집어서 내민다. 마지못해 사과를 먹고 포크를 내려놓는다. 이번에는 어머니가 차를 준비한다. "커피보다는 엽차가 건강에 좋아."라고 싱크대 수납장에 인스턴트커피밖에 없다는 걸 알고 어머니가 말했다. 물이 끓어오르는 동안 나는 소파로 자리를 옮겨 TV를 켠다. 약간의 소음이 필요했다. 식사를 하는 동안에도 TV를 켜고 싶은 마음이 간절했지만 어머니가 식사 예절에 어긋난다고 말할 것이 뻔했기 때문에 애써 참았다. 어머니가 커피를 거실로 가져다주었다. 나는 느긋하게 마시는 모습을 보여 주고 싶었지만 뜨거워서 몇 방울을 무릎에 떨어뜨리고 말았다. 어머니가 부엌에서 종이냅킨을 가져다주었다. 열심히 닦아 냈지만 커피 얼룩은 말끔히 지워지지 않는다.

"세탁을 해야겠구나."

나는 고개를 끄덕였다. 어머니가 직접 세탁해 주겠다고 말할까 봐서 겁이 덜컥 났다. 어머니는 뭔가 할 말을 찾는 사람처럼 한동안 내 얼굴을 바라보며 앉아 있다가 자리에서 일어났다. 어머니의 이번 방문 목적이 무엇인지 알 수가 없었다.

27

자기감정을 잘 숨기지 못하는 윤우를 기쁘게 하는 일은 아주 쉽다. 그는 젊고 필요한 것도, 갖고 싶은 것도 많다. 필요할 때 쓰라고 돈을 내밀면 얼굴을 찌푸리지만 뭔가를 선물하면 망아지처럼 좋아서 날뛴다. 아무짝에도 쓸모없는 자존심 때문에 돈을 받지 않는 건 유감이다. 배달 일을 하다 만나게 되는 수많은 인간들에 대한 이야기들. 녀석이 요즘 관심을 보이고 있는 게임. 그리고 미래에 대한 이야기. 녀석이 하는 모든 이야기에 나는 귀를 기울인다. 실은 쓸모없는 이야기지만 그가 하는 이야기를 듣는 게 즐거울 때가 있다. 평온한 일상. 누군가를 챙겨 주고 기다리는 시간. 어쩌면 내게 필요한 건 이런 일상일지도 모른다는 생각이 든다.

"아휴, 땀 냄새. 샤워해도 돼요?"

"물론."

이제 윤우는 내 집을 제 집처럼 드나든다. 녀석을 위해 거실에 둘 컴퓨터를 한 대 더 구입했고 소파침대도 사들였다. 베이지색 소파침대는 시내 가구점을 몽땅 뒤진 후에 구매한 것이다. 거실에는 이미 가죽소파가 있었지만 녀석을 위해 특별히 준비하고 싶었던 것이다. 게임을 할 때 함께 드러눕기에 딱 좋은 사이즈다. 거실이 다소 좁아졌지만 어쩔 수 없다. 칫솔과 컵, 실내화 등도 백화점에서 구입해 두었다. 고양이를 기르듯이 아주 세심한 배려가 필요했다. 인간이든 동물이든 편한 곳에 머물고 싶은 거니까. 윤우가 헬멧을 소파 위에 아무렇게나 던져 둔다. 흠뻑 땀에 젖은 옷들을 몽땅 허물처럼 벗어 두고 욕실 안으로 사라진다. 어깨와 팔, 종아리 살이 초콜릿색으로 그을렸다. 바로 샤워기에서 물 떨어지는 소리가 들리고 경쾌한 휘파람 소리가 간간이 들려온다. 욕실 문 앞에다 갈아입을 옷을 내놓았더니 헤벌쭉 웃으며 물이 뚝뚝 떨어지는 상체를 내밀고 가져간다. 몸을 제대로 닦지 않아서 금방 갈아입은 옷 여기저기에 얼룩이 생겼다. 녀석이 수건으로 젖은 머리를 대충 닦고 빗질도 하지 않고 앉는다.

"맥주?"

녀석이 고개를 끄덕인다. 냉장고 앞에 서 있지 않았다면 녀석의 머리카락을 헝클어 놓았을지도 모른다. 녀석은 TV를 켜고 쇼 프로그램에 출연한 걸 그룹이 섹시 댄스를 추며 노래를 부르는 모습을 지켜본다. 엉덩이를 살짝 치켜들 때마다 드러나는 매끈한 허벅지가 녀석을 흥분시키고 있다. 노래를 따라 부르던 윤우가 이쪽을 보며 치킨이 먹고 싶다고 소리친다.

"그럴 줄 알고 시켜 뒀어."

치킨이 배달될 동안 맥주 네 캔을 꺼내 놓는다. 목이 말랐던지 녀석이 한 캔을 따자마자 비우고 리모컨으로 볼륨을 높인다.

"요즘 우리 반 남자애들은 쟤네들한테 환장하죠."

요염하게 몸을 비틀며 남자를 유혹하는 여자들. 나는 엄지손가락을 깨물고 TV 쪽으로 목을 빼고 앉아 있는 녀석이 마음에 들지 않는다. 소파 옆자리에 앉아 슬쩍 녀석의 등 뒤로 팔을 뻗어 보지만 도통 내 쪽엔 관심이 없다. 윤우가 치렁치렁한 머리가 허리까지 오는 여학생과 시내를 돌아다니는 모습을 몇 번 본 적이 있다. 척 보기에도 질이 그다지 좋아 보이지 않는 여자애였다. 그런 여자애들에게 여러 번 실망하고 나면 나에게도 기회가 올 것이다. 현관 벨이 울리고 치킨이 배달된다. 우리는 맥주와 치킨을 먹으며 소파에서 시간을 보냈다.

"저런 여자들이랑 살면 인생이 즐겁겠죠?"

화면에서 좀처럼 시선을 떼지 못하고 윤우가 말한다. 나는 눈썹을 치켜올렸을 뿐 수긍하지는 않는다. 그러면 안 된다는 걸 알지만 기름이 묻어 번들거리는 입술을 휴지로 닦아 내는 녀석을 오랫동안 바라본다. 구겨진 휴지를 휴지통 안으로 정확히 던져 넣은 녀석이 휘파람을 불며 즐거워한다. 셔츠 단추를 제대로 채우지 않아 셔츠 사이로 오목하게 들어간 배꼽이 보인다. 반바지 아래로 뻗은 탄탄하고 멋진 종아리가 나를 자극한다.

"친구 중에 결혼해도 아이를 갖지 않겠다는 놈이 있어요. 황당하지 않아요? 하긴, 녀석이 사회에 불만이 좀 많아요. 저처럼 늘 맨땅에 헤딩하며 살아왔거든요. 사회에 이득이 되는 짓은 절대로 하지 않겠다는 주의죠. 절대 아이를 낳지 않겠대요. 아이를 낳지 않겠다는 건 유보적 자살이라고 봐야 하지 않을까요? 결국 다음 세대를 만들지 않겠다는 건 당장에 자신을 죽이는 일을 유보하는 것과 다르지 않잖아요."

"선택은 늘 개인의 몫이지."

"전 녀석과 달라요. 대학 졸업하고 4년 정도 일해서 돈이 모이면 바로 결혼할까 생각하고 있어요. 아이도 갖고 집도 사고 세금도 잘 내고 남들처럼 그렇게 살 거예요."

녀석이 코에 주름을 잡고 느닷없이 웃는다.

"아이를 어떻게 키울 건지 물어봐 줘요."

들뜬 녀석의 얼굴이 이쪽을 보고 있다.

"뭐?"

"아이를 어떻게 키울 건지 물어봐 달라구요."

"어떻게 키울 건데?"

"저처럼 자라지 않도록 최선을 다해야죠. 어릴 때부터 책 읽는 습관을 길러 줄 작정이에요. 형처럼요. 우리 집에는 책이라고는 교과서밖에 없어요."

녀석이 어깨를 으쓱한다.

"서점에 가서 함께 책을 고르고 미술관도 가고…… 커서 뭐가 되고 싶으냐고 꼭 물어 주고 말이죠. 가끔은 멋진 옷을 자신이 고를 수 있도록 해 줄 거예요. 악기 같은 것도 배울 수 있게 해 주고…… 음…… 그리고 아이가 좀 더 자라면 유럽 여행도 함께 갈 생각이에요."

"좋은 아빠가 되겠군."

"그렇죠? 정말 그렇게 생각하죠?"

나는 고개를 끄덕였다. 그렇지만 눈을 피했다. 나는 아이가 애완동물과 같다고 생각한다. 애완동물처럼 보살펴 주고 무슨 생각을 하는지 궁금하게 여겨 주고 함께 시간을 보낸다고 해서 그 동물을 완전히 알 수 있을까? 직장에서 쫓겨났을 때도 여전히 애완동물이 사랑스러울 수 있을까? 애완동물이 자신과 전혀 다른 생각을 하고 자신을 향해 짖어 댈 때도 애완동물의 생각이 궁금할까? 아이를 낳지 않는다는 게 유보적 자살이라고? 말도 안 돼. 꼬마야. 애완동물은 그냥 애완동물일 뿐이야. 네가 아니지. 너도 그걸 알게 될 거다. 사회가 존속을 위해 널 교육시키고 노동할 곳을 제공하고 또 다른 노예 생산을 유도하고 있을 뿐이야. 사회가 너에게 허락한 건 그게 다야. 알겠니? 넌 사회의 목적이 아니야. 수단이지. 게다가 너 같은 수단은 얼마든지 있어. 네가 열심히 배달을 하다 운 나쁘게 트럭과 부딪쳐 그 자리에서 즉사한다고 해도 사회는 눈 하나 깜짝하지 않아. 그 시간에도 배달부가 되기 위해 태어나는 아이들이 얼마든지 있으니까. 넌 자신이 배달부가 되기 위해 태어났다고 믿고 싶지 않겠지만 과거는 미래의 어머니지. 네 앞에 펼쳐져 있는 미래는 네 부모의 과거고 너는 네 자식의 미래야. 알겠어? 네 꼴을 봐. 배달하는 일이 좋아? 이런 식으로 살아서 네가 원하는 대학에 들어갈 수 있을까? 원하는 직업을 가질 수 있을까? 원하는 사람과 결혼할 수 있을까? 원하는 집을 살 수 있을까? 젊음이 허락한 시간은 너무 짧지. 젊음과 용기를 소유했다 해도 편협한 자본주의가 결코 쉽게 그런 것들을 너에게 허락하지 않을 거다. 당장 입을 열면 이런 생각들이 거침없이 튀어나올 것 같아서 한동안 입을 꾹 다물고 있어야만 했다.

"저 오늘 여기서 자고 가도 돼요? 담탱이가 뜬금없이 소설 중에 한 권을 선택해서 읽고 감상문을 적어 내라고 하네요. 집에서는 집중이 안 되거든요. 감상문은 거실에서 쓸게요."

"물론이지. 좋아하는 작가가 있어?"

"없어요. 제가 소설책은 그다지 좋아하지 않아서 말이죠. 지금부터 고민해 봐야죠. 서재에 있는 책들 중에서 한 권 골라도 되죠?"

"물론."

거실 책장에 꽉 들어차 있는 책들을 내버려 두고 굳이 녀석이 서재 쪽으로 들어갔다.

"책상 위에 있는 것들은 건드리지 말아 줘."

"알았어요. 책만 볼게요."

책상이든 컴퓨터 속이든 그가 봐서 안 될 것은 아무것도 없다. 예전 같은 실수를 하지 않기 위해 중요한 것은 은밀한 곳에 숨겨 두고 있다. 윤우가 책을 고르는 동안 나는 문가에 비스듬히 기대어 서서 녀석을 바라본다. 녀석이 움직일 때마다 슬리퍼가 바닥에 닿는 소리가 들린다. 녀석이 고개를 살짝 숙인 상태로 책등을 살펴보고 꺼내서 읽어 본다. 손으로 가볍게 책장을 넘기는 모습을 보고 있자니 하루 종일

보고 있어도 질릴 것 같지 않다. 그의 옆모습은 현진을 조금 닮았다. 현진은 하루만 지나도 수염이 거뭇거뭇 올라오지만 녀석의 턱은 아직 매끈하다.

28

현진을 처음 만난 건 지태가 세상을 떠난 뒤였다. 그 시절 주말에 가끔 아버지의 제자들이 집으로 찾아왔다. 그들은 서재에 모여 아버지의 침묵과 짧은 조언을 토대로 박사 논문을 수정하는 작업에 몰두했다. 어머니는 뜨거운 차를 준비했고 직접 쿠키를 구워 손님들을 맞았다. 어머니의 특별한 세계관에서 품위는 빼놓을 수 없는 하나의 소중한 가치였다. 가족들은 모두 품위를 지키기 위해 실내에서 소리 없이 걸어야 했고 음식을 먹을 때는 절대 윗입술과 아랫입술이 부딪쳐서 나는 소리가 나서는 안 되었다.

손님 접대용으로 구워진 쿠키는 밋밋한 형태였지만 맛은 혀를 감동시키기에 충분했다. 사람들은 어머니가 쿠키를 굽기 위해서 들인 정성과 시간을 사랑했다. 아버지에게서 논문 지도를 받았던 대학원생들 역시 쿠키를 좋아했다. 어머니가 그들 앞에 모습을 드러내는 건 차와 쿠키를 내놓을 때뿐이었다. 아버지는 마치 이야기를 이어 가는 윤활유라도 되는 것처럼 담배를 피워 댔는데 그 통에 서재는 오래지 않아 완전히 희뿌연 담배 연기로 가득 차곤 했다. 서재는 집 안에서 아버지가 담배를 피울 수 있는 유일한 장소였다.

나는 주말에는 집에 거의 머물지 않았다. 아침 일찍 시립도서관으로 나가 하루 종일 그곳에 머물렀다. 그날은 아침부터 컨디션이 안 좋았다. 오후에는 머리가 아파서 여느 때보다 일찍 집으로 돌아왔다. 아버지가 나를 서재로 불렀다. 아버지의 똑똑한 제자들은 모두 돌아간 후였고 현진만이 남아 있었다. 나는 그와 정식으로 악수를 나누었다. 키가 크고 몸도 다부진 그는 열정으로 가득한 눈빛을 갖고 있었다. 그가 내 손을 잡았던 순간이 떠오른다. 그는 부드러운 미소를 지으며 필요 이상으로 내 손을 꼭 쥐었다. 그와 마주 잡은 손이 땀으로 끈적거렸는데 그 느낌이 싫지 않았다. 아버지가 나를 위해 그에게 영어와 독일어 과외를 부탁했다. 그가 승낙했고 그다음 주부터 수업이 시작되었다. 수업은 내 방에서 이뤄졌고 그는 수업이 끝난 후 언제나 아버지의 서재에서 잠시 이야기를 나누고 나서 돌아갔다.

몇 달이 지난 후 과외 장소는 바뀌었다. 매주 금요일 오후 아홉 시. 내 쪽에서 그의 빌라를 찾아갔다. 빌라는 현대적인 회색 건물들이 즐비한 시내 중심가에 있었다. 수업이 끝나면 학원에 들러 수학을 비롯한 보충해야 할 몇 과목을 수강했고 패밀리 레스토랑에서 적당히 저녁을 해결한 후 그의 빌라로 갔다.

빌라는 오픈플랜 구조였다. 중앙에는 푹신한 가죽소파가 있고 동쪽으로 커다란 더블베드가 놓여 있었다. 창문 쪽에는 최신형 러닝머신이 24시간 주인을 위해 준비 중이었고 그 반대쪽엔 천장까지 닿는 책장이 있었다. 나는 운동을 싫어했지만 그는 운동을 아주 좋아했다. 그는 매주 일기를 써 오라고 요구했는데 그 시절의 나는 일기에 숨겨진 의미(나의 일상을 염탐하고 행동을 예측하고 통제하려는 목적이었다.)를 전혀 몰랐다. 그가 러닝머신 위에서 달리기 시작하면 나는 써 온 일기를 즉석에서 영어나 독일어로 읽어야만 했다. 어쩌다 엉터리 문장을 만들어 내면 그는 땀으로 번들거리는 얼굴로 히죽거리며 웃었다.

"아주 좋아."

가끔은 진심이 담긴 눈으로 발음과 어휘력이 향상되었다며 어린아이 다루듯 칭찬을 해 주기도 했다. 또 어느 때는 몇 권의 책을 정해 주며 책을 읽으라고 권하기도 했다. 주로 소설책이나 희곡 작품, 심리학과 관련된 책들이었다. 그에게 과외를 받은 후로 영어 과목에서 성적이 상당히 올랐다. 그는 가끔 내게 부탁을 하기도 했다. 나는 아버지의 서재에서 책을 가져다주거나 아버지의 컴퓨터 속에 저장된 문서들을 뒤져 그가 원하는 논문들을 그의 이메일로 보내 주기도 했다. 겨울이 끝나 갈 무렵 그는 다음 학기에 강의를 맡게 될 강사 명단을 알고 싶어 했다. 그는 나이와 상관없이 나를 친구처럼 대해 주었고 나는 그를 형처럼 따랐다. 수업이 너무 늦게 끝나는 날이면 흰색 스포츠카로 집까지 데려다 줄 때도 있었다. 조수석에 앉아 있는 시간은 달콤했다. 그는 굉장한 스피드광이었다. 건물과 가로수가 눈앞을 획획 지나갔는데 마치 날아서 집으로 돌아가는 듯한 착각에 빠지곤 했다. 운이 나쁜 날이면 경찰차가 우리 뒤를 따라붙기도 했다. 그가 경찰을 향해 이성을 잃고 욕설을 내뱉은 적도 있다. 그는 말할 수 없이 거칠고 아름다웠다.

29

형이 떠나고 나서 나는 오랫동안 물을 두려워했다. 자주 바다에 빠져서 허우적거리는 악몽을 꾸었다. 어느 날엔가 내 옆에 그가 잠들어 있었다. 과외가 끝나고 집으로 돌아가야 했지만 그만 소파에서 잠이 드는 바람에 그렇게 된 것이다. 늦은 밤 아버지와 그가 통화하는 소리를 듣고 다시 잠이 들었다. 한밤중에 잠이 깼을 때 집이 아니란 걸 알고 기뻤다. 그러나 다시 잠이 들었을 때 나는 또다시 악몽을 꾸었다. 내가 괴물처럼 소리를 질러 댔기 때문에 그를 깨우고 말았다. 꿈속에 갇힌 것처럼 꿈에서 깨어나지 못하고 흐느끼며 눈물을 흘렸다. 그가 세차게 흔들어 나를 깨웠고 집 안에서 질질 끌고 나가 차에 태웠다. 나는 내가 어쩌다 그를 불쾌하게 만들어서 그가 화가 난 거라고 생각했다.

우리는 어딘가를 달렸다. 어디로 가는 거냐고, 신호 대기로 차가 멈췄을 때 물어보았지만 그는 입술을 꽉 다물고 대답해 주지 않았다.

단호한 표정으로 어디론가 계속 차를 몰고 갈 뿐이었다. 그의 관자놀이에 곤두선 핏줄을 보고 그도 긴장해 있다는 걸 느낄 수 있었다. 드디어 그가 목적지로 정한 낯선 곳에서 차가 멈췄고 우리는 차에서 내려 먼지가 이는 땅을 밟았다. 일찍 떠오른 여름 햇살이 구름 사이로 환하게 쏟아졌고 가까운 숲에서 간간이 새 울음소리가 들렸다. 따라오라는 손짓을 하고 그가 먼저 한적한 저수지 쪽으로 걸어갔다. 길 가장자리 쪽으로 풀들이 웃자라 있고 작은 풀벌레 소리도 들렸다. 그는 성큼성큼 걸어갔고 나는 영문을 알지 못한 채 사방을 두리번거리며 그의 뒤를 따라갔다. 앞으로 무슨 일이 벌어질지 짐작조차 하지 못한 채.

바람 한 점 없는 날이어서 금세 목덜미와 손바닥이 땀으로 끈적거렸다. 걷는 동안 지대가 점점 높아져서 불길한 두려움이 몰려왔다. 마침내 앞쪽에서 걸어가던 그가 몸을 돌려 나를 바라보았을 때 나는 곧 나에게 일어날 끔찍한 일을 짐작했다. 그가 눈 깜짝할 사이에 다가왔고 저수지 쪽으로 나를 돌려세웠다. 정신을 차렸을 때는 이미 저수지에 둘 다 떨어지고 난 후였다. 순식간에 벌어진 일이어서 저항할 틈도 없었다. 수영을 할 수 있다는 것도 잊고 나는 물속에서 허우적거리며 살려 달라고 소리쳤다. 기도로 물이 들어갔는지 눈알이 튀어나올 것 같은 통증이 일었다. 물에 가라앉지 않도록 사투를 벌였지만 결국 손발에서 힘이 빠져나갔고 몸이 무겁게 물속으로 가라앉았다.

"죽기 싫으면 헤엄 쳐. 어서!"

그때 번개 같은 고함 소리가 들려왔다. 가까이서 그가 나를 지켜보고 있었다. 나는 고통스럽게 물속에 가라앉다 떠오르기를 반복했다. 더러운 물을 한동안 들이켠 뒤에야 몸이 말을 듣기 시작했다. 죽을지도 모른다는 공포가 물에 대한 두려움을 밀어냈다. 각기 다른 생물체라도 된 것처럼 팔과 다리가 저절로 움직였던 것이다. 결국 나는 스스로 저수지의 가장자리로 걸어 나올 수 있었다. 그가 나를 부둥켜안고 울었다. 잘했다고 몇 번이고 내 귀에다 내고 속삭이며 등을 토닥여 주었다. 아버지가 나에 관해 뭔가를 말해 둔 것이 분명했다. 그 당시 벌어졌던 모든 일들은 나를 통제하기 위해 아버지와 그가 꾸민 음모의 일부에 지나지 않았다. 그는 악마였고 동시에 구세주였다. 그는 두려운 악몽으로부터 나를 구한 자신의 용기에, 현명함에 의기양양했을 것이다. 그가 나를 악몽으로부터 구하지 않았다면 이 모든 일이 시작되지 않았을 텐데. 그는 나를 구한 대가를 제대로 치러야 한다. 절대 멋대로 나를 버릴 수 없다.

그 후로 나는 다시 물을 무서워하지 않게 되었다. 살갗에 닿는 물의 무게가 더 이상 두렵지 않았다. 물을 지배할 수 있고 물에 순응할 수 있었다.

물속에서 가희를 기다리는 동안 느긋하게 50미터 풀을 몇 번이고 왕복한다. 가희가 수영장에 도착할 시간이므로 그녀가 탈의실에서 수영복으로 갈아입고 로커가 잠긴 걸 확인하는 데 걸리는 시간을 머릿속으로 계산하고 있었다. 천창에서 안으로 쏟아져 들어오는 밝은 햇살이 풀에 희미한 빛기둥을 만들어 내는 모습을 바라보고 있을 때 이윽고 그녀가 모습을 드러냈다. 남자들의 시선이 그녀에게로 향했다. 가희의 생기로 넘치는 탄탄한 몸이 그들의 호기심을 자극한다. 그러나 그녀는 그런 주위의 시선을 즐기지 않는다. 오히려 권태로운 사람들의 즉흥적 호기심을 거부한다. 주위를 살피지 않고 오직 물살을 가르며 앞으로 나아가는 일에만 열중한다. 그런 태도는 천박한 호기심을 더욱 자극한다. 나는 그들의 궁금증을 얼마간 밝혀 줄 수 있는 증인이지만 그들 앞에 나서지 않는다. 마치 공기처럼 눈에 띄지 않게 움직이려고 노력한다. 가끔 그녀 쪽에서 나를 발견하고 먼저 인사를 건네 올 때가 있다. 나는 고개만 끄덕일 뿐 절대로 다가가지 않는다. 우리는 거의 정반대 쪽에서 수영을 즐긴다. 그녀는 물을 거의 튀기지 않고 앞으로 나아간다. 나는 그 유연한 움직임에 매혹된다. 가끔 턴을 하기 전에 우리의 눈이 잠깐 동안 마주치기도 한다.

30

다시 그녀를 보게 된 것은 대형 서점 외국서적 코너에서였다. 안쪽은 은은한 불빛 속에 서서 책을 고르는 일에 몰두한 손님들로 가득 차 있다. 가방을 등에 메거나 한 손에 들고 통로 쪽에 서서 책을 보는 사람들 사이를 걷는다. 그들이 내게 신경을 쓰지 않도록 소리 없이.

가희는 책들이 빽빽이 꽂힌 서가에 비스듬히 기대어 서서 소설책을 중간중간 읽어 내려가고 있는 중이다. 정강이까지 내려오는 긴 치마를 입고 굽이 낮은 운동화를 신고 있어 얼핏 보면 대학생처럼 보인다. 지나가다 슬쩍 어깨를 부딪치자 책에서 완전히 시선을 떼지 않고 미안하다고 중얼거린다. 잠시 후 상대가 자리를 떠날 생각이 없다는 것을 알아차리고 당황한 눈빛과 경직된 얼굴로 바라본다. 내가 자신을 내려다보고 있다는 것을 알고시는 가볍게 놀라며 친근한 미소를 짓는다.

"아, 안녕하세요. 여긴 어쩐 일이에요?"

"집에서부터 당신을 따라왔지요."라고 말할 필요는 없었다. 내가 고른 책들을 보고서 가희는 벌써 짐작을 끝냈다.

"필요한 책을 고르셨나 봐요."

가희가 말한다.

"몇 권 골랐어요."

내가 말했다.

나는 일부러 책등이 보이도록 들고 있다. 그녀의 시선이 책등으로 옮겨 가는 것이 보인다.

"줄리언 반스 작품을 좋아하세요?"

가희가 입술 끝을 살짝 말아 올리며 말한다.

"미치죠."

내가 말하자 동의한다는 뜻인지 그녀가 미소를 지으며 고개를 끄덕인다. 사실 나는 줄리언 반스를 그다지 좋아하지 않는다. 그의 작품에 푹 빠져 있는 건 가희다. 가희가 태어난 곳, 그녀의 가족, 출신 학교와 전공, 친구들, 결혼하기 전 잠깐 다녔던 직장, 좋아하는 음식, 책, 남자 관계, 사물에 대한 취향, 은행 잔고 등을 알아내는 데 많은 시간과 돈이 들어갔다. 사람의 심리를 읽고 싶다면 그 사람이 되어야 하는 거니까. 이런 식으로 우연을 만들어 내기 위해 얼마나 골머리를 썩었는지 모른다. 인간은 익숙한 사람을 덜 위험하게 느끼는 법이니까.

"이거 반갑네요. 그의 작품에 매료된 동지를 만나다니. 음...... 나 가서 점심을 해결할 생각이었는데 함께 가지 않겠어요?"

나는 머리를 긁적거리며 잠시 시선을 땅으로 떨어뜨리고 말한다.

"안 될 것 같아요. 약속이 있어요."

가희가 거절한다.

부드러운 미소를 짓고 있지만 그녀는 쉽게 접근을 허용하지 않는다. 거절당했다는 모멸감 때문에 갑자기 얼굴이 달아오른다. 짧은 시간 동안 머릿속으로 어떤 계산을 했을까? 쉬운 상대는 재미가 없다. 그런 식으로 현진도 유혹했겠지. 진짜 원하는 것들을 얻기 위해 마음을 숨기는 데 익숙한 여자들. 나는 즉시 상처 입은 순진한 남자처럼 시선을 제대로 맞추지 않고 조그만 목소리로 작별을 고하고 자리를 떠났다.

31

그때 나는 현진에게 완전히 빠져 있었다. 스스럼없이 내 볼을 잡아당기고 머리를 헝클어 놓고 빙긋 웃을 때마다 그렇게 느꼈다. 그의 손은 크고 힘이 좋았다. 그 손이 어깨를 움켜쥐거나 허벅지 위에 닿으면 마치 꼼짝달싹 못하는 포로가 된 기분을 맛보았다. 그를 좋아하는 여자들의 전화가 집으로 걸려올 때면 그는 내게 윙크를 하며 전화를 받기도 했다. 그들 사이에 끈적거리는 대화가 오가는 동안 나는 벌을 받는 아이처럼 고개를 숙이고 책을 들여다보았다. 물론 활자가 눈에 들어올 리 없었다.

나는 엉뚱한 생각에 잠겨 있었다. 그들이 모두 영원히 땅 밑으로 꺼지는 상상. 아무것도 모르는 그는 전화를 끊고 내 볼을 잡아당기며 무슨 생각을 하느냐고 물었다. 그럴 때면 전기에 감전된 것처럼 몸을 떨곤 했다. 그때마다 그가 매우 크게 웃었던 것을 기억한다. 그가 싫어하지 않는다는 것을 알고 나는 우연을 가장해 그의 몸에 신체 일부가 닿도록 움직여 보기도 했다. 역겹다는 표정을 보게 될까 봐 겁이 났지만 따뜻한 팔이 스치거나 몸의 온기가 그대로 전해질 정도로 가까이 다가서 있는 것만으로 기분이 좋았다. 등을 껴안거나 팔짱을 끼거나 손을 잡거나, 이런 식의 접촉은 불가능했다. 나는 그의 곁에서 쫓겨나지 않기 위해 노력해야만 했다. 그를 자극하면 사태가 걷잡을 수 없는 쪽으로 향하고 말 것이란 걸 본능적으로 알았다. 그러나 결국 내가 느끼는 감정을 그가 눈치채고 말았다. 모든 건 그가 새로 사귄 여자 때문이었다.

그해 겨울, 현진의 박사 학위 논문이 통과되었다. 축하를 위해 그와 평소에 어울리던 사람들이 죄다 그의 빌라로 몰려왔다. 나 또한 그곳에 있었다. 과외가 있는 날이 아니었지만 거의 매일 들렀던 것이다. 남자들이 박스에 담긴 맥주를 들고 들어왔고 여자들은 과일과 간단하게 요리할 수 있는 재료가 든 비닐봉지를 들고 왔다. 모두들 한껏 들떠 있었는데 그들 속에 처음 보는 여자가 끼어 있었다. 호리호리한 체격에 까만 피부를 가진 여자로 표정이 풍부한 동그란 눈이 인상적이었는데 그녀가 현진의 마음을 단번에 사로잡았다는 것을 알았다. 마음속에 분노의 불기둥이 치솟아 올랐고 나는 점점 이성을 잃어 갔다.

32

어머니는 내가 영국으로 유학을 간 것이 잘못이라고 생각했다. 모든 것들이 그때부터 잘못되었다고 말이다. 아버지와 나는 아니란 걸 알았지만 침묵했다. 어머니는 지금도 내가 심기일전해서 어떻게든 평범한 인생을 살 수 있을 거라 믿고 있다. 어리석은 어머니의 기대에 나는 속수무책이다. 일찍 독립한 것은 나쁘지 않은 선택이었다. 예전에 살던 곳은 집과 가까워서 어머니의 방문이 너무 잦았다. 다행이라면 어머니가 방문 전에 미리 전화를 걸어 두는 절차 정도는 잊지 않았다는 점이다. 지난번처럼 어머니로부터 방문하겠다는 전화가 걸려 왔다. 먹고 싶은 것이 있느냐고 물었고 나는 뭐든 좋다고 말했다. 어머니는 갈비찜을 해 놓겠다고 했다. 갈비찜은 형이 좋아하던 음식이다. 내가 좋아하는 건 그게 아니다. 그러나 아주 좋다고 말한다. 어머니의 방문 목적은 정상적인 생활을 하고 있는 나를 직접 눈으로 확인하는 데 있다. 방문을 끝내고 돌아갈 때는 늘 돈이 든 봉투를 꺼내 놓는다. 돈 때문에 불편한 점이 없지만 어머니의 돈을 거절하지 않는다. 어머니는 내가 번역으로 돈을 벌면서 논문에 소홀해질까 봐 염려하고 있다. 어머니는 교육자 집안에서 태어나 권위와 정직과 품위를 생명처럼 여긴다. 나는 어머니가 이해할 수 있는 범위에 있지 않다. 나에 대한 어머니의 몰이해가 자라면서 상처가 되었다는 사실을 들키고 싶지 않다. 내가 실수하기를 바라고 있는 것처럼, 늘 잘못된 점을 찾는 어머니. 아직 풀지 못한 상자가 여전히 거실에 쌓여 있는 것을 보고 얼굴을 찌푸렸다. 그것들이 제자리에 놓이기까지는 아무래도 몇 주가 더 걸릴 것이다.

"요즘은 어떠니?"

식사를 끝내고 차를 준비하고 있을 때 어머니가 물었다. 이런 질문은 직접 보는 것만으로는 만족할 수 없을 때 재차 확인하려는 의도가 깔려 있다. 찻주전자 물이 끓어오르며 쉬익쉬익 소리를 낸다.

"좋아요."

거짓말을 피하기 위해 어머니가 알고 싶어 하는 모든 것들을 뭉뚱그려 대답한다. 자리에서 일어나 재스민 티백이 든 찻잔에 물을 부어 어머니 앞으로 내민다. 어머니가 한 모금을 마시고 내려놓았다. 밖에서 아이들이 뛰어가며 내지르는 고함 소리가 들려오고 어머니가 얼굴을 찌푸린다.

"우리는 널 걱정하고 있어."

어머니가 나의 손등 위에 자신의 손을 포갰다. 나는 얼마간 꼼짝도 하지 않고 찻잔만 내려다보고 있다.

"언제까지고 이렇게 지내는 건 옳지 않아."

귓속으로 작은 벌이라도 들어간 것처럼 왱왱거리는 소리가 난다. 온몸이 뻣뻣해지고 심장이 빠르고 세차게 쿵쾅거린다. 나는 슬쩍 손을 빼내어 무릎 위에 올렸다. 어머니가 코끼리색 양가죽 지갑에서 사진 한 장을 꺼내 식탁 위에 놓는다. 단정하게 생긴 여자가 사진 속에서 이쪽을 보며 웃고 있다. 여자들은 웃음이 헤프고 강아지 새끼마냥 어디서나 꼬리를 흔든다. 나는 그게 싫다.

"그냥 만나만 보라는 거야."

어머니의 뒤쪽은 벼랑이다. 내 뒤쪽도 벼랑이다. 어머니는 쉽게 물러서려 하지 않는다. 잠시 팽팽한 침묵이 흐른다. 어머니가 구축해 놓은 도덕 안에는 나와 같은 인간이 설 자리가 없다. 마찬가지다. 내가 살고 있는 세계에서 어머니는 낯선 존재다. 나에게 어떤 방법이 있을까? 어머니 쪽에서 물러서지 않겠다면 이쪽이 물러서는 수밖에 없다. 벼랑 아래로 떨어지는 것은 두렵지 않다. 어머니는 어떤가? 내가 벼랑으로 떨어지는 쪽도 어머니에게 고통을 주기는 마찬가지다. 차라리 어머니를 속이는 편이 나을지도 모른다. 저는 어머니를 아주 사랑해요. 이것만은 알아주세요. 목구멍 아래쪽에서 킥킥거리는 웃음소리가 올라온다. 갑자기 내 인생에서 벌어지는 모든 일들은 어머니의 교육이 잘못되었기 때문이라고 소리치고 싶어진다. 모든 게 당신 탓이시요. 그런데도 미련을 못 버리고 저를 바꾸려고만 하세요. 저를 잘 보세요. 저는 변하지 않아요. 속마음은 어머니에게 들리지 않는다. 어머니와 나 사이에는 그 어떤 물질도 통과할 수 없는 공간이 있고 우리는 각자의 공간 속에 갇혀서 서로 다른 곳을 바라보고 있다. 어머니는 자신의 입술을 놀렸고 나는 나만의 생각에 빠져 있다.

"왜 그러니?"

내가 킥킥대며 웃었던 것이 분명하다. 어머니의 걱정스런 눈이 흔들리고 있다. 내가 한순간에 돌변할까 봐 조마조마한 것이다. 입으로는 늘 믿는다고 말해 놓고 무슨 일이 벌어질까 봐 잔뜩 겁을 집어먹고 있었다. 내가 무슨 생각을 하는지, 무슨 일을 저지를지 몰라서 말이다.

"좋아요. 만나 볼게요."

나는 대답했다. 어머니의 눈에 안도의 빛이 떠오른다. 어머니는 마침내 나를 누군가의 손에 안전하게 떠넘기려 하고 있었다. 어머니가 곧 약속을 잡겠다고 말했고 나는 고개를 끄덕였다.

33

증상이 심해진 것은 그해 겨울이 끝나 갈 무렵이었다. 현진이 동그란 눈과 사귀면서 모든 것들이 뒤죽박죽이 되어 버렸다. 동그란 눈은 일주일에 서너 번씩 맥주와 식재료가 든 비닐봉지를 양손에 들고 나타났다. 현진은 나에게 시큰둥하게 굴며 번역할 책을 던져 주고 그녀와 함께 부엌에서 요리를 만들었다. 두 사람은 함께 조리대 앞에 서서 생선을 다듬고 야채의 껍질을 벗기고 눈을 맞추며 웃었다. 나는 끝 쪽에 지우개가 달린 연필을 입속으로 집어넣고 잘근잘근 씹어 대며 그 모습을 지켜보아야만 했다. 나는 완전히 뒷전이 되었다. 나는 내 것을 뺏기고 싶지 않았다. 그의 관심, 그의 애정에 목말라 있었으니까. 뭔가를 공모하는 듯한 의미가 있는 그 무엇. 현진의 윙크를 더 이상 볼 수 없었다. 그의 미소를 보는 게 싫었다. 어쩌면 내게만 짓는 미소가 아니란 걸 알게 되는 게 싫었던 것인지도 모른다. 동그란 눈이 사고가 나서 고통스럽게 죽어 가는 상상을 하며 시간을 보내는 날이 많아졌다. 나는 그녀가 죽기를 바랐다.

그해 현진은 사랑에 빠졌고 나를 떠날 준비를 했다. 어느 월요일 아침, 그가 아버지를 찾아왔다. 완전히 닫히지 않은 서재 문 앞에서 나는 두 사람의 대화를 엿들었다. 그는 몹시 진지해 보였다. 자신이 감당할 수 있는 상황이 아니라며 과외를 그만두겠다고 말했다. 그가 원한다고 해서 우리의 관계가 끝나는 건 아니었다. 나는 그럴 생각이 전혀 없었으니까. 그는 내가 겪고 있는 혼란에 대해서 아버지에게 조심스럽게 말하며 다시 정신과 치료를 받는 게 좋겠다고 말했다. 아버지는 묵묵히 듣고만 있었다. 그리고 마침내 입을 열었다. "녀석이 자네를 만나면서 달라졌어. 좀 더 지켜봐 줄 수는 없겠나? 자네를 형처럼 따르고 있어." 그는 거절했다. 박사 학위를 취득했고 강사로 일하게 되었으니 강의에 좀 더 충실하고 싶다고 말했다. 나는 그날 저녁 단단히 화가 나서 그를 찾아갔다. 현관 비밀번호를 알고 있어 초인종을 누를 필요가 없었다. 그는 야간 강의를 끝내고 늦게 돌아와 샤워 중이었다. 욕실 쪽에서 물줄기 소리가 들렸으므로 다짜고짜 욕실 문을 열어젖혔다.

"나한테 이러지 마."

나는 씩씩거리며 소리쳤다. 그가 황급히 타월로 자신의 아랫도리를 감싸며 말했다.

"너, 대체 왜 이래."

"날 떠나려는 거잖아. 이 모든 게 그 여자 때문이야?"

그는 어이없다는 얼굴이었다.

"날 좋아했잖아."

"무슨 말이 하고 싶은 거지."

앞을 가로막자 그가 매몰차게 나를 밀치고 주방 쪽으로 걸어갔다. 그의 팔꿈치를 잡아당기자 겨우 그 자리에 멈춰 섰다.

"날 좋아하잖아. 나만 입 다물면 아무것도 문제 될 것이 없어."

"무슨 말이야. 우리 관계는 절대 네가 생각하는 관계가 될 수 없어. 난 그런데 흥미가 없어."

그는 우리 관계에서 혼자 쏙 빠져나가려 하고 있었다. 나는 몹시 화가 났지만 그의 발아래 꿇어앉았다. 눈물을 흘리며 제발 나를 받아 달라고 애원했다. 그가 나를 일으켜 세웠고 부드럽게 흔들었다. 내가 아이처럼 그의 목을 껴안고 얼굴을 비벼 대자 소름 끼친다는 듯 나를 밀쳐 냈다.

"날 받아 줘. 머리가 돈 게 아니야. 당신도 나를 사랑해. 단지 사회가 두려워서 날 멀리하고 있는 거잖아."

목소리가 쉬어서 나왔다.

"집어치워! 난 여자를 사랑해. 남자를 좋아한 적은 단 한번도 없어."

"아니야. 날 원하잖아. 받아 주기만 하면 뭐든지 할 거야."

"연수야, 제발 망상 좀 집어치워!"

"망상?"

"그래, 알고 있었어. 네 연습장에 그려진 그림, 그 섬뜩한 말들. 정상이 아니야. 너는 편집광이라고."

"무슨 말을 하는 거야. 나는 지극히 정상이야. 학교에선 우등생이고 집에서는 말 잘 듣는 강아지야. 당신한테도 그런 존재가 되어 줄 거야. 당신이 원하는 어떤 존재라도 좋아. 곁에만 있게 해 줘."

"완전히 미쳤군. 다시 약물 치료를 받아야 해. 지금 당장."

"안 돼."

나는 격하게 소리쳤다. 사랑하는 사람이 냉혹하게 굴고 있었다. 터질 듯한 분노로 얼굴이 활활 타올랐다. 그 순간 분노 앞에 잠재되어 있던 폭력성이 눈을 떴고 나는 나를 통제하는 데 실패했다. 의자를 집어 들어 창문 쪽으로 던졌다. 창문이 산산조각 났고 유리 파편이 튀었다. 나는 눈앞에 보이는 모든 것들을 차례로 파괴하기 시작했다. 그가 나를 저지하기 위해 다가섰고 몸싸움이 벌어졌다. 운동으로 다져진 그의 몸이 나를 짓눌렀고 몇 차례나 주먹이 얼굴로 날아들었다. 벗어나려고 몸부림쳤지만 소용없었다. 그가 멱살을 잡고 나를 일으켜 세웠고 문밖으로 내동댕이쳤다.

"날 떠나면 그 여자를 죽여 버릴 거야."

문이 닫히기 전 나는 피가 섞인 침을 바닥에 뱉어 내고 소리쳤다.

34

한여름 밤의 공원은 더위를 피해 나온 사람들로 북적거린다. 더위에 지친 한 무리의 사람들은 희끄무레한 달빛 아래 아무 곳에나 돗자리를 깔고 느긋하게 맥주를 마시고 있다. 제각각의 아이들은 고삐 풀린 망아지처럼 이리저리 뛰어다닌다. 나는 소란스런 무리 쪽으로 가지 않고 떨어진 곳에서 그들을 지켜보며 걷는다. 반바지를 입은 남자들의 다리에는 털이 숭숭 나 있고 민소매를 입은 젊지 않은 여자들은 하나같이 겨드랑이 살이 처져 있다. 아이들의 얼굴에서 때때로 부모의 얼굴이 보인다. 한 남자가 잔디에 침을 뱉는다. 아이가 아버지를 따라 침을 뱉는다.

냄새를 맡고 모여든 모기들이 극성이다. 파렴치한 악당들처럼 사람들을 노린다. 부채로 악당들의 공격을 피하는 사람들, 손바닥으로 쫓는 사람들, 안전한 곳을 찾아 떠나는 사람들, 각자만의 방식으로 대처한다. 간간이 웃음소리가 들리고 누군가를 부르는 고함 소리도 들린다. 귀에 이어폰을 꽂고 가볍게 뛰며 지나가던 남자가 잠깐 이쪽을 바라본다. 우리의 눈이 마주치고 남자가 시선을 돌린다. 나는 빽빽한 울타리 근처에 있는 벤치에 자리를 잡았다. 먼 하늘을 올려다보고 있는 사이 얼마나 시간이 흘렀을까? 나는 내 앞에 느닷없이 나타난 형체를 바라본다. 언제 나타난 거지? 추한 노인의 얼굴이 바로 코앞에 있다. 들척지근하고 시큼한 냄새가 코를 자극한다. 줄곧 내 앞에 있었던 것인가? 여자가 웃자 입술 사이에서 까만 구멍이 드러난다. 자리를 내주자 손으로 보이지 않는 더러움을 닦아 내고 앉는다. 노인은 이 마을 사람이 아니다. 그녀는 가끔 동네에 불쑥 나타나 사람들을 놀라게 한 다음 사라진다. 운명 속에 불쑥 머리를 들이미는 불행처럼. 젊음이 빠져나가 버린 여자의 얼굴과 가녀린 몸은 말린 대추처럼 쭈글쭈글하다. 암흑과도 같은 까만 눈. 그녀의 눈 속에 비치는 세상은 꿈과 같을까? 단편적이고 이해할 수 없고 불확실한? 노인이 뭐라고 중얼거린다. 자신의 자리라고 말하고 있는 것 같다.

사회 부적응자, 실패자, 잠재적 범죄자, 골칫덩어리. 사회를 좀먹는 존재들. 복지를 들먹이며 사회가 어떤 식으로든 도와주기 위해 보금자리와 음식과 전문화된 인력(사회복지사들 말이나.)을 제공하고 있지만 이런 인간들에게는 그다지 도움이 되지 못한다. 끊임없이 재생산되는 쓰레기들.

어둠 속에 박혀 있는 수많은 눈들이 누군가를 감시하기 위해 두리번거린다. 이 순간을 잘 이용해야 한다. 나는 근처 편의점으로 들어가 도시락과 우유를 사 들고 나왔다. 노인은 제집처럼 벤치에 드러누워 있다.

"할머니 식사하셨어요?"

노인의 몸을 살짝 흔들고 다정하게 묻는다.

"누구야?"

자리에서 일어나 앉은 노인이 검버섯이 잔뜩 올라온 얼굴을 찌푸리고 이쪽을 본다.

"식사 안 하셨으면 이거 드세요."

도시락과 우유를 내밀자 노인의 얼굴에 화색이 돈다.

"이런, 이런. 고맙기도 하지."

노인이 게걸스럽게 도시락과 우유를 먹어치우는 동안 나는 그녀의 옆자리에 앉아 있다. 노인은 모텔 청소를 하며 어렵게 생활하고 있는 딸자식에 대해 이야기를 하고 나에 대해 묻기도 한다. 이런 대화가 무슨 의미가 있을까? 하지만 나는 적당히 대답한다. 사람들의 눈이 나를 지켜보고 있고 중요한 건 그뿐이다.

35

시간이 한몫했다. 가희와 나 사이에 약간의 신뢰감이 싹트고 있는 게 느껴졌다. 나는 그녀를 위해 쓰레기봉투를 대신 처리해 주거나 장바구니를 들어주고 그녀가 내뱉는 모든 말에도 주의를 기울였다. 의도된 세심한 배려가 호감을 상승시켜 줄 것이라는 기대가 있었다. 필요한 건 더욱 빈번한 접촉뿐이다. 접촉이 빈번할수록 관계가 깊어지는 거니까. 나는 그녀가 다니는 수영장에 더욱 뻔질나게 드나든다. 이른 시간이어서 대개 수영장은 혼잡하지 않다. 방금 전까지 우리 외에 턱살이 처지고 배가 나온 중년 여자들이 있었지만 그녀들은 가장자리에서 잡담을 하고 물보라를 일으키다 어느 틈엔가 사라졌다. 이제 수영장 안에는 그녀와 나, 단 둘뿐이다. 나는 수영장 가장자리 쪽에 앉아 그녀가 수영하는 모습을 지켜본다. 가희는 몸매가 그대로 드러나는 흰색 수영복을 입고 수영에만 몰두한 것처럼 몇 번이고 풀을 왕복했다. 그러다 이쪽으로 헤엄쳐 왔다. 그녀가 물안경을 벗고 우리의 눈이 마주친다.

"어머, 안녕하세요?"

물 밖으로 모습을 드러낸 매끈한 어깨가 바로 눈앞에서 빛나고 있었다.

"안녕하세요. 부군께서는?"

두 사람이 함께 오지 않았다는 사실을 알면서도 주위를 누리번거리며 그렇게 물었다.

"지난밤 동료들과 한잔한 덕분에 지금도 침대 신세죠."

그녀가 짐짓 웃으며 물 밖으로 나왔다. 내가 자리에서 일어서자 그녀가 나를 올려다보아야만 했다. 그녀의 시선이 나의 벌어진 어깨에서 허벅지 쪽으로 소리 없이 내려갔다. 현진은 운동을 좋아해서 근육이 발달해 있는 편이지만 내 몸은 그렇지 못했다. 원래 운동 같은 건 별로 좋아하지 않는다. 덕분에 몸은 어린 소년처럼 호리호리하고 피부도 창백한 편이다. 키가 182센티미터까지 자란 덕분에 옷에는 크게 신경을 쓸 필요가 없다. 청바지에 티셔츠 차림으로 길거리를 활보해도 사람들이 눈길을 주는 것이다. 그녀가 수모에서 삐져나온 머리카락을 정리하는 동안 나는 물속으로 매끄럽게 뛰어들었다. 발로 힘껏 벽을 치고 앞으로 나아갔다. 가희가 자리를 뜨지 않고 나를 지켜보고 있다는 사실에 기분이 좋아졌다. 가희가 내 몸을 바라보며 멋지다고 생각하길 바랐다.

36

잠이 오지 않는다. 침대 옆 서랍장에서 수면제를 꺼내 물과 함께 넘긴다. 한참을 뒤척이다 보면 정신이 어딘가를 떠돈다. 귀가 움직이고 익숙한 소리들이 살아난다. 차 안에는 지태와 나, 단둘뿐이다. 바람을 끌어들이기 위해 그가 차창을 완전히 내렸다. 손을 내밀어 바람을 만진다.

"좀 더 밟아 봐!"

그가 소리치며 웃는다. 집과 나무들이 우리 뒤로 휙휙 사라져 간다. 가는 빗줄기가 차창을 두들기고 와이퍼가 규칙적으로 움직인다. 그래, 여기서 그만두는 거야. 이제 차를 세우면 돼! 어디다? 대체 어디다 차를 세워야 하지? 밖은 이제 완전히 칠흑 같은 어둠에 휩싸여 있고 갑자기 비가 억수같이 쏟아진다. 차만 세울 수 있다면 우리는 안전해. 조수석 쪽을 바라본다. 그는 없다. 두려움이 밀려온다. 낯설고 깜깜한 공간 속에서 나 홀로 운전을 하고 있다. 멀리서 규칙적으로 초침이 움직이는 소리가 들려온다. 그래, 꿈이야! 꿈. 나는 번개라도 맞은 사람처럼 침대에서 벌떡 일어났다.

벽에 걸린 시계가 새벽 두 시를 가리키고 있다. 등줄기에 땀이 비 오듯 흘러내린다.

37

 평일 오전, 가희가 아침부터 바쁘다. 세탁한 빨래를 건조대에 널고 청소기를 돌리고 이번엔 뜰에 나와 있다. 햇살을 차단하기 위해 챙이 넓은 흰색 모자를 쓰고 어깨가 드러나지 않는 나무색 원피스 차림이다. 하얀 손이 열심히 잡초를 뽑아낸다. 한 시간이 넘도록 쉬지 않고 몰두하고 있다. 그녀가 뽑아낸 잡초가 뜰 한쪽에 쌓여 간다.
 나는 창가에서 꼼짝도 하지 않고 지켜본다. 물론 그녀 쪽에서는 내가 보이지 않도록 블라인드를 내려놓았다. 나는 조심스럽게, 그리고 신중하게 그녀를 살핀다. 지켜보고 있다는 사실을 그녀가 눈치채지 않도록 해야 한다. 겁을 집어먹고 달아나면 곤란하다. 서두를 필요가 없다. 시간을 줘야 한다. 그녀가 고개를 들고 손등으로 이마와 턱을 문지른다. 미세하게 바람이 분다. 마침내 지루한 잡초 뽑기를 끝내고 가희가 자리에서 일어선다. 자신이 해낸 일에 만족하며 뽑아 둔 잡초들을 처리하고 칠이 벗겨진 벤치에 앉는다. 모자를 벗자 앞 머리카락이 땀에 젖어 이마에 찰싹 달라붙어 있다. 손등으로 이마를 문지르고 나서 칠이 벗겨진 곳을 손가락으로 문지른다. 무슨 생각을 하고 있을까?
 가희가 모자를 집어 들고 집 안으로 들어간다. 거실로 들어선 그녀가 얇은 여름용 커튼을 친다. 그녀의 모습이 실루엣으로 변한다. 이제 그만 그녀를 놓아 주어야 할 시간이다. 점심으로 자장면을 시켜 먹고 낮잠 잘 준비를 서두른다. 머리가 지끈거린다. 며칠째 무더위가 이어져 낮에 잠드는 일도 곤혹스럽다. 일단 찬물로 샤워를 하고 햇살에 잘 말려둔 시트를 꺼내 침대에 깔았다. 며칠 전 에어컨을 켜둔 채로 잠들었다가 한동안 콧물이 콧구멍에 대롱대롱 매달려 어린아이처럼 코를 훌쩍거렸다. 에어컨을 끄고 창문을 열자 후끈 달아오른 열기가 사나운 짐승처럼 집 안으로 뛰어든다. 엄지발가락으로 선풍기 버튼을 누르고 침대에 누워 사나운 짐승이 잠잠해지기를 기다린다. 입고 있는 옷이 거추장스럽다. 발가벗고 누워 있고 싶지만 웃통만 벗어던졌다. 반바지는 누가 보아도 점잖다고 생각할 만한 것으로 입고 있다. 이만하면 어머니가 불시에 침실로 들어온다 해도 놀랄 일은 없다. 이리저리 뒤척거리다 겨우 잠이 든다.

너무 생생한 꿈과 더위로 인해 생각만큼 깊이 잠들지는 못했다. 일어났을 때 머리가 묵직하고 온몸이 땀으로 축축했다. 곧장 욕실로 달려가 머리부터 찬물을 퍼붓는다. 소름이 돋고 머리가 맑아진다. 이게 현실이야. 과거는 현실이 아니야. 그러니까 과거는 상관없어. 나는 멍하니 거울을 보며 혼잣말을 한다.

38

모기가 극성이다. 창가에 바짝 붙어 서 있다 가희가 욕실에서 나오는 것을 보고 얼른 창가에서 몸을 숨겼다. 언뜻 그녀의 시선이 느껴진 것 같기도 하지만 어둠 속에 서 있는 나를 감지하지는 못했을 것이다. 잠옷 차림으로 나타난 그녀는 거실 탁자 위에 한쪽 다리를 올리고 매니큐어를 바르기 시작한다. 반복적이고 느리고 육감적인 동작이 이어진다. 열 개의 손가락들과 발가락들까지 다 바르고 나서 리모컨으로 TV를 켠다. 이리저리 채널을 돌린다. 현진은 어딘가에서 잔뜩 술을 퍼마시고 한밤이 되어서야 대리운전으로 돌아왔다. 그때까지 잠들지 못하고 소파에서 졸고 있던 가희가 감정이 복받쳐 올랐는지 그가 집 안으로 들어서자 울음을 터트렸다.

거실로 들어선 현진이 가희를 아이처럼 안고 달랬다. 울음이 잦아들자 그녀를 소파에 앉히고 입을 맞춘다. 커튼이 활짝 열려 있었지만 두 사람에겐 문제가 되지 않는다. 현진이 가죽 혁대를 풀고 지퍼를 내린다. 거친 손놀림으로 치마를 밀어올리고 벌어진 두 다리 사이로 자신을 밀어 넣는다. 몸이 달아올랐다. 밖으로 뛰쳐나가고 싶은 욕망을 억누르느라 욕실로 뛰어들어 문을 잠갔다. 차가운 물을 틀어놓고 오랫동안 샤워기 아래 서 있었지만 달아오른 몸이 좀처럼 식지 않는다. 가지고 싶다는 욕망 때문에 애가 탔고 감정을 조절하는 데 어려움을 겪었다. 결국 주먹으로 욕실 거울을 내리치고 말았다. 거울이 깨졌고 손에서 붉은 피가 흘러내렸다. 나는 욕실 바닥에 주저앉아 아이 때처럼 소리 죽여 울었다. 그리고 한참 뒤에야 겨우 창문 앞에 다시 설 수 있었다. 가희는 보이지 않았고 현진은 창가에 서서 이쪽을 바라보고 있었다. 우리의 눈이 마주쳤다. 먼저 눈을 피한 것은 그였다. 그는 나에게 냉소적으로 굴고 내 감정을 깡그리 무시하고 내 사랑을 모욕하고 있었다.

39

어머니가 전화를 했고 나는 마지못해 집으로 저녁을 먹으러 가기로 했다. 집이 가까워질수록 걸음은 점점 느려졌다. 아버지와 어머니에게 무슨 말을 건넬지에 대해 생각했다. 쓰고 있는 논문 이야기를 꺼내거나 번역하고 있는 책 이야기를 꺼내는 게 좋을 듯했다. 그래도 걱정이 앞섰다. 대화가 부드럽게 이어질 수 있을까? 어머니와 대화하는 것은 늘 곤혹스럽다. 긴장해서 실수를 할 테고 말뜻을 오해해서 화를 내게 될지도 모른다. 그러면 어머니는 안타까운 눈으로 나를 바라볼 게 분명했다. 눈을 피하고 급기야 눈물을 흘린다면 진짜 견딜 수 없을 것 같았다. 어쩌면 분별력을 잃고 그들의 신뢰감을 한순간에 무너뜨리게 될 수도 있다. 지금이라도 급한 약속이 생겼다는 핑계를 대고 돌아가는 게 나을지도 모른다. 그러나 내가 약속한 시간에 나타나지 않는다면 그들은 가까운 장래에 뭔가 끔찍한 일이 벌어질지도 모른다는 추측으로 괴로운 밤을 보내야 할 것이다. 느린 걸음은 결국 집 앞에 당도하고 만다. 현관 벨을 누르고 기다렸다. 담담한 표정으로 아버지가 문을 열어 주었다.

"잘 왔다."

아버지가 어깨에 손을 얹으며 말했다. 그 손이 뜨거웠다. 나는 움찔했고 당황한 아버지는 내 어깨에서 급하게 손을 뗐다. 이제 돌아가기엔 너무 늦었다. 아버지가 어색한 미소를 지으며 먼저 안으로 들어갔고 나는 뒤따라 들어가며 아버지의 뒷모습을 자세히 쳐다보았다. 흐트러짐 없는 옷차림과 안경, 낮게 울리는 목소리와 반백의 머리까지, 영락없는 교육자 분위기다. 아버지는 어느 때는 완전히 무심하게 굴면서 또 어느 때는 불필요하게 나의 눈치를 보며 어색한 미소를 짓기도 했다. 나는 예전부터 그게 마음에 들지 않았다. 차라리 왜 그 모양이냐고 질책을 하는 쪽이 나았다.

어머니는 거실에서 나를 끌어안는 걸로 환영의 뜻을 전하고 갑자기 분주하게 움직였다. 미역국에 굴튀김, 장조림, 잡채와 가지무침 등이 식탁 위에 차려졌다. 오랜만에 가족이 한자리에 모였다. 나는 그다지 식욕이 없었지만 꾸역꾸역 먹었다. 어머니는 식사를 하는 내내 아버지 쪽은 거의 쳐다보지 않는다. 두 사람은 식사에 열중한 척하다가 가끔 내 이름을 부르거나 내 팔 위에 자신의 손을 올려놓았다. 그러면 나는 하던 행동을 멈추고 그들이 원하는 바를 알기 위해 눈을 맞추고 달싹거리는 그들의 입술을 바라본다. "이사한 집에 더 필요한 게 없니?" 내가 고개를 흔들자, "이것 좀 먹어 보렴, 연수야."라고 어머니가 말한다. 어머니의 촉촉한 눈이 나를 얼게 만든다.

"자신 속에 있는 말을 해요. 껍질 속에 틀어박혀 있으면 아무도 당신을 도울 수 없어요. 도움이 필요하다는 걸 인정하세요. 그럼 모든 게 순조로워집니다."라고 닥터 K가 말한 적이 있다. 그의 말이 옳다. 내게 필요한 것은 소통인지도 모른다. 뭔가 할 얘기가 있을 것이다. 날씨 이야기를 꺼낼까? 상황을 더 어색하게 만들 것이다. 어머니의 머리 모양에 대한 이야기는 어떤가? 어머니의 머리를 빤히 쳐다본다. 흰 머리카락이 드물게 섞여 있지만 흐트러짐 없이 잘 손질된 머리 모양은 언젠가부터 늘 똑같은 형태다. 그러니까 어머니의 머리 모양이 언제 바뀌었는지 알 수 없다. 시선을 돌려 집 안을 둘러본다. 전과 달라진 게 아무것도 없다. 숨이 막힐 것 같다.

"연수야, 괜찮니?"

아버지가 말했다.

수없이 그 이름을 들어 왔다. 연수. 나를 상징하는 하나의 표현.

"네."

"그런데 왜 대답을 하지 않는 거니?"

안경 너머로 보이는 아버지의 눈이 잔뜩 경직되어 있다.

"뭐라고 하셨죠?"

"집은 어떠니?"

이사한 집으로 아버지는 한 번도 오신 적이 없다.

"좋아요."

"에어컨은?"

"있어요."

"차가 필요하지는 않니?"

"학교가 가까워서 당장은 필요하지 않아요."

"필요한 게 있다면 말해 줘, 뭐든."

어머니가 말했다.

"없어요. 아무것도."

대화가 끊어진다. 어머니가 눈을 피하며 자리에서 일어섰고 냉장고에서 과일을 꺼내 흐르는 물에 씻었다. 무슨 이유에서인지 어머니의 어깨가 들썩거렸다. 과거에 일어났던 어떤 일이 어머니의 마음을 가차없이 뒤흔들고 있는지도 모른다. 과거와 같이 뿌리가 없는 실체를 어쩌겠는가. 나는 보지 않으려고 애썼다. 어머니의 눈물은 나를 무력하게 만든다. 후식으로 나온 과일 접시를 서둘러 해치우고 자리에서 일어섰다. 아버지가 태워다 주겠다고 했지만 거절했다. 어머니가 대문까지 따라 나와 다시 한 번 나를 안아 준다.

"우리 아들, 생일 축하한다."

40

시끄럽게 울려 대는 휴대폰의 알람 소리를 끄고 곧장 욕실로 들어갔다. 차가운 물로 끈적거리는 땀을 씻어 내고 말끔하게 면도를 하고 대충 머리를 말렸다. 냉장고에서 맥주를 한 캔 꺼내 마시고 운동복 차림으로 창가에 서 있다가 가희가 밖으로 나가는 것을 확인한 후 밖으로 나왔다. 가희는 귀에 이어폰을 끼고 트레이닝복 차림으로 가볍게 뛰어서 공원 쪽으로 가고 있다. 주위를 살피지 않고 오직 앞만 보고 뛴다. 그러니까 뒤따라가는 나를 볼 수 없다. 언제나 그렇듯 그녀는 가볍게 공원을 한 바퀴 돌고 나서 스트레칭을 시작했다. 막 오전 열 시가 지났고 공원엔 사람들이 많지 않다. 늙은 노부부는 공원 한쪽에 있는 운동기구에 몸을 맡기고 있고 꾀죄죄한 옷차림새의 남자는 벤치에 드러누워 신문으로 얼굴을 가린 채 잠들어 있다. 등나무 아래쪽 나무 벤치에는 중학생으로 보이는 남학생 두 명이 책가방을 메고 앉은 채 게임에 열중해 있다.

원형 음수대에서 물을 마시던 늙은 남자의 시선이 가희의 가슴골을 노골적으로 쳐다본다. 나는 느티나무 뒤쪽에 몸을 숨기고 서 있다. 느닷없이 나타난 공원 청소부가 이쪽을 바라본다. 나무 뒤에 숨어서 여자를 쳐다보는 남자는 잠재적 범죄자로 보이기 쉽다. 청소부가 눈을 가늘게 뜨고 집게로 쓰레기를 주워 올리며 뭔가 수상쩍다는 듯이 계속 이쪽을 힐끔거린다. 나는 더 이상 가희를 보지 않는다. 전화를 기다리는 사람처럼 휴대폰을 꺼내 만지작거린다. 작고 뚱뚱한 남자는 그래도 계속 의심한다. 어쩔 수 없이 원형 음수대 쪽으로 가서 목이 마른 것처럼 소독약 냄새가 나는 물을 마셨다. 청소부가 자리를 뜨고 그제야 나는 다시 가희를 찾는다. 예기치 않게 등장한 청소부를 신경 쓰는 사이 그녀가 눈앞에서 사라져 버렸다.

지나다니는 사람들의 수가 점점 늘어난다. 급하게 걸어가다 어깨를 부딪친 여자가 미안하다며 입술을 달싹거린다. 입을 열 때마다 윗니와 아랫니 사이로 작은 껌 조각이 드러난다. 나 또한 얼른 사과를 한다. 길 건너편 쪽에서 가희가 이쪽을 보고 있다. 언제부터 거기 서 있었던 걸까? 약간 초조해진다. 다행히 우리의 눈이 마주치지는 않는다. 그녀가 보고 있는 건 고양이다. 은행나무 가로수 아래에서 구질구질한 차림새의 노인이 새끼 고양이들을 내다팔고 있다. 새끼 고양이가 담긴 작은 박스마다 만 원이라고 적힌 흰 종이가 붙어 있다. 신호등이 바뀌고 가희가 길을 건너왔다.

꾸물거릴 시간이 없다. 나는 얼른 편의점 안으로 들어가 유리문을 통해 지켜보았다. 고양이가 담긴 상자들 앞에 그녀가 쪼그리고 앉는다. 그녀가 상자 안으로 하얀 손을 집어넣어 쓰다듬으려고 하자 고양이가 꼬리를 세우고 으르렁거린다.

"길을 들여야 해."라고 노인이 말했다. 가희가 주머니에서 반지갑을 꺼내 돈을 지불하고 노인이 작은 상자에 담긴 고양이를 건넨다. 방금 고양이는 그녀의 것이 되었다. 만 원이라는 지폐의 상징적 가치로 생명체를 획득한 것이다. 이 거래를 통해 고양이의 운명은 통째로 그녀에게 맡겨졌다. 이제 그녀는 고양이를 위해 잠자리를 돌봐 주고 먹을 것을 챙기고 벼룩을 잡아 줄 것이다. 자유와 통제로 고양이를 지배하고 신처럼 군림할 것이다. 가희가 고양이를 품에 안고 집 쪽을 향해 걷기 시작했다. 잘록한 허리와 트레이닝 반바지 아래로 드러난 맨다리가 경쾌하게 움직이는 것을 바라본다. 나는 아무거나 손에 잡히는 것을 들고 계산을 하려고 계산대로 다가갔다. 곱슬머리 편의점 직원이 재까닥 계산을 해 주지 않아서 짜증이 치밀어 올랐지만 팔짱을 끼고 기다렸다. 밖으로 나오자 가희는 벌써 멀어지고 있었다. 눈앞에서 그녀가 사라지는 걸 바라지 않는다. 걸음을 재촉했다. 지름길로 간다면 그녀보다 먼저 집에 도착할 수 있다. 현관 앞에 도착했을 때 땀이 비 오듯 흘러내렸고 온몸이 후끈 달아올랐다. 멀리 가희가 걸어오는 모습이 작게 보였다.

41

어느 날, 바퀴벌레 한 마리가 식탁 아래로 날아들었다. 슬리퍼를 벗어 힘껏 내리쳤다. 슬리퍼가 바퀴벌레에 닿는 순간 하찮은 생명이 뿜어내는 고통의 전율이 느껴졌다. 바퀴벌레의 영혼은 껍질을 버리고 달아났다. 신이 고의로 나를 밟았을 때 나의 영혼도 바퀴벌레처럼 껍질을 버리고 달아났다. 나는 납작하게 눌린 바퀴벌레를 휴지에 싸서 휴지통에 버렸다. 신이 나를 버린 것처럼.

42

새끼 고양이는 창문으로 빠져나와 녹슨 배관을 타고 지붕 위로 올라갔다. 가희가 창문 밖으로 목을 빼고 지붕 위에 올라앉아 있는 고양이를 부른다. 고양이가 내려올 생각이 없는 듯 보이자 이번에는 어디론가 전화를 건다. 상대가 전화를 받지 않자 투덜거리며 수화기를 내려놓는다. 해가 기울고 있지만 여전히 뜨겁고 거리엔 아무도 없다. 가희가 곧 나를 찾아올 것이다. 나는 현관문을 빠져나와 화단 쪽으로 느릿느릿 걸어갔다. 소리에 귀를 기울이며 화단에 물을 준다. 꽃과 나무가 물을 빨아들인다. 초록이 더욱 초록이 된다. 뜨거운 바람이 불자 옆집 화단을 점령한 짙은 장미꽃 향기가 훅 날아든다. 물을 뿌리며 어서 그녀가 도움을 청하러 오기를 기다린다. 창문을 통해 손톱을 잘근잘근 씹고 있는 그녀의 모습이 보인다. 한 순간 눈이 마주쳤고 얼마 후 그녀가 밖으로 나왔다. 예상한 대로 내게 다가와 사다리를 빌려 달라고 말한다. 나는 기꺼이 사다리를 빌려 주겠지만 도움이 필요하다면 돕고 싶다고 말한다. 그녀가 제안을 받아들였고 나는 용감한 이웃이 되어 창고에서 꺼내 온 번쩍거리는 알루미늄 사다리 위로 천천히 올라갔다.

지붕 위에서 눈을 가늘게 뜨고 아래쪽을 지켜보고 있는 고양이는 태평하다. 사다리를 오르는 건 아주 오래간만이다. 나는 높은 곳을 좋아하지 않는다. 위로 올라갈수록 다리가 후들거리고 정신이 아득해진다. 바짓가랑이를 긁어 대며 들러붙는 고양이는 질색이지만 구해야만 한다. 고양이에게 팔을 뻗는 순간에 하필이면 예전에 나무 위에서 떨어져 왼쪽 다리가 골절되었던 순간이 떠오른다. 설상가상으로 며칠 전 내린 비 때문에 초콜릿색 지붕에서 녹 냄새가 난다. 머리가 어지럽고 속이 메슥거린다. 갑자기 손이 떨려 오고 나를 침입자로 인식한 새끼 고양이가 꼬리를 세우고 으르렁거린다. 다행히 내가 숨을 죽이고 두어 번 눈을 깜빡거리자 곧 온순해졌다. 까다롭고 고집 센 놈은 아니었던 것이다. 나는 녀석을 부드럽게 포획해 급히 사다리를 내려갔다. 땅에 발을 내려놓기 전에 일부러 고양이를 쥔 손에 힘을 가한다. 고양이가 손아귀에서 벗어나기 위해 몸을 비틀고 나는 사다리 위에서 균형을 잃었다. 사다리가 심하게 흔들렸고 나는 계획대로 땅으로 곤두박질쳤다.

 누군가 내 몸을 흔든다. 은은하고 산뜻한 향수 냄새가 코를 자극한다. 나른하게 눈을 뜨자 가희와 그녀의 두 팔에 안긴 고양이가 나를 내려다보고 있다. 눈에 들어오는 익숙한 광경으로 내가 그녀의 집 거실 소파에 누워 있다는 걸 알았다. 내가 깨어난 것을 알고 가희가 짧게 한숨을 뱉어 내자 뭐라 규정지을 수 없는 풋풋한 향기가 코로 날아든다. 그녀가 이마에 주름을 잡고 괜찮냐고 묻는다. 나는 고개를 끄덕였다. 얼굴이 경직되어 웃을 수가 없다. 그녀는 내가 사다리에서 떨어졌고 갑자기 의식을 잃어서 놀랐다고 말한다. 덧붙여 높은 곳이 아니었다고 말한다.

"아, 그랬군요."

나는 몸을 일으키며 말했다. 어떻게 나를 집 안까지 데리고 들어왔는지 궁금해 하자 마침 지나가는 우편집배원의 도움을 받았다고 말한다. 용감한 척했지만 실은 고소공포증이 있다고 말하자 그녀가 납득이 간다는 얼굴로 고개를 끄덕인다. 사랑스러운 얼굴로 병원에 가 보는 게 좋겠다며 걱정까지 해 준다. 남자의 나약한 일면은 때로 여성의 모성본능을 자극하는 멋진 장치가 된다. 성인 여자를 감쪽같이 증발시키는 일은 너무 많은 수고가 따른다. 자기 발로 움직여 준다면 일은 훨씬 수월해질 것이다. 가희가 나를 걱정하고 믿기 시작했다. 이 얼마나 멋진 상황인가. 하나의 문이 열린 셈이다.

"괜찮아요. 멀쩡합니다. 목이 마르군요."

그녀가 차를 준비하겠다고 말하며 고양이를 내려놓고 부엌 쪽으로 사라졌다. 나는 소파에서 일어나 거실을 둘러보았다. 고풍스러운 마호가니 장식장 위에 있는 작은 액자들이 눈에 들어온다. 사진마다 가희와 현진의 지난 역사가 고스란히 드러나 있다. 액자 하나를 집어 들어 찬찬히 들여다본다. 차를 가지고 돌아온 가희가 신혼여행 때 찍은 사진이라고 말한다.

"발리군요."

"네, 아름다운 섬이죠. 가본 적이 있나요?"

나는 고개를 끄덕인다.

"잠깐 다녀온 적이 있죠. 꼭 한번 다시 가 보고 싶은 곳입니다."

가희와 현진이 신혼여행을 즐기는 동안 내내 나는 그림자처럼 그들 곁에 있었다.

"저도 그래요. 다음 휴가 때라도 남편과 다시 가 보고 싶어요."

액자를 있던 자리에 다시 내려놓고 느긋한 마음으로 집 안을 둘러보았다.

"지난번에도 느꼈지만 집 분위기가 마음에 들어요."라고 말하자 가희가 하얗고 가지런한 치아를 드러내며 살짝 미소를 지었다. 사람의 마음을 단번에 훔칠 수 있는 미소란 생각이 든다.

"장식장이며 소파, 벽시계까지 모두 남편과 함께 고른 거죠."

"부군께서는 상당히 자상하시군요."

"네. 그를 만난 건 정말 행운이에요. 곤히 이리 와!"

가희가 부르자 구석 쪽에 숨어서 빛나는 아름다운 눈으로 이쪽을 바라보고 있던 고양이가 우아한 걸음으로 걸어 나와 그녀의 품에 안겼다. 차를 마시는 동안 가희는 하얀 고양이를 계속 쓰다듬는다. 하얀 털이 소파 여기저기에 붙어 있고 그녀의 콧잔등에도 붙어 있다. 하얀 털이 그녀가 숨을 쉴 때마다 아주 가늘게 움직인다. 내가 손을 뻗어 콧잔등에 붙은 하얀 털을 집으려 하자 그녀가 움찔하며 뒤로 물러났다. 하얀 털을 잡고 객쩍게 웃자 미안한 얼굴이 되어 다시 한 번 고양이를 구해 줘서 고맙다고 말한다. 그리고 좋은 이웃을 만나 기쁘다고도 말한다. 나는 그녀와 고양이를 번갈아 바라보며 엷게 미소를 지었다.

43

 버스에서 내렸을 때 비가 억수같이 쏟아졌다. 멍청한 행정직원의 실수로 증발해 버린 강사 등록에 필요한 서류를 다시 제출하기 위해 대학 행정실에 들렀다가 돌아오는 길이었다. 정류장에서 비가 잦아들기를 기다렸는데 마침 가희가 지나가다 차를 세웠다. 옷이 이미 젖었다며 사양했지만 그녀가 재차 권해서 차에 올랐다. 공기가 달라져서인지 몇 번이고 재채기가 나왔다. 가희가 손을 뻗어 글러브 박스에서 보송보송한 수건을 꺼내 건네준다. 그걸로 머리와 얼굴을 가볍게 닦아 내자 한결 기분이 좋아졌다.
 차는 곧 집 앞에 도착했고 그녀가 이번에는 뒷좌석에 있던 까만색 우산을 내밀었다. 우산을 켜고 운전석 쪽으로 걸어가 그녀가 내리기를 기다리는데 갑자기 눈앞에 소형 화물차 한 대가 나타났다. 순식간에 불어난 빗물로 발아래에 물웅덩이가 여기저기 형성되어 있었다. 소형 화물차는 고의적으로 속력을 줄이지 않고 우리 곁을 지나갔다. 하얗게 물보라가 일었고 순간적으로 놀란 가희가 내 품에 안겼다. 흙탕물이 우리를 덮쳤고 내 정강이 쪽으로 더러운 흙탕물이 주르륵 흘러내렸다. 가희가 멋쩍은 얼굴로 나를 올려다보고 있었다. 나는 나 때문에 벌어진 일이라며 사과를 했고, 그러자 "연수 씨 탓은 아니죠."라며 그녀가 쾌활하게 웃었다.
 아마도 그날 이후였을 것이다. 가희가 나를 대하는 태도에 약간의 변화가 생겼다. 가벼운 접촉의 반복. 익숙함이 편안한 분위기를 조장한다. 여자들은 선천적으로 남을 돕고 싶어 한다. 나는 그게 마음에 든다. 그런 심리의 밑바닥에는 보호받고 싶다는 욕망이 숨어 있는 거다. 자기에게 그렇게 해 주기를 바라는 식으로 상대를 대하는 문명인들을 속이는 건 어렵지 않다. 그들이 원하는 모습만 보여 주면 되니까.

세탁기에서 막 꺼내 온 세탁물을 건조대에 널고 있을 때 가희가 산책을 나가려는 듯 챙이 넓은 모자를 쓰고 밖으로 나왔다. 가볍게 먼저 인사를 건네자 그녀가 스스럼없이 이쪽으로 걸어왔다. 옆집과의 경계를 표시하는 빽빽한 울타리 사이의 작은 문은 망가져서 제구실을 못한 지 오래다. 그건 현진이 자신의 연구실에서 강의 자료를 준비하고 정기적으로 학회에 발표할 논문을 쓰고 방송 출연을 하는 동안 내가 얼마든지 원하는 곳을 점령할 수 있다는 뜻이다.

"이렇게 해서 널어 두는 편이 좋아요. 나중에 다림질할 때 도움이 되죠."

가희가 내 손에서 빨래를 가져가 탁탁 소리가 나도록 털더니 건조대에 보기 좋게 넌다. 이번에는 해 보라는 듯이 빨래 바구니에 담긴 빨래를 집어 들어 내게 건넨다. 나는 그녀가 했던 것처럼 소리가 나도록 탁탁 털어서 널었다.

"좋아요."

가희가 웃었다.

"이제 가 봐야겠어요. 이상한 소문이 나는 걸 원하지 않으니까."

내가 무슨 말인지 모르겠다는 표정으로 바라보자 그녀가 눈짓으로 길 건너편을 가리켰다. 그곳에 피자 배달용 오토바이를 세워 두고 이쪽을 유심히 바라보고 있는 윤우가 보였다.

44

현관문이 열려 있을 때 이미 예상했다. 헬멧을 소파 위에 던져두고 게임에 열중해 있던 윤우가 고개를 든다. 지난번에는 우연히 창밖을 내다보다 길 건너 벚꽃나무 아래에서 이쪽을 바라보고 있는 윤우를 보았다. 눈이 마주치자 녀석이 손을 흔들어 댔는데 왠지 기분이 좋지 않았다. 뭔가 의심을 품기 시작했나?

웬일이냐고 묻자 잠깐 들렀다는 말이 돌아왔다. 나는 우리 관계에 섣부른 변화가 오기를 바라지 않는다. 그가 나에 대해 조금씩 알아가는 것이 기쁘지만 한편으로 두렵다. 모든 게 끝장이 날까 봐서. 냉장고에서 물을 꺼내며 바닥을 살핀다. 늘 카펫의 기하학적인 문양 위에 식탁 의자를 맞춰 둔다. 누군가 내 집에 침입했다 하더라도 의자의 네 다리가 내가 정한 장소를 벗어나지 않았다면 문제 될 것은 없다. 다행히 의자는 제자리에 있다.

녀석이 침입자로 돌변하고 상황이 심각해진다면? 그러니까 현진이 그랬던 것처럼 윤우가 아버지의 끄나풀이라면? 아니 경찰과 연관이 있다면? 안 돼! 나는 생각을 멈춘다. 상상을 허용해서는 안 된다. 언제 망상으로 변질이 될지 모르니까.

"옆집 여자하고 친해요?"

게임으로 돌아간 윤우가 대수롭지 않게 묻는다.

"아니. 그건 왜 물어?"

"친한 것 같아 보여서요."

"이웃이니까 그냥 상대하는 거야."

컵에 물을 따르며 대답한다.

"아! 이런, 젠장!"

게임에서 졌는지, 격하게 바닥을 두어 번 발로 쾅쾅 구르더니 녀석이 일어선다.

"밤에 영화 보러 안 갈래요? 공짜 티켓이 생겼는데 같이 가요."

예상하지 못한 제안에 한순간 들떴지만 이번만큼은 거절할 수밖에 없다. 머릿속에 번뜩 좋은 생각이 떠오른 것이다.

"미안. 오늘은 머리가 좀 아프군."

그를 돌려보내고 바로 집을 나왔다. 할 일이 있었다. PC방에 들러 한 시간 남짓 일을 처리해 줄 만한 사이트들을 뒤졌고 적당한 남자를 물색한 후 약속을 잡았다.

45

계획은 남자가 말머리 가면을 쓰고 가희가 마트에서 산 물건들을 들고 안으로 들어가려는 순간 목에 칼을 겨누고 집 안으로 따라 들어가 현금을 갈취해 달아나는 것이었다. 그 뒤에 내가 우연히 현장에 나타나기로 되어 있었다. 나는 좀 더 극적인 상황을 만들기 위해 계획을 좀 변경하기로 마음먹었고 가희를 위협해 말머리 가면이 집 안으로 들어간 후 곧장 뒤따라 집 안으로 들어갔다. 나를 보고 남자가 당황했다. 내가 현관 쪽에 있던 화병을 집어던지고 접근하자 그가 욕을 하며 칼을 휘둘렀다. 가희가 비명을 지른다. 누군가 달려오기 전에 어서 끝내야만 한다. 난투극이 벌어졌고 남자의 칼에 나는 어깨를 살짝 베였다. 상황이 이상하게 돌아간다고 느낀 남자가 앞으로 푹 고꾸라진 나에게 다가와 "미친 새끼."라고 말하며 발길질을 하고 달아났다. 말머리 가면이 나가고 나서 피로 얼룩진 어깨를 움켜쥐고 수화기를 집어 들자 가희가 다가와 나를 저지한다. 경찰에 알려야 된다고 말하자 절대로 안 된다며 흐느끼기 시작한다.

46

며칠 동안 바깥출입을 하지 않았고 일부러 창문 근처도 서성거리지 않았다. 효과를 본 건 나흘째가 되었을 때였다. 현관 벨이 울렸을 때 가희가 찾아왔다는 걸 알았다. 한동안 벨이 울렸지만 내버려 두었다. 안에서 반응이 없자 안달이 난 것처럼 문을 주먹으로 쿵쿵 두들기는 소리가 났다. 그녀가 문에 바짝 다가서 있다는 걸 알면서도 인기척 없이 갑자기 문을 연다. 그러자 가희가 놀라서 뒤로 물러섰다.

"살아 있었군요."

어색한 미소를 지으며 그녀가 쿠키가 담긴 그릇을 눈높이로 들어 올린다. 고소한 냄새가 코를 자극한다. 가희가 안으로 들어올 수 있도록 나는 뒤로 물러났다. 그릇을 내밀며 가희가 나의 안색을 살핀다. 내가 그것을 받아들자 그녀가 허리를 굽히고 단박에 가죽샌들 끈을 풀어 버린다. 작고 하얀 맨발이 드러나는 것을 멍하니 보고 있자니 가희가 내게로 다가섰다.

"다친 곳은 괜찮아요?"

가희가 다쳤던 나의 어깨 위에 손을 댄다. 내가 미소를 짓자 눈을 깜빡이며 슬픈 미소를 짓고 뒤로 물러섰다. 쿠키가 담긴 그릇을 탁자 위에 내려놓고 나는 보란 듯이 가뿐하게 어깨를 이리저리 움직였다.

"걱정했어요."

가희가 소파에 앉으며 말한다.

"일이 좀 바빴어요."

"아, 그랬군요."

짧은 침묵이 흐르자 그녀가 쿠키가 담긴 그릇의 뚜껑을 연다.

"먹어 봐요. 제가 구운 거예요."

"나중에 먹을게요."

용무가 끝났지만 그녀는 재까닥 일어나지 않는다. 뭔가 할 말이 있는 사람처럼 바라보더니 갑자기 자신 때문에 내가 죽을 뻔했다며 두 손으로 얼굴을 가리고 흐느낀다. 눈물이라니 생각지도 못했다. 나는 얼른 그녀의 옆쪽으로 가서 앉았고 그녀의 어깨를 끌어당겨 안았다. 그리고 현지이 가끔 그러는 것처럼 그녀의 짙은 벽돌색 머리카락 속으로 손을 집어넣어 쓸어내렸다. 돌발적인 상황에 놀랐는지 눈물을 머금은 그녀의 눈동자가 커졌다.

"이런, 미안해요."

나는 당황한 척하며 그녀의 머리카락 속에서 손을 뺐고 수줍은 소년처럼 뒤로 물러나 앉았다. 순진한 남자에게 넘어가는 여자들이 많다. 스스로 만들어 낸 환상에 빠져 허우적대는 꼴이라니. 자기 마음대로 조종할 수 있을 거라는 착각에 빠져 쉽게 마음의 문을 여는 것이다. 그걸 노렸고 기대는 적중했다. 나는 더 이상 그녀에게 낯선 존재가 아니다. 친절하고 위급할 때 자신을 도와주는 매력적인 이웃이다.

"위로가 필요하신 것 같아 보여서. 이제 우리는 친구잖아요. 안 그래요?"

이런 식의 접근이야말로 그녀의 감정적 의존성을 키워 줄 것이다. 그녀가 눈을 깜빡이자 차오른 눈물이 붉어진 볼을 타고 흘러내린다.

"당신한테 도움이 되고 싶어요. 왜 경찰에 알리면 안 되는 건지 물어도 될까요?"

가희가 수심에 가득 찬 얼굴로 고개를 흔든다. 무슨 이유에서인지 부담을 주고 곧바로 그 부담을 덜어 주면 사람들이 고마움을 느낀다고 어느 책에서 읽은 적이 있다. 나는 말하고 싶지 않다면 하지 않아도 좋다고 말했다. 그제야 그녀가 안심한 듯 살짝 미소를 짓는다. 아직도 그녀의 눈에는 눈물이 맺혀 있다.

"지난번 식사에 초대를 받고서도 저는 대접을 못했어요. 그래서 말인데, 내일 저녁에 당신과 부군을 집으로 초대하고 싶습니다. 이웃이 된 기념으로요."

화제가 다른 쪽으로 옮겨 가자 그녀의 표정이 약간 밝아졌다.

"아, 어쩌죠. 남편은 내일 제주도에서 열리는 학회에 참석해야 해요."

"유감이군요. 당신은 어때요? 바쁜가요?"

의도를 파악하려는 듯 그녀의 눈이 가늘어진다. 우리의 눈이 부딪쳤다. 나는 긴장으로 몸이 팽팽해졌고 침이 말랐다. 심판의 순간이다. 모든 건 신의 뜻이다. 이 세상에는 신이 원하는 일만 일어난다. 신이 원하지 않는다면 아무 일도 일어나지 않는다.

"저는 좋아요."

가희가 잠시 생각하는 얼굴로 내 눈을 바라보다가 대답했다.

저녁 약속이 일곱 시였지만 나는 고의로 마트 안을 어슬렁거렸다.

가족 단위로 나와 물건을 사 가려는 사람들 틈에 끼어 있으면 어쩐지 나도 모르는 목적지를 향해 가고 있는 기분이 든다. 그들은 지겹도록 반복되는 일일 텐데도 전혀 지겨워하는 기색들이 없다. 입술엔 미소가 걸려 있고 눈은 확신으로 가득 차서 카트가 넘쳐나도록 물건들을 고르고 던져 넣는다. 부모와 떨어진 아이들은 누구의 제지도 받지 않고 마트 안을 보란 듯이 뛰어다닌다. 간혹 나무라는 시선으로 핼끔 곁눈질하며 지나가는 사람들이 있다. 그들은 소란에 휩싸이고 싶지 않아 수동적으로 눈알만 굴린다. 나는 카트를 반쯤 채운 채로 마트 안을 돌아다니다 한곳에 멈춰 섰다. 냉동식품을 팔아 치우기 위해 마련된 시식 코너에는 제각각으로 생긴 인간들이 시시껄렁한 이야기를 나누며 시식용 만두를 먹어 치우고 있다.

"드셔 보세요. 내용물들이 전부 국산으로 만들어졌어요."

판매하는 여자가 새로 나온 만두라면서 권하기에 다른 사람들처럼 만두 한 조각을 먹어 본다.

"어때요?"

여자가 묻는다. 나는 냉소적으로 고개를 돌리는 대신 여자가 내미는 신제품 만두 한 봉지를 받아 든다. 이런 식으로 받아 든 물건들이 카트에 웬만큼 찼을 때 밖으로 나왔다. 택시를 타고 집 앞에 당도했을 때는 이미 일곱 시였다. 아직 해는 지지 않았고 바람이 불었다. 현관 비밀번호를 누르고 있을 때 가희가 와인 한 병을 들고 나타났다.

"어머나, 많이도 사셨네요."

그녀가 놀리듯 말하며 비닐봉지 하나를 스적거리며 들어올렸다.

"손님을 초대해 놓고 늦어 버렸어요."

현관문을 열고 들어가 부엌으로 짐을 옮기고 나서 에어컨부터 켰다.

"이리 와 봐요."

내가 가희를 불렀고 그녀가 에어컨 앞으로 걸어와 뒤돌아섰다. 에어컨 바람이 그녀의 목덜미에 흘러내린 몇 가닥의 머리카락을 흔들어 댄다. 숨을 들이쉴 때마다 야릇하게 뿜어져 나오는 독특한 향수 냄새가 코를 자극한다.

"소파에서 기다려 줘요."라고, 부엌 쪽으로 움직이며 내가 말했지만 그녀도 따라 들어왔다.

"저도 요리하는 거 좋아해요."

가희가 비닐봉지 안에 든 것들을 차례로 끄집어냈다.

"스파게티?"

스파게티 면을 흔들어 보이며 그녀가 말한다.

"제가 자신 있는 거라서."

"좋아요. 그럼 물을 끓여야겠네요."

적당한 크기의 냄비를 찾아내어 꺼내 놓자 가희가 물을 받아 가스레인지 위에 올렸다.

"그러지 말아요. 예쁜 옷이 엉망이 될지도 모릅니다. 그냥 앉아 계세요. 제가 금방 준비할게요."

"걱정 말아요. 조심할 테니까."

흥분한 탓에 나는 평소보다 말을 많이 한다. 양상추를 씻어 자르며 분위기를 편안하게 만들어 줄 질문들을 던진다. 이를테면 쓰레기를 분리 배출하는 방법이라든가, 배출하는 시간 따위를 묻고 동네에 옷을 믿고 맡길 만한 세탁소가 있는지, 욕실에 생긴 곰팡이를 제거하는 방법 등에 대해서도 묻는다. 그녀는 손을 빠르게 놀리면서도 척척 대답을 해 준다.

가희는 솜씨 좋은 요리사였고 덕분에 스파게티와 야채샐러드는 눈 깜짝할 사이에 만들어졌다. 식탁에 멋지게 세팅까지 하고 나자 나는 꽤 만족스러운 기분에 취했다. 내가 늘 갖고 싶었던 것도 어쩌면 이런 기분이었는지도 모르겠다는 생각이 들었다. 늘 나를 위협하는 불안이 지금은 잠시 나를 떠난 기분이라고 해야 할 것이다. 힐끗 창밖을 내다보니 밖이 어두웠다. 누군가 밤 산책을 나왔다가 집 안을 들여다볼 수도 있다는 생각이 들었다. 나는 자리에서 일어나 창가로 가서 블라인드를 내렸다.

"사춘기 시절의 당신은 어떤 소년이었죠? 지금처럼 수줍음이 많았나요?"

내가 다시 자리로 돌아왔을 때 가희가 솜씨 좋게 스파게티를 말아 입속으로 가져가며 물었다. 나는 고개를 그녀 쪽으로 살짝 기울이고 말했다.

"내향적인 편이었죠. 책을 읽거나 혼자 보내는 시간이 많았어요.

직접 느끼는 쪽보다는 바라보는 쪽을 더 좋아합니다."

"고개가 끄덕여지네요. 어느 책에선가 읽은 적이 있어요. 내향적인 기질의 사람들은 몸이 마르고 얼굴도 길 확률이 높다고 하더군요."

"제 얼굴이 그렇게 긴가요?"

가희가 포크를 내려놓고 얼굴을 살짝 붉히며 매혹적으로 웃는다.

"아뇨. 적당히."

이번엔 내가 웃었다.

"이렇게 아늑하게 저녁 식사를 해 본 게 얼마 만인지 모르겠어요. 남편은 조용한 걸 못 참는 성격이죠. 여자는 참새처럼 떠들어야 한다고 생각해요."

"다행이군요. 당신이 이 시간을 지루하다고 느낄까 봐 조마조마했어요. 저는 가끔 대화 도중에 무슨 말을 해야 될지 몰라서 입을 다물어 버리거든요. 침묵이 상대에게 상당히 무례하게 느껴질 수 있다는 것을 알고 있지만 어쩔 수가 없어요. 그래서 당신이 다음 번 초대에는 절대로 응해 주지 않을지도 모른다고 생각했습니다."

가희가 만족스러운 미소를 지었다.

"모처럼 편안하고 즐거워요."

상대에 따라서는 침묵이 전략이 될 수도 있었지만 어린 시절에는 속을 알 수 없는 아이라는 말을 들으며 사람들에게 좋은 인상을 주지 못했다. 그 시절은 지나갔고 이제 나는 달라졌다. 예전처럼 나를 멋대로 판단하도록 멍청하게 굴지 않는다. 누군가가 이야기를 하고 있을 때 적당히 고개를 끄덕여 주고 미소를 짓고 상대가 원하는 대답을 해 준다. 그러면 사람들은 지금 눈앞에 앉아 있는 가희처럼 자신이 이해 받고 있다고 생각한다.

47

새벽 두 시.
"녀석이 당신을 가지고 놀고 있는 거야. 위험한 놈이라고. 순진해 보이지만 갑자기 돌변할 거야."
현진의 날카로운 목소리가 날아와 박혔다. 며칠 전 그녀가 나의 초대에 응한 일로 싸움이 벌어진 게 분명했다.
"창피한 줄 알아요. 그는 그저 우리와 친해지고 싶은 이웃일 뿐이에요."
"이웃? 다 안다는 듯이 말하는군. 아니지. 당신도 즐기고 있는지도 모르지."
가희가 현진의 뺨을 때렸다. 그가 한 손으로 붉어진 뺨을 어루만진다. 두 사람 모두 내가 그들의 집 담벼락에 붙어 서 있다는 걸 모른다. 한때는 현진이 가희에게 내 존재에 대해 사실대로 털어놓을지도 모른다고 생각했다. 하지만 그는 요즘 모 시사 프로그램의 게스트로 방송 출연을 하며 인기를 얻어 바쁜 시간을 보내고 있으니 나로 인해 구설

수에 오르기를 바라지 않을 것이다. 내가 게이라는 사실이 드러나면 자신의 성 정체성 또한 시험대에 오를 수밖에 없다. 누구나 믿고 싶은 것을 믿는 세상이니까.

"미안해. 당신을 믿어. 하지만 저 녀석은 믿을 수 없어. 그러니까 내 말대로 해!"

그의 목소리가 또다시 높아졌다. 상황이 전적으로 현진에게 불리하게 돌아가고 있다는 증거다.

"그렇게 말하지 말아요. 눈을 보면 알 수 있다구요. 수줍음 많고 따뜻한 눈빛을 가진 사람은 다른 사람에게 절대 해를 끼치지 않아요."

"그건 당신 생각이야. 제대로 알지도 못하면서."

그가 주먹으로 탁자를 쾅 내리쳤고 잠시 대화가 중단되었다. 지금 이 순간이 지나면 모든 게 달라질지도 모른다. 현진이 진실을 있는 그대로 가희에게 털어놓고 모든 걸 정리하려고 들면 곤란하다. 다행스럽게도 타성에 젖은 겁쟁이 현진은 그런 짓을 하지 못했다. 가희 앞에 꿇어앉아 가희의 두 손을 부여잡고 애원하고 있었다.

"저런 녀석이 우리 주변에서 얼쩡대는 게 마음에 들지 않아. 당신도 그곳이 마음에 들 거야."

"미안해요. 이사하고 싶지 않아요. 전 여기가 마음에 들어요. 당신이 연수 씨를 그토록 싫어하는 까닭을 모르겠어요."

두 사람 사이에 내가 문제가 되고 있었다. 현진이 나를 신경 쓰기 시작한 것이다. 나는 속으로 쾌재를 불렀다. 일단 현진의 마음속으로 다시 들어가는 데는 성공했으므로. 이제 나를 전처럼 외면할 수 없을 것이다. 아이처럼 흥분해서는 안 된다. 한동안 떠나라고 협박을 해 대겠지만 그런 수작에 넘어가지 않을 것이다. 이제 나는 어린아이가 아니고 남자다. 가지고 싶은 것이 있다면 어떤 대가를 치르더라도 가지는 것이 마땅하다. 현진이 미치광이 취급을 하면 할수록 가희는 나를 불쌍하게 여기고 피하지 못할 것이다. 나는 죄인처럼 고개를 숙이고 어깨를 늘어뜨리고 그녀 곁에서 얼쩡대기만 하면 되는 것이다. 상처받은 인간을 외면할 수 없도록.

2부 이제 아무도 나를 떠날 수 없어

48

 인문관 뒤쪽 주차장에서 현진의 차를 발견하자 그냥 지나칠 수가 없었다. 주위를 배회하다 마침 교수식당 쪽 계단을 내려오는 그를 보게 되었다. 동료들과 이야기를 나누느라 그는 나를 보지 못했다. 얼마 후에 그가 동료 교수들과 헤어져 곧장 자신의 차에 올랐고 시동을 걸었다. 나는 날렵하게 몸을 움직여 차가 출발하기 전에 조수석 쪽 문을 열고 그의 차에 올라탔다. 익숙한 담배 냄새와 가죽 시트 냄새가 뒤섞여 코로 스며들자 일순간 강렬한 기시감을 일으킨다. 그는 안전벨트를 잡아당기다 말고 별안간 벌어진 일에 놀란 얼굴이 되었다.
 "내리라고 말하지 마. 당신 동료들이 보고 있으니까."
 그가 백미러로 뒤쪽을 살폈고 내 말이 거짓이 아니란 걸 알게 되었다. 그의 눈썹이 사납게 꿈틀거린다.
 "뭐야?"
 그가 당혹감에서 빠져나와 지긋지긋하다는 투로 말했다.
 "할 말이 있어. 그러니까, 일단 출발해."
 미끄러지듯 차가 출발했고 낯익은 건물들이 눈앞에서 휙휙 지나갔다. 조수석 차창을 완전히 내리고 예전처럼 손을 내밀어 바람을 느껴 본다. 바람이 드러난 살갗을 스치고 신선한 공기가 허파 속으로 들어온다. 서로의 허리를 껴안고 지나가는 연인에게 손을 흔들자 그들도 나에게 손을 흔들어 준다. 그들처럼 되고 싶다는 욕망을 느낀다.

서로의 허리를 껴안고 거리를 활보하는 평범한 일조차 부러워해야 하는 데 화가 치민다.

"다시 만나고 싶어. 모든 게 내 잘못이야. 어리석은 행동들이 당신을 아프게 했어."

내가 말했다. 그는 미간을 찌푸린 채 운전에만 열중한 것처럼 말없이 앞쪽만을 주시한다. 나는 운전하는 그의 옆얼굴을 바라보며 얌전하게 앉아 있다. 학교 앞 도로는 얼간이들이 끌고 나온 차들로 북적거렸고 현진은 막히는 거리를 빠져나오자 무작정 직진했다. 제한속도와 신호를 아예 무시하고 달리다 신호를 받아 진입하려는 트럭과 충돌할 뻔했지만 속도를 줄이지 않는다. 집들과 잎이 무성한 나무들이 우리 뒤쪽으로 사라져 간다. 갑자기 말문이 트인 것처럼 그가 말한다.

"넌 날 아프게 할 수 없어. 완전히 돌았구나!"

낯선 곳에 이르자 그가 길가에 차를 세우고 운전대에 손을 얹은 채 이쪽을 바라본다.

"아니, 멀쩡해. 정기적으로 치료도 받고 있어."

그가 글러브 박스에서 담배를 꺼내 물고 라이터를 찾지만 라이터가 없다. 정신 나간 사람처럼 담배를 차창 밖으로 집어던지고 운전대에 머리를 세게 쿵쿵 박아 댄다. 헝클어진 머리카락을 쥐어뜯으며 나를 노려본다.

"도대체 나한테 왜 이러는 거야? 하고많은 인간들 중에 왜 하필이면 나야!"

갑자기 멱살을 잡고 밀어붙이는 통에 숨을 제대로 쉴 수가 없다. 저항하지 않자 그가 더러운 물건이라도 되는 것처럼 나를 밀쳐 버린다. 팔꿈치가 어딘가에 부딪치고 아픔이 밀려든다.

"예전 같은 일은 일어나지 않을 거야. 정말이야. 당신 부인이 우리 관계를 평생 모르게 할 수도 있어. 원하는 게 그런 거라면."

나는 두 손을 들고 맹세하듯 말했다. 그는 나의 돌발적인 행동에 단단히 화가 나 있다. 나는 옴츠리고 있다가 기회를 놓쳐 버릴 수만은 없는 노릇이어서 생각을 제대로 정리하지 못하고 머리에 떠오르는 대로 좔좔 쏟아 냈다.

"내려!"

내 모든 행동들이 자신을 엿 먹이려는 의도라고 생각했는지 끔찍하다는 표정으로 그가 말했다.

"싫어."

그가 안전띠를 풀고 나가 거칠게 조수석 쪽 차 문을 열었다. 미친 사람처럼 마구 끌어내는 바람에 내 몸이 쓰레기처럼 차 밖으로 내팽개쳐졌다.

49

"옆집이 훤히 보여요."

어젯밤 늦게 윤우가 찾아왔고 소파에서 잠이 들었다. 녀석은 일어나자마자 창문을 열어 두고 담배를 피운다. 바람이 불어 담배 연기가 안으로 들어온다. 샤워 부스의 문이 열려 있지만 나는 대답하지 않는다. 샤워기에서 떨어지는 물소리 때문에 자신의 목소리가 들리지 않았다고 생각했는지 이번에는 그의 목소리가 한층 커졌다.
"저런 집에 사는 사람들은 도대체 얼마나 부자죠?"
나는 대답하지 않는다. 우리가 만난 지 얼마 되지 않았을 때 "사람을 볼 때 어떤 점을 높이 평가하지?"라고 녀석에게 물은 적이 있다. 자기 자신을 어떤 식으로 평가하고 있는지 알아보기 위해서였다. "뭐니 뭐니 해도 돈이죠." 녀석의 대답이었다. 녀석은 독립적이고 강해 보이지만 가난에 대해 부정적으로 인식하는 낮은 자존감을 갖고 있다. 녀석의 마음을 사로잡는 데 필요한 건 돈이면 충분하다.
"형!"
그가 소리친다. 이번에도 대답하지 않는다. 그제야 녀석이 고개를 돌려 이쪽을 본다. 우리의 눈이 마주치고 녀석의 눈이 당황한 듯 보인다.
"뭐라고 했지?"
나는 샤워기를 치우고 무심하게 머리에서 물기를 털어 낸다.
"아니에요. 그만 가 봐야겠어요."
녀석이 담배를 비벼 끄고 가방을 챙긴다. 허리에 수건을 두르고 발바닥에 물이 묻은 채 밖으로 나가 녀석의 손을 잡아 도로 소파에 눌러 앉혔다. 녀석은 어떤 저항도 없이 내가 하는 대로 움직인다. 윤우가 현진과 다른 점은 이런 점이다.

"기다려. 너한테 줄 게 있어."

방으로 들어가 며칠 전 어렵게 구입한 것을 가지고 나와 녀석의 무릎 위에 내려놓았다. 이미 그 안에 무엇이 들어 있는지 알고 있는 듯 녀석의 두 눈이 빛나고 있다. 이 세상에 빛나는 눈을 바라보는 것보다 더 좋은 것은 없을지도 모른다. 녀석이 갖고 싶어 하던 것이다. 갖고 싶다고 해서 누구나 가질 수 있는 그런 운동화가 아니다. 아주 값비싼 물건이다. 윤우가 들떠서 운동화 박스를 열어 보더니 흥분해서 나를 껴안는다. 녀석은 이제 내게서 뭔가를 받는 것에 익숙하다. 나름대로 고마움을 표현하는 방법도 익혔다. 나는 진짜 형처럼 어깨를 토닥거려 주고 녀석은 감동한 얼굴로 신발을 꺼내 신어 본다.

"옷을 입을 동안 기다릴래? 함께 아침 먹자."

그의 곁으로 다가가 어깨에 손을 얹고 말했다.

"좋아요. 아침은 제가 준비할게요. 미래의 요리사 실력을 보여 드리죠."

녀석이 운동화를 벗어 상자에 도로 넣고 부엌으로 들어간다. 냉장고에서 재료들을 꺼내 놓더니 브로콜리 감자그라탱을 만들 거라고 말하며 감자그라탱을 좋아하는지 묻는다. 내가 좋다고 대답하자 브로콜리에 비타민과 무기질이 풍부하고 성인병 예방에도 좋다는 말을 한다. 녀석이 브로콜리를 씻어 잘라 놓고 이번에는 감자를 씻어 껍질째 자르며 감자에는 칼륨이 풍부하게 들어 있어서 심장을 건강하게 한다는 말을 들은 적이 있다고 말한다. 그래? 으흠, 그렇군. 녀석의 이야기에 적당히 호응해 주었다.

"사실 난 브로콜리나 감자보다는 네 친구들이 궁금해. 언제 한번 소개시켜 주지그래."

문을 열어 놓은 채 옷을 입는다. 시끄럽고 무례하고 제멋대로 굴 거라며 녀석이 창피하다고 말한다. "네 친구들을 평가하려는 게 아냐, 단지 한턱내고 싶을 뿐이지."라고 말하자 녀석이 휘파람을 불어 댄다. 이건 아주 중요한 문제였다. 녀석이 친구들에게 나를 소개한다면 녀석의 생활 속으로 더 깊이 파고들 수 있다. 녀석의 친구들에게 인정을 받는 것 또한 아주 깊은 의미가 있다. 나는 그들 사이에 끼어 있는 나를 상상한다.

"그렇다면 대환영이죠."

녀석이 소리친다.

50

여자는 사진만큼 예쁘지 않다. 몸에 달라붙는 검정색 치마와 흰색 셔츠를 입고 커피숍 창가 쪽 자리에 앉아 이따금 주위를 두리번거린다. 그녀는 나를 찾고 있다. 단정한 옷차림과 굽이 낮고 심플한 구두, 작고 무난한 가죽 가방에서 공무원 냄새가 풍긴다. 내가 테이블 쪽으로 다가서자 여자의 까만 눈동자가 이쪽을 바라본다. 우리는 이미 사진을 통해 서로의 얼굴을 알고 있다. 여자가 자리에서 일어서자 어깨를 살짝 덮고 있던 가늘고 매끄러운 머리카락이 커튼처럼 출렁거렸다. 나와 눈이 마주치자 그녀의 둥근 눈이 수줍음과 기대로 가득 차오른다. 나는 예의바르게 인사를 했고 그녀가 다시 자리에 앉기를 기다렸다가 네모난 테이블 맞은편에 앉았다. 자리에 앉자마자 나는 잠시 여자의 눈을 피했다. 먼저 눈을 피하자 여자의 얼굴에 당황한 기색이 역력하지만 무신경하게 천천히 가게 안을 둘러본다. 주말이어서 가게 안은 빈 테이블이 거의 없다. 종업원들이 쉴 새 없이 돌아다니며 주문을 받고 음료를 가져다주고 물컵에 물을 채워 놓는다. 여자는 자신이 매력적이지 않기 때문에 눈을 피한 거라고 생각할 것이다. 나는 보조개가 드러나도록 미소를 지으며 그녀를 바라보았다. 이제 그녀의 마음을 달래 줄 차례다. 종업원이 다가와 메뉴판을 내려놓았고 우리는 각자 취향에 맞는 커피를 주문했다.

"사진보다 눈이 더 예쁘시네요."

뻔하고 상투적인 말이지만 언제나 여자들을 달뜨게 하는 말. 여자의 얼굴이 환해진다.

"날씨가 무척 덥죠?"

바지 뒷주머니에서 손수건을 꺼내 들자 여자가 기다렸다는 듯이 말한다.

"날씨가 계속 이런 식이면 정말 삶은 계란 신세가 되고 말겠어요."

순간적으로 나는 웃고 말았다. 여자의 승리. 특별할 게 없는 그녀의 밋밋함이 마음에 들었다. 사실 어떤 여자라도 상관없는 것이다. 나는 실수하지 않기 위해 아주 내밀하게 여자를 살핀다. 그녀가 이곳에 나타난 최종 목적은 나와의 결혼이다. 어쩌면 눈앞에 있는 이 여자가 언젠가 나와 한 침대를 쓰고 내가 사용할 칫솔을 고르게 될지도 모른다. 나를 위해 기꺼이 저녁을 준비하고 내 아이들을 돌볼 여자. 그녀의 미래를 얻기 위해 나는 공작새처럼 지금 한껏 멋을 부렸다. 잘 다려진 셔츠를 입고 암청색 무지 넥타이를 매고 손목에는 고가의 시계가 셔츠 소매에 반쯤 가려져 있다.

지난밤 일부러 단골 미용실에 들러 말끔하게 머리를 다듬었고 앞머리는 살짝 왁스를 발라 뒤로 넘겼다. 여자들은 이마를 드러낸 남자를 좋아한다고 들은 기억이 있다. 신발은 즐겨 신는 운동화 대신 세련된 갈색 구두를 신었다. 성공한 남자들은 비싼 구두를 즐겨 신으니까. 여자의 눈에 미래가 보장된 남자로 보이고 싶다. 아버지처럼 나 또한 교수가 될 테니까. 교수 자식이 교수가 되고 의사 자식이 의사가 되고 장사꾼 자식이 장사꾼이 되는 건 순리다. 내가 딴 마음만 먹지 않는다면, 이를테면 평생 감옥에서 지내야 할 정도의 중범죄를 저지르지 않는 이상 나는 평균 이상의 삶을 보장받을 것이다. 나의 부모가 누려왔던 것들이 다가올 나의 미래를 보장해 줄 것이라는 사실을 그녀도 안다.

"번역을 하신다고 들었어요."

커피잔을 들어 올리며 그녀가 묻는다. 입술을 아주 작게 벌리고 커피를 마신다. 자신을 바라보고 있는 나를 신경 쓰며 소리가 나지 않도록 주의를 하고 있는 듯하다. 아주 사소한 몸짓에서 가정교육이 드러나는 거니까.

"네."

그녀 쪽에서 내가 지금껏 번역한 책들의 제목을 나열했다. 여자는 그중 몇 권을 흥미롭게 읽었다고 말하며 미소를 지었다. 진짜 궁금한 것은 번역을 통해 벌어들이는 수입일지도 모른다. 여자는 내가 번역 일을 계속하면서 강의도 할 것인지 궁금하게 여긴다.

"지도 교수님 추천으로 다음 학기부터 강의를 맡게 될 것 같습니다."

"멋지네요. 저도 한때 교수가 되고 싶었던 적이 있어요. 그런데 곧 가르치는 일에 소질이 없다는 걸 알게 됐죠. 제가 뭔가를 발표할 때면 아이들이 죄다 하품을 했거든요. 정작 발표하는 저는 바짝 얼어서 딸꾹질까지 했는데 말이에요."라고 말하며 웃는다. 나도 그런 경험이 있다고 말하자 "그래요?"라며 앞쪽으로 고개를 살짝 기울인다. 공감대가 형성되었다고 생각했는지 그때부터 자연스럽게 자기 이야기를 시작한다. 여자가 말을 하며 입술을 달싹거릴 때마다 오른쪽 입술 위에 있는 작은 점이 춤을 춘다.

"한가할 때 특별하게 혼자서 즐기는 일이 있나요?"

내가 물었다. 갑작스런 질문에 여자가 눈을 깜빡거린다. 눈 밑 근육이 실룩거렸고 입술은 약간 아래로 처졌다. 그녀가 내 질문에 내포되어 있는 궁극적 의도를 해석하고 있는 동안 잠시 침묵이 흐른다. 나는 여유 있게 기다린다. 음탕하고 비사회적인 취미가 있냐고 물은 것도 아닌데 대답이 늦어진다.

"아뇨. 전 혼자 있는 걸 못 견뎌요. 외롭다고 느끼죠. 친구들과 만나서 수다 떠는 것을 좋아해요. 당신은 어때요? 혼자 즐기는 일이 있나요?"

"명상에 빠지는 걸 좋아합니다."

나는 때로 솔직하다.

"명상?"

"네. 가만히 앉아 있죠. 어디든 상관없어요."

내가 내뱉는 모든 말에는 진실이 일부 포함되어 있다.

"부럽네요. 명상이라? 저도 한번 도전해 봐야겠어요."

여자가 물잔을 든다. 아주 조금 마시고 나서 이번에도 소리가 나지 않도록 내려놓는다.

"결혼하면 부모님과 함께 살 건가요?"

"아뇨."

나는 단호하게 말했다. 물론 사실이다. 여자의 얼굴에 만족스런 미소가 번진다. 나의 대답은 여자가 나를 만나 어떤 인생을 살게 될지에 대한 구체적인 자료가 될 것이다. 여자는 눈에 띄게 잘 보이려 노력하고 있다. 내게 특별한 호감을 갖게 된 것인지도 모른다. 자리에서 일어서기 전에 만남을 이어 갈 것인지에 대한 결정을 내려야만 했다. 여자는 잘 웃고 내가 말할 때 고개를 앞쪽으로 숙이며 주의를 기울인다. 웃을 때 드러나는 하얗고 커다란 치아가 마음에 들지 않지만 그게 문제가 될까? 여자는 다시 만나고 싶어 하는 눈치다. 당분간 여자를 만나 보기로 결정했다. 지금 이 여자를 거절하면 어머니가 계속해서 이런 자리를 만들려고 할 것이 분명했고 나는 거절하지 못할 것이 뻔했다.

51

바비큐 파티에 초대된 건 뜻밖이었다. 정원으로 들어서자 낯선 사람들이 구름 덩어리처럼 여기저기에 모여 있다. 현진이 전임 교수가 된 것을 축하하는 자리다. 내가 초대된 것을 몰랐던 것인지 멋지게 차려입고 집 안에서 샴페인을 들고 나오던 현진이 얼굴을 찌푸린다.

"네가 왜 여기 있어?"

"당신 와이프가 초대했어. 물론 나도 꼭 축하해 주고 싶었고."

내가 말했다.

"돌아가."

나는 천천히 고개를 저었다. 그가 사람들의 눈을 피해 내 팔꿈치를 잡고 구석으로 몰고 간다. 타고난 의심꾼들에게 방해를 받지 않을 만한 곳으로 데려갈 작정인 것이다. 내가 벗어나려고 하자 손아귀에 더 힘을 준다.

"초대 손님에게 이러면 곤란해. 우리 관계를 까발리고 싶으면 마음대로 하고."

나는 더 이상 현진의 손을 뿌리치지 않았다. 그는 어쩌다 마주치는 사람들에게 가식적인 미소를 지어 보이는 것을 잊지 않는다.

"강의를 맡았다고."

우리는 단풍나무 그늘로 들어섰다. 정원의 구석 자리였지만 다른 사람들을 의식한 나머지 현진은 얼굴을 내 얼굴 가까이 가져다 대고 나직한 목소리로 말했다.

"내 뒷조사라도 하고 있나?"

내가 빈정거리자 그가 내 팔꿈치에서 손을 뗐다. 정원에 세팅된 테이블마다 돌아다니며 손님들을 접대 중인 가희가 멀리서 우리를 보고 있다.

"쓸데없는 짓 하지 마. 이런 짓은 너한테도 이로울 게 없어."

그의 목소리에 체념이 묻어 있다.

"나를 자극하지 마. 난 단지 당신하고 이야기가 하고 싶을 뿐이니까."

내가 말했다.

"좋아. 하고 싶다는 이야기는 다음에 실컷 해. 제발 이곳에서는 아무 말도 하지 마."

물론 나 또한 여기 모인 사람들에게 우리에 관한 이야기를 하지는 않을 것이다. 무리에 속하지 않고 혼자서는 아무것도 할 줄 모르는 겁쟁이들을 상대할 생각 따위는 없다. 현진이 내 곁을 지나 방금 등장한 한 무리의 인간들 속으로 사라져 가는 걸 바라본다. 이제 곧 나만의 것이 될 테니까. 실컷 마음대로 하라지.

입 큰 개구리 같은 여자가 음식이 가득 든 접시를 들고 지나가다가 갑자기 걸음을 멈춘다.

"혹시 우리가 만난 적이 있나요?"

내 쪽에서는 어떤 대꾸도 하지 않았는데 여자의 얼굴이 일순간 납빛으로 변한다. 과거에 현진 주위를 맴돌던 여자 중의 하나다. 동그란 눈의 시녀 역할. 그녀의 미간에 주름이 잡혔고 눈동자가 심하게 흔들렸다. 그 자리에서 내가 손을 뻗기라도 했다면 아마 출생의 순간에나 내뱉을 법한 울음을 터뜨렸을 것이다.

"너는."

지금 나를 보고 어떻게 그때의 나를 기억해 냈을까? 안경을 꼈고 턱에 수염이 거뭇하고 키도 상당히 자랐는데 말이다. 정말이지 원하지 않았던 일이다. 어째서 과거의 나로부터 도망칠 수 없는 거지? 나를 기억하는 사람들의 기억을 깨끗하게 도려낼 수 있는 방법이 있다면 좋을 텐데. 내가 다가서자 놀란 여자가 뒷걸음질을 친다. 여자는 아직도 동그란 눈의 실종이 나와 관련이 있다고 믿고 있는 것이 분명했다.

"예뻐지셨네."

나는 여자의 이름을 기억해 내지 못했기 때문에 여자는 그냥 입 큰 개구리가 된다. 과거에 여자는 하마 같은 몸을 하고 있었다. 걸을 때마다 엉덩이와 허벅지에 들러붙은 살들이 심하게 요동을 쳤다. 지금은 그녀의 지나친 노력이 몸을 미라처럼 보이도록 만들어 놓았지만 그 눈빛은 예전 그대로다. 욕구를 훔쳐보고 내가 저지를지도 모르는 행동들에 대해 예측하고 자신이 본 것에 대하여 확고한 확신을 가졌던 눈빛 말이다.

그녀의 눈동자가 공포로 짙어지고 미라 같은 몸이 부르르 떤다. 그녀가 음식이 가득 담겨 있는 접시를 테이블 위에 내려놓는다. 자리를 뜨려는 것이 분명하다. 입 큰 개구리가 작별의 인사도 없이 뒤돌아서 뻣뻣한 나뭇개비 같은 다리로 걷기 시작한다. 사람들에게 아무 말이나 지껄이고 다니도록 그냥 내버려 둘 수 없다. 내가 자신의 뒤를 따르고 있다는 것을 알고 걸음이 점점 빨라진다. 그녀가 허둥대며 정원을 빠져나가려다 연어회가 담긴 접시를 나르던 도우미와 부딪쳤다. 입 큰 개구리가 발작적으로 큰소리를 질렀기 때문에 사람들의 시선이 죄다 그쪽으로 향한다.

이제 입 큰 개구리는 사람들의 주시를 한 몸에 받는 대신 나를 놓치고 만다. 나는 측백나무 뒤쪽에 몸을 숨기고 있다. 그녀가 대문 밖으로 완전히 사라지고 사람들의 시선이 제자리를 찾은 뒤에야 조용히 다시 뒤를 쫓는다. 그녀가 현진의 집에서 상당히 떨어진 곳에 주차시켜 놓은 자신의 흰색 세단에 오르려는 순간 가느다란 팔을 잡아당겨 돌려세웠고 입을 막았다. 비명은 여자의 목구멍 뒤쪽으로 넘어가고 공포로 얼룩진 진동이 공기를 가른다. 입 큰 개구리의 공포는 어디로부터 온 것이지? 과거에 자신이 겪었다고 생각하는 치명적인 한 순간의 충격으로부터 온 것인가?

"널 어쩌려는 게 아니야. 알아들어? 난 네게 전혀 관심 없어. 그 옛날 네가 하마처럼 뒤뚱거리며 걸어 다녔을 때부터. 젠장! 날 화나게 하지 마. 그럼 아무 일도 없어."

그녀가 눈을 깜빡거리며 고개를 미친 듯이 끄덕인다. 이럴 수가! 이 여자는 마치 내가 자신을 잡아먹는 인간 포식자라도 된다고 생각하는 건가?

"내 말 잘 들어."

나는 그녀의 입을 막고 있던 손을 뗐고 그녀의 귀를 잡아당겨 숨을 불어넣으며 말했다.

"다시는 내 눈에 띄지 마."

입 큰 개구리의 눈이 불안하게 주위를 두리번거린다. 자신을 도와줄 누군가의 등장을 애타게 바라는 눈빛이 보기 안쓰러울 정도였다. 그녀를 놓아 준다. 이제 그녀는 내게서 완전히 자유롭다. 나는 그녀로부터 몇 걸음 물러났다. 그리고 그녀가 차에 올라 시동을 걸고 내 앞에서 영원히 사라지도록 내버려 두었다.

52

 타인과 친밀한 관계를 맺는 가장 좋은 방법 중 하나는 함께할 수 있는 뭔가를 공유하는 것이다. 가희가 사춘기 시절에 부모님의 권유로 잠깐 테니스를 배웠다는 걸 알게 되었을 때 "저도 기회가 되면 꼭 한번 테니스를 배워 보고 싶다고 생각한 적이 있었지만 그럴 기회가 없었죠."라고 나는 풀이 죽어 말했다. 그러자 예상대로 가희가 테니스를 가르쳐 주겠다고 나섰다. 얼마 전부터 우리는 자주 공원 한쪽에 마련된 테니스장에서 만나고 있다. 한낮이어서 공원엔 사람들이 거의 없다. 몸통이 굵고 잎이 무성한 나무 아래에 있는 벤치에서 늙은이들이 장기를 두고 있을 뿐이다.

 "저녁 내기 어때요?"

 턱 쪽으로 흘러내리는 땀을 손등으로 닦아 내며 그녀가 말한다. 나는 오케이 사인을 보내고 테니스 라켓을 받아 들었다. 그녀가 서브를 한다. 공이 포물선을 그리며 날아들고 나는 간단히 공을 되돌려주었다. 한동안 공이 이쪽과 저쪽을 오갔다. 온몸이 땀으로 번들거린다. 의식이 차츰 흐려진다. 잠시 숨을 고르는 사이 느닷없이 날아든 공이 이마를 강타한다. 나는 그 자리에 대자로 뻗고 하늘을 두 눈에 담는다. 회색빛 하늘이 잔뜩 얼굴을 찌푸리고 있다. 툭, 굵은 빗방울이 눈꺼풀을 때린다. 뒤이어 콧등에 또 한 방울이 떨어진다.

 "괜찮아요?"

가희가 무릎을 꿇고 짐짓 걱정되는 얼굴로 이마에 손을 댄다. 사실 상황은 그리 좋지 못하다. 공에 맞은 부위가 부풀어 올랐고 몹시 화끈거렸다. 손을 대자 묵직한 고통이 밀려온다. 가희가 미간에 주름을 잡으며 병원에 가서 치료를 받는 게 좋겠다고 말했지만 이 정도 아픔은 아무것도 아니라며 나는 웃어 보였다. 그렇지만 더 이상 테니스를 치는 건 무리일 것 같다고, 그만 집으로 돌아가자고 제안했다. 아마도 병원에 가지 않은 대가를 톡톡히 치러야만 할 것이다. 아직은 작게 부어오른 정도지만 며칠 사이 이마에 든 푸른 멍이 아래로 번질 것이고 눈과 코가 퉁퉁 부어올라 외계인 같은 외모가 될 테니까. 집 안으로 들어서자마자 가희가 나더러 소파에 누우라고 명령했다. 마치 제집처럼 자연스럽게 냉동실에서 얼음을 꺼내 얼음 마사지를 할 수 있도록 준비해서 들고 왔다. 나는 얌전히 누워 그녀를 바라보았다. 미간을 살짝 찌푸리고 나를 내려다보는 모습 때문에 어머니가 떠오른다. 내 어머니처럼 나를 걱정해 주는 모습에 마음이 흔들린다. 나는 손을 들어 그녀의 손을 잡고 싶은 충동을 애써 억누른다. 어쩌면 내 입에서 엉뚱한 이야기들이 흘러나올지도 모른다. 속을 털어놓는 일 따위는 일어나서는 안 된다. 그녀는 아무것도 모른 채 수건으로 감싼 얼음봉지로 내 이마를 꾹꾹 눌러 댔다.

"궁금한 게 있어요."

내가 말했다.

"뭐죠?"

"당신 집 거실에 있는 그 멋진 피아노는 누굴 위한 거죠?"

거실에 피아노가 있는 걸 봤는데 연주를 들은 적이 없어 늘 궁금했다고 말했다.

"남편이 구입한 거예요. 취미로 피아노를 배워 보고 싶다고 말한 적이 있거든요. 신혼 때는 가끔 치기도 했는데……."

피아노 연주를 꼭 한번 들어보고 싶다고 말하자 무슨 의미냐는 듯 눈을 깜박거린다. 물론 나는 그녀가 거절할 거라고 생각했다. 그런데 뜻밖에도 당장은 불가능하지만 연주를 들려주겠다고 했다. 얼음의 차가움 때문인지 아픔은 더 이상 느껴지지 않았다. 나는 소파에서 일어났고 그녀가 내 손에 얼음봉지를 넘겨 주었다.

"곡 신청을 받을 수는 없어요. 자신 있는 곡이 몇 곡 없거든요."

가희가 웃으며 내 작업실 쪽으로 들어갔지만 나는 저지하지 않는다. 대신 조용히 그녀의 뒤를 따라갔다. 서재는 고요에 휩싸여 있다. 블라인드 커튼을 걷어 올려 두어서 창밖에 비가 내리고 있는 것이 보였다. 빗방울이 유리창을 때린다. 책상 위에는 책들이 여러 권 펼쳐져 있고 수정이 덜된 원고들이 잔뜩 쌓여 있다. 그녀가 등 뒤로 손을 모으고 한쪽 벽면을 장식하고 있는 책장 쪽으로 걸어갔다. 까만색으로 장정된 책들을 손등으로 더듬으며 지나치다 한 권을 꺼내 든다.

"이건 당신이 번역한 책이로군요. 멋진 것 같아요. 번역이란 것."

그녀가 부드럽게 책장을 넘기며 아름다운 보석을 바라보듯 볼을 발그레하게 붉히고 말한다. 책을 제자리에 꽂아 두려다 낡고 두꺼운 노트 한 권을 발견하고 손가락으로 두들기며 묻는다.

"이건 뭐죠?"

"아, 그건 안 됩니다."

내가 미처 저지할 사이도 없이 가희가 그것을 꺼내 든다.

"일기장?"

나는 대답 대신 그걸 그녀의 손에서 가져오려고 손을 뻗었지만 실패했다. 장난기가 발동한 것인지 갑자기 가희가 몸을 뒤로 젖혔던 것이다. 그 바람에 우리는 포개져 바닥에 누운 꼴이 되고 말았다. 그녀의 얼굴이 내 가슴 아래쪽에 짓눌려 있다. 나는 그 상태에서 손을 뻗어 노트를 낚아챘다.

"아닙니다. 이건 제 작문 노트예요."

나는 얼른 일어났고 팔을 뻗어 그녀를 일으켜 세웠다.

"글도 쓴단 말씀이세요?"

나는 마지못해 고개를 끄덕였다.

"읽어 보고 싶어요."

"아직은 누군가에게 보여 줄 수 있는 단계가 아니에요."

가희가 느닷없이 글이 완성되면 자신이 맨 먼저 읽을 수 있게 해 달라고 말한다. 나는 기뻤다. 우리의 관계가 생각했던 것보다 훨씬 친밀하고 오래 지속될 것이라는 의미이기도 했기 때문이다.

53

 어린 시절 나와 형은 어머니에게 피아노를 배웠다. 나는 검은 음표들을 제멋대로 건너뛰고 올림 바를 쳐야 할 때 일부러 내림 바 음을 쳐 대는 식으로 어머니를 흥분시켰다. 그런 식의 무분별한 돌발행동은 언제나 어머니를 화나게 만들었다. 나와 달리 형은 어머니 마음에 쏙 들 정도로 배우는 속도가 빨랐다. 게다가 틈틈이 혼자서 연습을 했고 기회가 있을 때마다 사람들 앞에서 제대로 된 연주로 감동을 선사했다. 나는 점점 더 흥미를 잃었고 마침내 피아노를 배우지 않겠다고 떼를 썼다.

 "항상 이런 식이면 곤란해. 형을 봐. 왜 형처럼 하지 못하니?" 어머니가 형처럼 해 보라고 나를 몰아붙였다. 나는 슬펐고 억울했고 화가 나서 악을 써 댔다. 어머니와의 힘겨루기는 늘 나의 패배로 끝이 났다. 때로 방 안에 감금되기도 했다. 나는 약해 빠진 아이였고 그런 날이 찾아오면 며칠 동안이나 악몽에 시달리곤 했다. 침대 밑에 악령이 살고 있다고 믿었던 시절이다. 나쁜 짓을 했으니까 악령이 나를 가만두지 않을 거라는 공포를 느꼈다. 어머니는 나에게 실망했지만 피아노 레슨을 그만두도록 내버려 두지는 않았다. 지금에 와서 생각해 보면 그때 그만두지 않은 건 잘한 일이다. 누군가의 연주를 듣고 평가를 할 수 있다는 건 즐거운 일이다.

 며칠 뒤 가희가 정말 피아노 연주를 듣고 싶으냐고 물었고 나는 고개를 끄덕였다. 그녀와의 관계를 이어 갈 구실이 필요했던 것인데 그녀가 연주를 위해 피아노 앞에 앉았다.

가희는 시험 보는 아이처럼 피아노 앞에서 몹시 긴장했고 깊게 심호흡을 한 뒤 모차르트 피아노 소나타 8번 1악장을 연주하기 시작했다. 미간에 주름을 잡고 내 쪽을 의식할 때가 바로 실수가 일어난 다음이란 것을 알 수 있을 정도로 서툰 연주였다. 연주가 끝나고 '어때요?' 하는 표정으로 그녀가 뒤돌아 앉았고 나는 가볍게 박수를 쳤다.

"그저 그랬어요."

나는 솔직하게 말했다. 그녀는 자존심에 상처를 받은 기색이 역력했다. 수치심 속에 계속 던져 두는 건 옳지 않았다.

"하지만 연주를 하는 당신은 아름다워요."

혀끝을 떠난 간사한 언어가 그녀의 마음을 누그러뜨렸다. 그녀의 얼굴이 붉어졌고 입가에 은근한 미소가 떠올랐다. 남자들이 그런 말을 할 때마다 지금처럼 미소로 교태를 부렸을 것이다. 열을 식히려는 것처럼 손바닥을 부채처럼 펼치고 자신의 목덜미에 바람을 일으킨다. 어린 여자아이들이 남자를 유혹할 때 그러는 것처럼 순진무구하게 몸을 움직인다. 아무 일도 기대하고 있지 않은 것처럼 스커트 대신 바지를 입고 있지만 몸에 너무 달라붙어 작은 실루엣까지 완벽하게 드러나고 있다는 걸 본인도 알고 있다. 숨을 쉴 때마다 팽팽한 가슴이 얇은 셔츠를 통해 자극적으로 드러난다. 어떤 남자라도 이 순간에는 그녀를 사랑하지 않을 수 없을 것이다. 지금이 기회란 걸 알았다.

나는 자리에서 일어섰고 그녀 앞으로 다가가 허리를 구부렸다. 그리고 두 손으로 그녀의 얼굴을 감쌌고 아주 부드럽게 살짝 벌어진 입술 위에 입맞춤을 했다. 놀란 듯 그녀가 긴장하는 게 느껴진다. 멈추는 대신 이번에는 입술 속으로 혀를 밀어 넣는다. 거칠지 않았지만 가희가 어색하게 나를 밀쳐 냈다. 절대로 남편에 대한 죄책감 때문은 아니다. 다급하게 오므리는 두 다리에서, 혼란스런 눈동자에서 그걸 느낄 수 있다. 자신의 부정한 행위가 어쩌면 자신의 안정된 삶을 송두리째 날려 버릴지도 모른다는 사실에 놀란 것이다.

나는 마지못해 그녀에게서 물러났다. 당황한 얼굴로 가희가 "잠깐 실례할게요. 냉장고에 주스가 있어요."라고 중얼거렸고 어색함 속에 나를 버려둔 채 욕실로 들어가 버렸다. 나는 곧바로 자리에서 일어나 부엌 쪽으로 걸어갔다. 싱크대 위쪽 수납장을 열자 말끔하게 정리되어 있는 그릇들이 보인다. 투명한 유리잔을 꺼내고 냉장고에서 주스를 꺼내 부었다. 그녀가 언제 돌아올지 몰라서 조급하게 주머니에서 가져온 약을 꺼내 유리잔 속에 털어 넣고 회오리를 일으켰다. 마침내 마음에 결정을 내린 가희가 욕실에서 돌아왔다. 여전히 붉은 자신의 뺨에 한 손을 가져다 대고 주스를 마신다. 버성긴 분위기를 바꾸려는 듯 빨간 입술로 "너무 더워요."라고 속삭이듯 말한다.

그녀가 빈 잔을 식탁에 내려놓았을 때 나는 다시 손을 뻗어 그녀의 손을 잡았다. 뿌리친다면 더 기다려야만 했다. 그런 불행은 일어나지 않았다. 더 큰 용기를 쥐어짤 필요도 없었다. 나는 다가섰고 그녀의 입술에 오랫동안 입을 맞추었다. 그녀는 더 이상 저항하지 않았다. 누군가를 설레게 만들고 자신이 탐나는 존재란 사실을 드러내고 싶은 욕망이 모든 걸 압도했던 것이다. 나는 그녀의 가녀린 몸을 벽 쪽으로 밀어붙였다. 거칠게 목덜미에 입을 맞추고 가뿐히 안아 올려 소파에 눕히자 벽돌색 머리카락이 눈앞에서 아름답게 펼쳐졌다. 그녀의 턱을 내 쪽으로 고정시키고 커다랗게 벌어진 동공을 바라보며 천천히 그녀의 셔츠 단추를 풀어 나간다. 눈앞에서 팽팽하게 부풀어 오른 젖가슴이 서서히 드러났다. 오르내리는 가슴에 입술을 누르자 그녀가 가쁜 숨을 몰아쉰다. 꼭 끼는 바지를 끌어내리고 속옷도 끌어내렸다. 가희가 "안 돼 안 돼!"라고 속삭이지만 설득력이 없다. 그곳은 축축이 젖었고 그녀의 손은 몹시 뜨거웠다. 그녀가 내 얼굴에 시선을 고정시킨 채 나의 셔츠를 벗기고 내 몸을 더듬는다. 현진의 등을 수없이 쓰다듬었던 손이 능숙하게 내 등을 쓸어내린다. 얼마 후 그녀의 목구멍에서 키득거리는 소리가 들렸고 따뜻한 손이 대담하게 위로 솟은 내 성기를 만지는 것이 느껴졌다.

 나는 바닥에 누웠다. 그리고 그녀가 내 위로 올라앉아 한동안 즐거움을 만끽하도록 내버려두었다. 얼마 후 그녀는 연이어 하품을 하더니 순식간에 영혼이 몸 밖으로 빠져나간 것처럼 힘없이 앞으로 꼬꾸라졌다. 약의 힘에 굴복해 잠의 세계로 빠져든 것이다. 나는 몸을 뺐고 그녀를 안고 들어가 알몸인 채로 침대에 눕혔다. 그녀의 가슴이 오르내리면 따뜻하고 독특한 향이 뿜어져 나온다. 길고 숱 많은 속눈썹을 살짝 건드려 본다. 입술도 더듬어 본다. 손가락이 조심스럽게 그녀의 턱을 지나 목으로 내려간다. 그녀는 전혀 반항하지 않고 급조된 꿈의 세계에서 허우적거린다. 의사가 처방해 준 수면제를 이용한 덕분에 앞으로 몇 시간 동안은 잠에서 절대 깨지 않을 것이다. 그동안 나는 자유롭다.

내가 궁금한 것은 현진의 서재였다. 서재 문을 열고 미끄러지듯 들어가 문을 닫는다. 모든 것들이 잘 정리되어 있는 모습을 보자 분노가 치밀어 오른다. 그의 인생이 내 인생과 달리 아주 완벽해 보인다. 일순간 나는 책상 위에 있는 것들을 내동댕이치고 책들을 갈기갈기 찢어 놓고 싶은 기분에 사로잡혔다. 그러나 그런 일은 일어나지 않는다. 내가 다녀간 걸 그가 알아서는 안 되니까. 컴퓨터의 전원을 켜고 폴더들을 클릭한다. 컴퓨터 디렉토리 중에 패스워드로 보호되어 있는 목록 따위는 없다. 내가 보낸 모든 이메일은 삭제되었을 것이다. 그는 완벽주의자다. 가희가 나의 존재를 알도록 흔적을 남겨 놓았을 리 없다. 어쩌면 다행인지도 모른다.

54

일요일 늦은 오후.

윤우가 찾아와 쿠키를 만들어 주겠다며 부엌을 점령했다. 나는 냉장고에서 바로 꺼낸 시원한 맥주를 마시며 식탁에 앉아 느긋하게 그 모습을 지켜본다. 녀석은 콧노래를 부르며 소매를 걷어붙인다. 흐르는 물에 손을 깨끗이 씻고 신나서 반죽을 시작한다. 한동안은 집중해서 이쪽은 바라보지도 않더니 갑자기 질퍽한 밀가루에 한 손을 넣고 주물럭거리며 이쪽을 바라본다. 아이처럼 들떠서 그의 뺨이 빨갛게 달아올라 있다. 한동안 자르지 못한 앞 머리카락이 흘러내려 그의 눈을 가리자 미리를 뒤로 젖히고 살짝 몸을 흔든다. 그 모습이 예전에 내가 좋아했던 고양이와 닮아 있다. 내가 제대로 책임지지 못했던 최초의 생명. 새끼 고양이를 처음 발견했을 때 녀석은 철제 울타리에 한쪽 뒷다리가 끼어 있었다. 구하러 다가서는 것도 모르고 사납게 으르렁거리며 앞발로 나를 공격했다. 녀석의 앞발에 긁혀 턱 쪽에 상처를 입었는데 한동안 희미하게 흉터 자국이 남아 있었다.

　나는 포기하지 않았고 결국 구출해서 상자 속에 녀석을 숨겨 둘 수 있었다. 그날 밤, 저녁은 먹는 둥 마는 둥 2층에서 내내 고양이와 놀았다. 형이 떠나고 오랜만에 느껴 보는 친밀감이었다. 나는 회색 고양이를 잃고 싶지 않았다. 그래서 다음 날 학교에 가기 전 어머니가 고양이를 발견할 수 없도록 창고에 숨겨 두었는데 그날 저녁 외할머니가 돌아가셨다. 학교로 어머니와 아버지가 찾아왔고 우리 가족은 외할머니의 장례식을 치르기 위해 대구로 떠났다. 장례식이 치러지는 내내 나의 머릿속은 고양이 생각뿐이었다. 고양이가 죽어 버릴까 봐 무서웠지만 슬픔에 빠진 어머니에게 태평하게 고양이 이야기를 꺼낼 수는 없었다. 결국 집으로 돌아왔을 때 고양이는 상자 안에서 죽어 있었다. 도망가지 못하도록 입구를 봉해 놓은 것이 화근이었다.

쿠키에 들어갈 초콜릿을 내밀며 윤우가 웃는다. 고양이처럼 연약하고 아름다운 녀석. 초콜릿을 받아먹는데 녀석의 손가락이 입술에 닿는다. 녀석이 움찔하고 그 찰나에 휴대폰이 울렸다. 녀석이 전화를 받았고 내게서 등을 돌린 채로 낮은 음성으로 통화를 한다.

"돌아가야겠어요."

통화를 끝낸 녀석이 말했다.

"가지 마."

나는 녀석의 손을 잡았다.

"미안해요. 가 봐야 해요."

놓아 주고 싶지 않다. 녀석에게 나란 존재보다 더 중요한 일이 있다는 것이 마음에 들지 않는다. 지금 당장 테이프로 입을 막고 손과 발을 묶으면 어떨까? 물론 저항하겠지만 마음만 먹는다면 어려운 일도 아니다. 그저 상상일 뿐 멍하니 그를 바라본다. 예전에 나를 담당했던 의사는 내가 집착이 심하고 충동 조절이 안 되어 약물로 조절을 해야만 한다고 말했다. 그가 틀렸다. 나는 요즘 약물의 도움 없이도 욕구를 자제할 수 있다.

"진짜 가 봐야 해요."

녀석이 억지로 내 손을 풀고 현관문을 나선다. 더 이상 녀석의 손을 잡지 않는다. 내 보물이 눈앞에서 사라지는 걸 본다. 잘 참아 온 감정을 억제하기가 힘이 든다. 그는 떠났다. 나는 화를 주체하지 못하고 손에 잡히는 것들을 마구 집어던졌다. 저주스런 운명을 선물한 보이지 않는 존재를 향해 분통을 터뜨렸다. 밀가루 봉지가 벽에 부딪치며 하얀 가루가 날렸다. 구토가 나고 머리가 어지러웠다.

55

가희는 이제 한계에 도달한 듯 보였다. 순발력을 잃고 넘어오는 공을 치고 있다기보다 공을 따라다니며 비틀거리고 있다는 표현이 어울릴 정도로 동작이 굼떴다. 이제 경기를 끝내야겠다는 생각이 들어 재빨리 네트 쪽으로 다가가 위닝샷을 쳤다. 가희는 샷을 되받아칠 여유가 없어 보였다. 결국 공은 네트 안쪽으로 떨어졌다.

"놀라워요."

가희가 떨어진 공을 주워 올리며 헐떡거렸다.

"어떻게 된 거죠? 왜 속았다는 기분이 드는지 모르겠어요."

자신이 가르친 사람한테 지고 말았다는 사실이 믿기지 않는다는 얼굴이다.

"누군가 그러더군요. 테니스에서 승리하는 비법은 상대방 선수를 위기에 빠뜨려서 무모한 샷을 때리게 하는 거라고."

그녀는 두 손을 번쩍 쳐들고 패배를 인정하는 제스처를 해 보이더니 라켓을 든 채 벤치가 있는 곳으로 걸어갔다. 갑자기 불어온 바람이 테니스 코트 주변을 둘러싸고 있던 느티나무를 흔들어 댄다. 가희가 가던 걸음을 멈추고 양팔을 벌린 채 눈을 감는다. 바람이 그녀를 어루만지고 지나가자 그제야 사뿐히 다시 걸음을 옮긴다. 그늘로 들어서자 그녀의 얼굴이 한결 생기 있어 보인다. 그녀가 빠른 손놀림으로 머리를 풀어 다시 묶고 가방에서 물을 꺼낸다. 내 쪽으로 팔을 뻗어 먼저 마시라며 내민다. 나는 물병에 입술이 닿지 않도록 해서 마시고 얼른 돌려주었다. 그녀가 갑자기 눈을 동그랗게 뜨고 나를 바라본다.

"그 말! 어디선가 들은 적이 있는데…… 아, 그렇지. 남편도 그렇게 말한 적이 있어요. 늘 이기는 비법이 뭐냐고 묻자 그렇게 말했는데. 가만 보면 두 사람은 꽤 닮은 구석이 있어요."

그렇겠지. 실은 나도 현진에게서 들은 말이니까.

"한 게임 더?"

그녀가 수건으로 얼굴에 난 땀을 닦아 내고 나서 묻는다. 나는 고개를 흔들었다. 저녁에 어머니를 뵈러 집에 들러야 한다고 말했다. 꽃가게에 가서 꽃을 좀 사야 하는데 함께 골라 주지 않겠냐고 물었다. 가희가 흔쾌히 승낙했고 우리는 각자의 짐을 챙겨 걷기 시작했다. 그녀는 그날 그녀의 집 소파에서 벌어졌던 일에 대해서 한마디도 언급하지 않았고 나를 멀리하지도 않았다. 나에게 어떤 식으로든 매력을 느낀 것이 분명했다. 보아하니 지난번에 현진과 크게 말다툼을 하고 난 후로는 현진에게 나에 관한 이야기도 하지 않는 듯했다. 물론 한다고 해도 상관없었다. 현진을 자극하는 게 나의 목적이니까.

공원을 벗어나 네거리 쪽으로 걸어 내려가면 제법 큰 꽃집들이 있었지만 가희는 단골 꽃집으로 나를 데려가지 않고 골목 끝 쪽에 있는 작은 꽃집으로 데리고 갔다. 나와 함께 꽃집에 들어서는 것이 부담스러운 것이 분명했다. 우리가 안으로 들어서자 유리문 위쪽에 달려 있던 작은 종이 울렸고 장미 꽃바구니를 만들고 있던 가무잡잡한 여주인이 그 소리를 듣고 입구 쪽으로 걸어 나왔다.

"어서 오세요."

꽃집 주인이 경쾌한 목소리를 내며 우리 쪽으로 다가왔다. 가희가 고개를 돌리고 내게 어머니가 어떤 꽃을 좋아하는지 묻는다. 나는 잘 모르겠다고 대답했다. "그렇다면." 하고 잠시 생각하는 얼굴이 되더니 큰 양동이 속에 한 아름 담긴 하얀 카라꽃을 내려다본다. 그녀가 고개를 들고 카라꽃이 어떠냐고 묻는다. 내가 고개를 끄덕이자 눈치 빠른 꽃집 주인이 얼른 꽃바구니를 만들기 시작했다.

"당신이 좋아하는 꽃은 뭐지요?"

꽃바구니가 만들어지는 동안 꽃집 안을 둘러보며 지나가는 말투로 물어보았다. 그녀는 야생화 동호회 회원으로 꽃을 아주 좋아한다. 그녀가 장미꽃 향기를 맡고 서 있다가 돌아서며 자신은 모든 꽃을 좋아한다며 웃는다. 내가 꽃집 주인에게 핑크색 장미도 주문하자 그만두라며 내 팔을 잡는다. 그러다 화들짝 놀라며 손을 뗐다. 주인이 어떻게 할까요? 하는 얼굴로 이쪽을 보고 있다.

"제게 테니스를 가르쳐 주신 데 대한 보답입니다."

나는 가게 주인에게 들리도록 크게 말했다. 가희가 더 이상 거절하지 않고 웃었다.

56

모교에 강사 자리를 얻고 나서 학교에서 현진과 마주치는 날이 점점 많아졌다. 그는 복도나 식당에서 마주치면 모르는 사람처럼 내 곁을 지나친다. 그러던 어느 날 그가 느닷없이 내 연구실로 찾아왔다. 좁고 지저분하고 낡은 책상이 있는 형편없는 공간으로 지도 교수와 친분이 있는 누군가의 배려로 임시로 사용하게 된 연구실이다. 보잘것없지만 어떤 면에서 지도 교수의 호의를 받고 있는 셈이다. 안으로 들어온 그는 화가 난 것처럼 보였다. 그러나 실은 두려움에 떨고 있는 것이 분명했다. 돌연 내가 시한폭탄이란 걸 깨닫고 모든 상황이 내게 유리하다는 걸 인정하지 않을 수 없게 된 것이다. 다행히 옆방은 비어 있었다. 나는 함께할 밝은 미래를 위해서 우리의 대화가 밖으로 새어 나가기를 바라지 않았다.

"용기가 있냔 말이야. 네 아버지를 생각해 봐. 이제 곧 정년퇴임이지. 네가 그런 놈이란 사실이 알려지면 정말 불쌍한 꼴이 되고 말 거야."

그는 어떤 식으로든 나를 설득하고야 말겠다는 열의에 사로잡혀 있다.

"아니, 난 반석 위에 앉아 있는 것처럼 안전해. 당신은 동정심이 많고 내 아버지를 존경하지. 그런 짓은 절대 할 수 없어. 예전에도 그랬고 지금도 마찬가지야. 그럴 마음이 있었다면 여기까지 찾아올 필요가 없었어."

내가 히죽 웃자 그의 얼굴이 몹시 일그러졌다.

밖에는 비가 억수같이 쏟아졌고 번개가 치면 때때로 연구실 안이 대낮처럼 밝아졌다. 그는 내 말을 못 알아들은 것처럼 태연함을 가장하고 버릇없는 고양이처럼 책상 위에 엉덩이를 걸치고 앉아서 나를 으르고 달래고 협박한다. 대꾸하지 않자 이번에는 손님용으로 준비해 둔 의자를 구둣발로 걷어찼다. 의자가 핑그르르 돌며 벽에 가서 부딪쳤다.

"도대체 내 주위에서 얼쩡거리는 이유가 뭐야?"

나는 떨리는 손을 진정시키기 위해 두 손을 부여잡고 있었지만 눈만은 그를 피하지 않았다. 오랜 시간이 흘렀음에도 그는 여전히 변한 게 없다고 생각하는 눈빛이다.

"다시 시작된 거야? 내 생활을 파괴하고 내 주위 사람들을 위협하고 모든 걸 진흙탕 속으로 밀어 넣으려는 거냐고."

"난 당신이 필요해. 예전처럼 차라리 날 연구하지 그래. 내 마음속을 꿰뚫어 보는 거야. 내가 어떤 일을 벌일지 예측하라구. 내 마음을 갖고 놀아 봐. 나를 모욕하라구."

현진의 눈동자가 가늘어졌다.

"모욕! 모욕이라고 했어? 난 널 모욕할 의사가 전혀 없어. 내가 원하는 건 영원히 널 보지 않고 사는 거야."

나는 고개를 숙이고 바닥을 내려다보았다. 내가 눈을 피하자 그가 공격적으로 나의 두 팔을 힘껏 움켜잡는다. 결코 자신이 원하는 대로 되지 않을 것이란 것을 깨닫자 그는 이성을 잃어 간다. 스스로는 의식하지 못하고 있지만 그는 늘 나의 자존심을 납작하게 눌러 산산조각을 내놓는다.

"네가 하고 있는 짓을 봐. 넌 정상이 아니야. 연수야. 제발 정신 차려. 주위로 눈을 돌려 봐. 네가 애정을 가질 만한 다른 것들이 존재할 거야. 차라리 강아지를 키워 보는 게 어때?"

그는 심리학자이면서도 내 속에서 길들여지지 않은 본능을 발견하고 두려움에 뒷걸음질을 쳤다. 이젠 자신으로부터 나를 떼어 놓기 위해 어리석게도 나의 관심을 다른 곳으로 돌리려 하고 있었다. 그게 가능할 것이라고 믿다니.

"난 당신을 원해. 강아지를 원하는 게 아니라고."

"네 집에 들락거리는 젊은 배달부는 어때? 그 녀석이 마음에 드는 모양이던데. 그 녀석도 너하고 같은 마음이 아닌가?"

그 순간에 웃음이 났지만 꾹 참을 수밖에 없었다. 만약 소리 내어 웃는다면 그가 나를 정말 미쳤다고 생각할 테고 일은 더 복잡해질 테니까. 형이 죽고 심리적으로 안정감을 찾지 못한 내가 그에게 지나치게 몰두한 것은, 오로지 슬픔이 빚어낸 불행일 뿐이라고 그는 믿고 있다. 그러니까 내가 다른 사람과 행복한 시간을 보낼 수 있다면 내가 안고 있는 문제는 자연히 사라질 것이라고 생각하는 것이다.

"드디어 나한테 관심을 가져 주다니 이거 영광이네. 하지만 내가 원하는 건 당신이야."

"더 이상은 나도 못 참아."

그는 들어왔을 때와 마찬가지로 성난 황소처럼 씩씩거리며 문을 박차고 나갔다.

57

지역사회복지관에서 연락이 왔다. 운 좋게도 병원과도 연계가 되어 나는 한 달에 두 번꼴로 요양병원에도 자원봉사를 나갈 수 있게 되었다. 일이 진행되고 있고 일을 순조롭게 마무리하려면 확실한 알리바이가 필요했다. 법이란 확실한 물증이 없으면 눈앞에 범인이 있어도 절대 철장 속에 가둬 둘 수 없다. 일을 완벽하게 해치울 자신이 있었지만 일이 잘못되었을 때를 대비해 안전장치도 필요했다. 병원에서의 봉사활동은 더할 나위 없이 좋은 기회였다.

좋은 사람으로 인정받는 일이 그리 쉬운 일은 아니다. 뒷사람을 위해 유리문을 잡아 주고 의자를 빼 주고 무거운 짐을 들어 주고 의견을 물어 주고 자리를 양보해 주는 일 따위를 습관처럼 해야 한다. 누가 볼 때나 안 볼 때나. 친절이 언제고 나에게 기회를 줄 것이란 걸 알고 있다. 나는 간호사들에게 무조건적으로 상냥하게 굴고 도움이 필요하다면 기꺼이 시간을 내준다. 우울해 보이는 간호사를 위해 짧은 팬터마임을 선보인 적도 있다. 나는 의지가 있고 병원 안에서는 특히나 그 의지가 잘 발휘되었다. 그러나 환자들과 친밀한 관계를 갖는 건 또 다른 문제였다. 그들은 청결하게 세탁된 환자복을 입고 있지만 가까이 다가서면 저절로 눈살을 찌푸리게 만드는 독특한 냄새를 풍긴다. 꽉 막히거나 머릿속 나사가 하나쯤 풀려 이곳에 버려진 쓰레기들. 때때로 나를 지배하는 경멸과 혐오의 감정들이 우발적으로 드러나지 않도록 노력해야만 했다. 나는 그들을 사랑하고 봉사할 준비가 되어 있다는 걸 세상에 보여 줘야만 하니까. 누군가 지켜보고 있을 때면 나는 자연스럽게 환자의 신체 일부에 손을 댄다. 손을 잡아 주고 어깨를 주물러 주고 옷에 묻은 머리카락을 제거해 주고 풀어진 단추를 채워 주는 일은 아무것도 아니다. 그런 접촉들이 누군가 나를 판단하려 할 때 상냥하고 친절한 젊은이라는 이미지로 포장해 줄 것이다. 언젠가부터 간호사들은 때때로 내게 환자를 맡겨 두고 자리를 비운다.

"아니죠. 할머니. 그곳을 자르시면 안 돼요."

페이퍼 컷 아트를 배우는 노인들은 다리가 불편해서 이곳에 머물고 있지만 정신만은 멀쩡한 경우다. 바닥에 무릎을 꿇고 솜뭉치 노인과 눈을 맞춘다. 손을 그녀의 쭈글쭈글한 작은 손 위에 올려 두고 다시 한 번 설명을 시작했다. 반복되는 이런 작업들이 지루하고 송충이를 잡는 것처럼 끔찍하지만 참을 수 있다. 문가 쪽 의자에 앉아 클립보드에 뭔가를 적고 있던 간호사가 이쪽을 바라보았고 우리의 눈이 마주쳤다. 그녀의 시선이 병든 닭마냥 내내 졸고 있는 검버섯 노인 쪽으로 이동한다.

"할머니들이 몸이 안 좋으신가 봐요."

마침내 젊은 간호사가 다가오며 오늘은 그만하는 게 좋겠다고 말했고 나는 고개를 끄덕였다. 나는 간호사가 두 노인을 병실로 데리고 가는 것을 돕고 나서 휴게실로 돌아왔다. 망쳐 버린 꽃을 구겨 휴지통에 던지고 커팅 도구를 가방 안에 챙겨 넣는다.

"이거 드세요."

막 1층 너스 스테이션을 지나치려는 순간에 누군가 내 손에 캔 커피를 쥐어 준다. 앳된 얼굴의 간호사가 서 있다. 무난한 녹색 간호사용 원피스를 입고 있지만 가는 허리와 풍만한 가슴 라인을 숨길 수는 없다. 원피스 아래로 뻗어 나온 매끈한 맨다리가 탄력적이다. 정기적으로 털을 제거하지 않고서는 결코 얻을 수 없는 결과다. 매일 자신의 다리를 점검하고 주머니 속에 작은 손거울을 들고 다니는 여자, 작고 예쁜 것에 호들갑을 떨고 감정에 취해 순식간에 눈물을 흘릴 수도 있는 여자를 발견한 것은 뜻하지 않은 행운이었다. 남자의 손길이 닿는 순간을 기대하며 노력을 게을리 하지 않는다는 건 목적이 그만큼 확고하다는 의미다. 남자에게서 얻고자 하는 것이 단순할수록 이용하기는 더욱 쉬워질 것이다.

"지난번에는 고마웠어요."

그녀가 담당하던 환자의 아들이 그녀에게 집적대고 있을 때 내가 도와준 적이 있다. 남자는 아내가 골라 주는 옷을 말끔하게 차려입고서 젊은 여자만 보면 꽁무니를 좇아다니는 그런 부류가 분명했다. 사회적으로 성공했거나 상당한 재산을 물려받아 하루 종일 일할 필요가 없는 남자들 중에는 마음에 드는 여자를 보면 일단 들이대기부터 하는 얼간이들이 있다. 젊은 간호사가 퇴근하는 시간에 맞춰 병원 앞에 차를 댄 남자는 태워다 주겠다며 억지를 부렸다. 여자는 마침 그 길을 지나가는 나를 끌어들여 상황을 모면했다. 여자가 자연스럽게 내게 팔짱을 끼고 왜 이렇게 늦은 거냐고 푸념을 늘어놓자 남자는 입을 오므리고 나를 노려본 후 차에 시동을 걸었고 눈앞에서 사라졌다.

"천만에요. 다음에 또 그런 일이 생긴다면 기꺼이 절 이용하세요. 소미 간호사님."

그녀는 내가 자신의 이름을 알고 있다는 사실에 감격한 얼굴이 되었다. 가슴에 늘 이름표를 달고 다니면서도 말이다.

"잘 마실게요. 다음에 뵙겠습니다. 그럼."

이쯤에서 사라져 주는 쪽이 좋다. 너무 적극적인 형태보다는 적당히 틈을 보이고 곁을 맴도는 쪽이 관계 진전에 유리하다. 꽤 쓸모가 있어 보이는 만큼 그녀에게 약간 공을 들여 보는 것도 나쁘지 않을 것 같았다.

58

강의 도중에 하얀 이로부터 전화를 받았다. 지난번에 선을 본 여자의 이가 지나치게 하얗게 보여 내가 그녀에게 붙인 닉네임이다. 나는 때로 나를 옭아매는 가시적 세계와 분리된 나만의 세계에 있을 때 더 만족감을 느낀다. 나의 것, 나의 룰, 나의 세상, 나의 세계를 움직이는 건 오로지 나뿐이다.

"당신은 나처럼 재미없는 사람에게 먼저 전화를 거는 사람이 아니겠죠?" 차를 마시고 나서 자리를 뜰 때 내가 던진 말이다. 하얀 이는 스스로 자신이 그토록 몰인정한 사람이 아니라는 걸 증명하기 위해 전화를 걸어왔고 짐짓 쾌활한 어조로 함께 저녁 식사를 하고 싶다고 말했다. 나는 조금은 수줍게, 괜찮다면 집에서 저녁을 대접하고 싶다고 말했다. 그녀는 내 모든 것들을 훔쳐볼 수 있는 기회라고 여겼는지 기뻐했다. 음식 준비는 일곱 시가 되기 전에 끝이 났다. 요리를 위해 사용한 도구와 그릇들을 치우고 나서 옷장에서 깨끗한 옷을 꺼내 입는다. 옆집으로 난 창문이 열려 있어 가희가 이쪽을 보고 서 있는 것이 보였다. 얼굴이 어둡고 슬퍼 보이는 것 같기도 했다. 가희가 불을 껐다. 표면적으로는 나를 외면하기 위한 시도처럼 보였지만 어둠이 이쪽을 바라보는 데 더 효과적이란 것을 나는 알고 있다.

하얀 이는 탐스러운 핑크색 아악무 화분을 들고 정확히 일곱 시에 현관 벨을 눌렀다. 서두를 필요가 없었다. 느린 동작으로 셔츠의 마지막 단추를 채우고 방을 나갔다. 계단을 내려가는 동안 그녀가 다시 한 번 짧게 벨을 눌렀다.

"어서 와요."

나는 한 손에 화분을 받아 들고 나서 그녀가 안으로 들어올 수 있도록 한쪽으로 비켜섰다. 하얀 이는 단정하다 못해 진부해 보이는 크림색 투피스 차림에 굽이 뾰족하고 앞쪽에 꽃모양 장식이 있는 하얀 힐을 신고 있다. 슬리퍼 속으로 그녀의 작은 발이 미끄러져 들어간다. 내가 화분을 창문 쪽에 올려놓는 동안 하얀 이가 집 안을 둘러본다.

"상당히 깨끗하네요."

"저쪽 방문은 열어 보시면 곤란해요. 물건들이 와르르 쏟아져 나올 겁니다."

실은 구석방 하나를 비워 풀지 않은 박스들을 몽땅 집어넣었다. 사람들은 지나치게 지저분한 사람을 신뢰하지 않는단다. 어머니는 자주 그렇게 말했다. 조악한 농담에 그녀가 경계심을 풀고 웃는다. 그녀의 우호적 웃음이 마음에 든다. 앞으로 닥칠지도 모르는 고난에 그녀가 많은 도움을 줄 것이다. 나는 손님을 초대한 매너 좋은 호스트로서 윤이 나는 복도와 거실을 지나 그녀를 식탁 쪽으로 정중하게 안내했다. 여자를 위해, 아니 오늘밤을 위해, 아니 미래를 위해 나는 무릎을 끓고 바닥에 광이 나도록 닦는 일도 마다하지 않았다. 가희가 떨어뜨렸을지도 모를 길고 가는 머리카락을 말끔히 제거하기 위해서, 그리고 윤우의 양말 한 짝이 소파에 끼어 있는 일이 없도록 혼신의 노력을 한 것이다.

그녀가 값비싼 포도주와 품위 있는 접시에 담긴 연어 스테이크를 보고 만족스런 표정을 짓는다. 기꺼이 음식을 만들고 청소를 하는 남자, 정성껏 머리를 빗어 넘기고 잔뜩 차려 입은 채 여자에게 즐거움을 선사하기 위해 기다리는 남자를 매력적이라고 생각하는 것이 분명했다. 나는 하얀 이가 앉을 수 있도록 의자를 빼 주었고 기분을 차분하게 만들어 주는 음악을 틀었다. 그리고 가볍게 미소를 머금고 연어 스테이크를 권했다.

"어머나, 요리 솜씨가 훌륭하시네요. 초대해 주셔서 감사해요."

여자는 호들갑을 떨며 맛을 음미했고 합격이라는 듯 바로 또 한 조각을 해치웠다.

"과찬이세요. 일부러 여기까지 와 주셔서 저야말로 기쁩니다."

내가 말했다.

여자가 눈으로 웃는다. 여자는 전에 살던 남자가 두고 간 마호가니 원목으로 만들어진 콘솔을 눈여겨보았고 자신도 앤티크풍을 좋아한다고 말한다. 나는 가구에 대해서는 관심이 없지만 마치 내가 구입한 것처럼 적당히 거짓말을 한다. 이야기는 자연스럽게 가구 쪽으로, 실내 디자인 쪽으로 이어지다 그녀의 직장 이야기로 흘러갔다. 여자는 직장 이야기가 화제에 오르자 얼굴이 붉어졌고 목소리 톤이 높아졌다. 악질적인 민원인들에 대한 이야기가 이어졌고 나는 고개를 끄덕이기도 하고 적절한 질문도 해 가며 그녀의 기분을 맞춰 줬다. 적당한 때에 화이트 와인을 권하자 여자가 경계심을 잃고 마구 마셔 댔다. 거의 한 병을 혼자서 해치운 여자가 소파로 자리를 옮겨 앨범을 뒤적거리며 나에 대해 이것저것 물어 댄다. 말, 말, 말! 나는 말이 싫다.

59

하얀 이는 "거실 벽지를 바꾸는 게 어때요?"라고 말했다. 만난 지 서너 달이 지나갈 무렵이었다. 여자와 나는 결혼을 전제로 진지한 만남을 이어 가고 있다. 나는 의아했지만 좋도록 하라고 했다. 나는 그녀가 원하는 모든 것들을 그녀에게 위임했다. 벽지가 바뀌었고 커튼도 바뀌었다. 마치 신혼집을 꾸미고 있는 것처럼 보였다. 그리고 어느 날엔 허락도 없이 집 안 분위기가 너무 어둡다며 내 소파를 내다 버리고 그 자리에 연베이지색 소파를 들여놓았다. 나는 몹시 화가 났지만 다정하고 너그러운 사람처럼 내 집에서 벌어지는 끔찍한 모든 변화를 묵인했다. 하얀 이는 내 모든 것들을 바꾸는 일에 전념했다.

"당신 친구 중에 말이에요. 그러니까 그 빨간색 헬멧을 쓰고 다니는 어린 친구 말이죠."

"윤우 말이야?"

"네."

그녀가 고개를 끄덕이며 잠시 침묵한 후 말을 이었다.

"왜 당신이 그런 애와 어울리는지 이해할 수가 없어요. 그런 애는 도움이 안 되죠."

"그래서?"

"멀리하는 게 좋겠어요."

늘 그런 식이다. 그녀도 내 어머니처럼 인생에 도움이 되는 인간과 그렇지 못한 인간을 구분해 놓고 사는 부류다. 어머니는 늘 내가 도움이 되지 않는 친구들을 사귀었기 때문에 이런 꼴이 되었다고 생각했다. 인생을 낭비하는 아무짝에 쓸모없는 인간들. 어머니는 그런 걱정을 하실 필요가 전혀 없다. 이제 나는 더 이상 그런 인간들과 어울리지 않는다. 나는 대학 강사이고 번듯한 집도 있다. 인간들은 사회적 배경만 보고 개인의 도덕 수준을 짐작한다. 물론 나는 누군가의 돈을 빌려 떼먹은 적이 없다. 나는 그들의 믿음에 흠집을 내고 싶지 않다. 하얀 이는 마치 나란 인간을 나보다 더 잘 알고 있는 것처럼 굴며 내 주변에서 일어나는 모든 일에 자신이 관여하는 것이 당연하다고 여기고 있다. 나는 나를 멋대로 좌지우지하려 드는 그녀의 간섭과 불필요한 통제가 전혀 내키지 않지만 표면적으로 내색하지 않는다.

"그럴게요."

여자들은 그런 대답을 좋아한다. 자기 말에 항상 귀를 기울여 주는 것. 그렇게 대답했다고 해서 정말 윤우를 멀리한 것은 아니다. 나는 녀석을 만나기 위해 여전히 일주일에 한두 번 배달을 시켰다. 윤우 쪽에서는 내가 하얀 이를 만나고 있다는 사실 때문에 안도하고 있다. 나는 더 이상 윤우를 혼란스럽게 하는 행동은 하지 않는다.

60

술에 취해 소파에서 곯아떨어져 있는 윤우를 깨웠다. 고집스러워 보이는 입술을 꽉 다물고 마치 꿈속에서 누군가에게 위협이라도 당하고 있는 것처럼 잔뜩 웅크린 자세다. 누군가와 싸웠는지 눈가가 찢어지고 턱에 멍이 들어 있다. 지난밤 찾아왔을 때 너무 취해 소파에 눕히자마자 바로 잠이 들어 버리는 바람에 어떻게 된 거냐고 물어볼 수 없었다. 그는 얼굴을 잔뜩 찌푸리고 씻지도 않고 식탁으로 와서 앉는다.

"누구와 싸운 거지?"

맨발로 식탁에 걸터앉아 갓 구워낸 식빵과 계란프라이를 게걸스럽게 먹어 치우고 있던 윤우가 나를 본다.

"개새끼들이 집으로 찾아왔거든요."

한쪽 볼로 음식물을 옮기며 윤우가 말했다.

"그들이 누군데?"

"빚쟁이들이죠. 아버지가 도박 빚을 졌거든요. 어젯밤에 온 집이 쑥대밭이 됐죠. 한 놈이 여동생을 건드려서 두들겨 패줬어요. 걱정할 필요 없어요. 이런 일에는 넌더리가 났으니까. 그보다 형은 한밤중에 대체 어딜 간 거예요?"

녀석이 반쯤 남아 있던 계란프라이를 한 입에 집어넣으며 묻는다. 돌풍 같은 당혹감이 내 몸을 휘감는다. 가슴이 팔딱거리고 정신이 아득해졌다.

"무슨 말이야?"

정신을 가다듬고 나는 용기를 짜내 대수롭지 않은 척하며 물어보았다.

"잠깐 깼었는데 형이 현관문을 열고 나가는 걸 봤어요."

지난밤에 잠이 오지 않아 현진의 집 주위를 얼쩡거렸다. 어쩌면 윤우가 창가에서 그 모습을 지켜보았는지도 모른다고 생각하자 머리가 쭈뼛 서고 가슴이 덜컥 내려앉았다. 다행히 그의 눈빛이나 말투에 의심 따위는 묻어나지 않는다. 바보처럼 굴어서 모든 걸 망치는 건 언제나 자신이다. 나는 마음을 편하게 먹어야만 했다.

"담배가 피우고 싶어서 잠깐 나갔다 왔어."

녀석이 이해가 간다는 얼굴로 고개를 끄덕인다. 아무것도 아니다. 내가 약상자를 찾아 들고 나오자 녀석이 관두라는 손짓을 한다.

"치료하는 게 좋아. 그냥 두면 덧나서 고생할 수도 있어."

상처가 난 자리에 연고를 발라 주자 더 이상 거부하지 않는다. 셔츠를 걷어 올려보라고 하자 순순히 뒤돌아 앉아 걷어 올린다. 양쪽 옆구리와 등 쪽 여기저기에 멍이 들어 있다. 소염제를 펴 바르자 녀석이 간지럽다며 키득댄다. 그의 등은 너무 매끈하고 유연하다. 손끝으로 등뼈를 따라 훑어 내리고 싶은 욕망 때문에 손이 떨렸다.

"너한테 도움이 못 되어서 미안해."

나는 진심으로 말했다.

"형이 옆에 있는 것만으로 든든해요."

나는 녀석이 나를 형이라고 부를 때가 좋다. 지켜 주고 싶고 사랑해 주고 싶다.

61

가희가 키우는 하얀 고양이가 내 집 앞을 얼쩡거린다. 가희가 문을 열어 두고 외출한 것이다. 나는 고양이가 안으로 들어올 수 있도록 옆으로 비켜섰다. 녀석은 나를 경계하지 않는다. 우리는 여러 번 접촉한 적이 있고 머리 좋은 고양이도 그걸 기억하고 있다. 내 발목에 자신의 꼬리를 한 번 휘감더니 아무런 의심 없이 안으로 들어온다. 나는 냉장고에서 고양이가 좋아할 만한 것을 찾아본다. 며칠 전에 사다 둔 소시지가 눈에 띄었다. 그걸 내밀자 고양이가 앞발로 쳐서 땅에 떨어뜨리고 가르랑거리는 소리를 내며 먹기 시작한다. 턱 쪽으로 손을 집어

넣어 부드러운 털을 어루만지자 본능적으로 배를 보이며 유혹적으로 앞발을 치켜든다. 배를 쓰다듬자 스르르 눈을 감는다. 고양이는 아직 어리다. 한 손만으로 가냘픈 목을 움켜잡기 충분하다. 손에 힘을 주는 건 간단하다. 서서히 힘을 가하자 고양이가 앞발을 치켜들고 공격을 시도한다.

"널 해치지 않아."

손에서 힘을 풀자 고양이가 캑캑거리는 소리를 내며 머리를 흔든다. 녀석이 본능적으로 나를 피해 구석 쪽으로 간다.

"이리 와!"

앞발을 억지로 잡아당기려 하자 이번에는 가차 없이 손등을 할퀸다. 손등이 패이고 피가 난다. 쓰라리지만 나는 개의치 않는다. 굴복시키기 위해 고양이의 눈을 뚫어져라 바라본다. 보석처럼 빛나는 눈. 녀석의 앞발을 억지로 잡아당겨 내 앞에 끌어다 놓는다. 느리게 눈을 깜빡이는 녀석. 번쩍 들어 올려 눈앞에 녀석의 눈을 가져다 놓는다.

"젠장! 널 해치지 않아."

62

꽃바구니와 소포는 다섯 시쯤 배달이 되도록 주문해 두었다. 3년 전쯤이었을 것이다. 가희가 처음 꽃바구니를 받고 좋아하던 모습이 떠오른다. 빨간 아네모네를 받아들고 내게는 눈길도 주지 않고 좋아서 어쩔 줄 몰라 했다. 그때는 그녀에게 꽃바구니를 배달하기 위해 직접 꽃집에서 아르바이트까지 했다. 야구 모자를 푹 눌러썼고 마스크를 하고 있었으니까 그때의 나와 지금의 나를 연결 짓지는 못할 것이다. 이번에는 꽃바구니와 함께 소포도 하나 보냈다. 소포 안에는 예전에 훔쳐 둔 그녀의 핑크빛 속옷이 들어 있다. 나는 일부러 시내까지 나와 적당한 공중전화 부스를 물색했고 그녀의 집으로 전화를 걸었다. 신호음이 서너 번 울리기도 전에 그녀의 초조한 음성이 들렸다.

"여보세요? 여보세요? 전화를 걸었으면 말씀을 하세요."

잠깐 동안의 침묵이 흐르고 가희가 다시 말을 시작한다.

"끊지 마. 당신이 꽃바구니를 보낸 거 다 알아. 말해 봐. 도대체 당신은 누구야? 꽃바구니를 보내는 이유가 뭐지?"

나는 대답하지 않는다. 전화를 끊지도 않는다.

"당신 같은 쓰레기들을 잘 알아. 앞에 나타날 배짱도 없는 쪼다새끼. 내가 하는 말 잘 들어. 난 당신이 누구인지 모르고 관심도 없어. 그러니까 앞으로 이런 짓은 관둬. 계속 꽃을 보내고 전화를 건다면 이제 나도 가만있지 않을 거야."

가희가 거칠게 전화를 끊었다. 놀라게 하고 겁먹게 했으니까 소기의 목적은 달성된 셈이다. 나는 다시 전화를 걸지 않는다. 공중전화 부스에서 현진의 집이 보이면 얼마나 좋을까. 그렇다면 겁에 질린 가희가 전화 코드 선을 뽑고 불안하게 거실을 서성거리는 모습을 지켜

볼 수 있을 텐데. 현진의 집에서 얼마 떨어지지 않은 곳에 공중전화 부스가 있지만 그곳에서 전화를 거는 건 너무 위험했다. 마을 전체에 방범용으로 설치된 빌어먹을 CCTV들을 죄다 망가뜨리지 않는 한 말이다. 포기할 수밖에 없다. 대신 상상을 한다. 겁에 질린 가희가 나를 찾아오는 상상을 말이다. 가희가 현진에게 모든 걸 털어놓을까? 이제 와서 두려움을 호소하려면 지난 몇 년 동안 나를 상상하며 즐긴 시간들도 털어놓아야 할 것이다. 물론 나는 일이 그렇게 돌아가도록 내버려두지 않을 작정이다. 공중전화 부스에서 나와 택시에 오른다. 미리 사 두었던 식재료가 든 상자를 들고서. 택시에서 내리자마자 옆집으로 향했다. 상자를 든 채 현관 벨을 누른다. 인기척이 없다. 다시 벨을 누른다. 문이 열리고 잔뜩 겁에 질린 가희의 하얀 얼굴이 드러난다.

"왜 그래요? 얼굴이 창백해요."

방문객이 나라는 사실에 안도한 가희가 뒤로 물러섰다. 일단 주위를 살피고 나서 안으로 들어가 손을 뒤로 뻗어 문을 닫았다.

"아무것도 아니에요. 그러니까."

기다렸다는 듯 그녀의 눈에 눈물이 차오른다. 어린아이처럼 두 손으로 얼굴을 가리고 소리 내어 울기 시작했다. 나는 상자를 내려놓고 그녀 곁으로 아주 가까이 다가갔다. 어찌나 가까이 다가갔던지 가희에게서 뿜어져 나오는 비누 냄새까지 맡을 수 있다.

"말해 봐요. 대체 무슨 일이죠?"

언젠가 어머니가 어린 시절 나에게 그랬던 것처럼 그녀를 안고 살짝 흔들어 댔다. 그녀가 얼굴을 파묻은 채로 자신이 겪고 있는 악몽에 대해 훌쩍거리며 이야기를 이어 나간다. 그녀를 통해 나의 이야기를 듣는다. 그녀는 정기적으로 전화를 걸고 꽃을 보내는 남자가 있다고 털어놓는다. 가끔 누군가 자신을 지켜보고 있는 듯한 기분이 들지만 실체가 없다고 하소연한다. 소름끼치게 악질적으로 자신을 괴롭히고 있다며 어찌해야 좋을지 모르겠다고 말한다. 나는 누구인지 짐작 가는 사람이라도 있냐고 물어본다. 그녀가 고개를 흔든다. 어쩌면 예전에 사귀었던 남자들 가운데 한 사람일지도 모르겠다고 말한다. 그때는 자신이 어렸고 어떤 남자가 좋은 남자인지 알 수 없었다며 흐느낀다. 그들과 깊은 관계였냐고 묻자 얼굴이 굳어진다. 지난번에 말머리 가면을 쓰고 침입했던 놈일지도 모르니까 신고를 해야만 한다고 부추겼다. 가희가 겁에 질려 그럴 수 없다고 강하게 머리를 흔든다. 나는 앞으로 어떻게 할 거냐고 물어보았다. 그녀는 이제 내 품을 떠나 소파에 앉아 멍하니 한곳을 바라보고 있다. 경찰에는 알릴 수 없다고, 그렇게 되면 자신의 모든 과거가 남편에게 알려질 거라고, 자신은 그걸 원치 않는다고 말한다. 나는 즉시 당신의 친구로서 도움이 되고 싶다고 말한다. 그렇게 말해 줘서 고맙다며 가희가 억지로 웃는다. 나는 다시 그녀에게로 다가가 그녀의 둥근 어깨에 팔을 돌렸고 살짝 힘을 주었다.

63

 학교 정문 쪽에서 얼마 떨어지지 않은 곳에 할 일 없이 빈둥거리기 좋은 레스토랑이 있다. 천장이 아주 높고 조명이 은은해서 마음에 든다. 전면이 유리로 되어 있어 식사를 하거나 차를 마시며 맘껏 밖을 내다볼 수 있다. 가구나 장식 같은 건 아무런 의미가 없다. 어딘가 시선을 둘 곳이 있으면 다른 건 아무래도 좋다. 식은 커피를 내려다본다.
 현진은 자주 이곳에서 동료들과 어울려 시간을 보낸다. 내가 이곳의 단골이 된 것은 순전히 현진 때문이다. 물론 그가 있는 테이블 근처를 어슬렁거리는 일 따위는 하지 않는다. 현진은 항상 룸 안에 있고 나는 입구 쪽 자리에 앉아 있다. 오늘따라 그는 함께 있던 동료들이 모두 자리를 떠나고서도 모습을 드러내지 않는다. 슬슬 룸 안쪽이 궁금해지려는 찰나에 그가 밖으로 나온다. 오늘도 이쪽은 무시하고 바로 나갈 거라고 생각했는데 무슨 마음이 든 것인지 생선 뼈가 목에 걸린 사람처럼 잔뜩 찌푸린 얼굴로 이쪽으로 걸어온다. 쓰러지듯 반대쪽 의자에 앉아 무지 넥타이를 느슨하게 풀고 나를 노려본다.
 "주변을 얼쩡거리는 짓은 그만둬!"
 그가 토해 내듯 단박에 말을 마치고 양복 주머니에서 담배를 꺼내 든다. 가까이 있던 웨이터가 낮은 목소리로 정중하게 금연 구역이라고 지적하지만 그는 힐끔 쳐다볼 뿐이다. 웨이터가 재떨이를 내려놓고 흡연 구역으로 옮겨 주길 요청한다. 그제야 그가 성가시다는 얼굴로 담배를 비벼 끈다. 한 무리의 젊은 여자 손님들이 안으로 들어오고 웨이터가 자리를 뜬다. 현진이 할 말을 잃은 것처럼 한동안 웨이터가 부산스럽게 움직이는 모습을 바라본다. 나는 자세를 고쳐 의자 깊숙이 앉고 팔짱을 낀다. 이런 상황까지 오지 않았으면 좋았을 텐데. 나에게 좀 더 친절하게 대해 주었다면 모든 게 달라졌을지도 모른다.

"착각이야. 난 내가 있어야 할 곳에 있을 뿐이야. 나는 완전히 자유인이라고. 내 꼴이 보기 싫으면 당신이 떠나."

"비아냥거리지 마!"

그가 주먹으로 테이블을 내리치자 주변 사람들이 일시에 이쪽으로 시선을 돌린다. 나는 예의 바른 젊은이처럼 그들에게 사과의 눈빛을 보내고 그들은 곧 자신들의 이야기 속으로 돌아간다.

"왜 이래? 난 당신에게 아무 짓도 하지 않았어."

"아무 짓도 하지 않았다고? 경고하는데, 더 이상 가희에게 접근하지 마."

가게 안을 가득 채우고 있는 사람들의 시선을 의식했는지 이번에는 목소리가 잦아든다.

"우린 친구야."

나는 늙은이처럼 점잖게 말했다. 현진의 얼굴이 일그러진다. 현진의 모든 말과 행동이 나를 자극했지만 흥분하지 않으려고 애썼다. 그의 눈이 나를 저주하고 업신여기고 있었지만 말이다. 그가 나를 사랑하지 않는다는 사실을 인정할 수 없다. 내가 뭘 잘못했는가 말이다. 그의 거절은 내 인생 전체를 송두리째 부인하고 있는 것이다.

"진짜 원하는 게 뭐야?"

"당신의 모든 것."

나는 낮게 속삭이듯 말했다.

"개 같은 자식!"

비틀거리며 자리에서 일어선 현진이 나를 노려본다. 나는 그의 비난하는 눈을 피하지 않는다. 어쩌면 좀 더 격렬한 반응을 기대하고 있었는지도 모른다. 내가 그를 화나게 하고 슬프게 만들 수 있다는 사실이 마음에 들었다. 그는 내가 마치 투명인간이라도 되는 것처럼 무시하려 애쓰지만 이렇게 조그만 자극에도 실험용 생쥐처럼 펄쩍 뛰어오르며 나를 만족시킨다. 그의 말은 모두 거짓이다. 그는 나에게 그 어떤 감상적인 감정도 남아 있지 않다고 말하지만 사실이 아니다. 비틀거리며 입구 쪽으로 걸어가는 그의 뒷모습이 나를 초조하게 만든다. 이제 더 이상 그의 뒷모습을 보고 싶지 않다. 내가 그렇게 만들 것이다. 더 이상 나를 외면하도록 내버려 두지 않을 것이다.

64

환상 속에서는 무엇이든, 원하는 것은 어떤 것이라도 이룰 수 있다. 모든 게 내 뜻대로 움직인다. 그는 내 옆에 있고 친절하며 나를 걱정한다. 형처럼 나는 모든 것들을 그에게 의존한다. 내게 필요한 것은 그것뿐이다. 그가 내 곁에 있고 내가 다시 앞으로 나아갈 수 있는 것. 침대는 축축하고 빛도 없다. 묵직한 머리를 들어 올릴 힘조차 없다. 몸을 뒤척이고 나는 다시 환상 속으로 몸을 들이밀지만 냉담한 현실로 내팽개쳐졌다.

억누를 수 없는 분노가 솟구친다. 지금껏 내 뜻대로 되는 일이 있었나? 왜 나의 뜻은 늘 좌절되어야만 하지? 알몸인 채로 일어나 냉장고 문을 연다. 다행히 며칠 전 슈퍼에서 사 놓은 맥주가 남아 있다. 맥주를 마시며 TV를 켠다. 이리저리 채널을 돌린다. 드라마는 사양이다. 걱정 종합선물세트 같은 프로그램도 질색이다. 팔 수 있는 건 죄다 팔아 대는 홈쇼핑 채널이 줄을 잇는다. 내가 보고 싶은 것은 이런 게 아니다. TV를 끄고 창문 쪽으로 간다.

옆집은 어둠 속에 잠들어 있다. 지금 당장 쳐들어가 현진을 데리고 나오고 싶다. 진짜 환상에 빠져 있는 건 현진이다. 그는 자신이 좋은 남편이라는 환상에, 사회적으로 성공했다는 환상에, 여자를 사랑한다는 환상에 빠져 있다. 나는 그의 발아래를 뒤흔들 수 있는 힘이 있고 곧 그렇게 할 것이다. 그는 굴복해서 내 앞에 무릎을 꿇고 내 사랑을 구걸하게 될 것이다.

65

새로 처방받은 약이 문제였다. 갑자기 온몸이 후들거리고 바닥이 심하게 꿈틀거렸다. 목소리가 목구멍 뒤쪽으로 넘어가 소리를 낼 수 없다. 숨이 막히고 눈이 튀어나올 듯 욱신거린다. 손바닥으로 얼굴을 감싸려는 순간 몸이 한쪽으로 기운다. 학생들은 이미 거의 다 강의실을 빠져나간 상태다. 바닥에 얼굴이 닿는 순간 내 몸이 바닥에 닿으며 일으킨 둔탁한 소리를 듣고 마지막으로 그곳을 빠져나가려던 남학생이 뒤돌아섰다. 그의 발이 눈 깜짝할 사이에 눈앞에 와서 멈춘다.

"괜찮으세요?"

남학생이 무릎을 꿇고 내 머리를 자신의 무릎 위에 올려놓았다. 걱정스런 얼굴로 가볍게 내 볼을 두들긴다.

"나를 화장실로 좀 데려다 줘."

나는 괴로움을 참으며 부탁했다.

"도와줄 사람들을 부르는 게 좋겠어요."

남학생이 휴대폰을 꺼내들었을 때 나는 있는 힘을 다해 그의 손을 붙잡았다.

"그럴 필요 없어. 곧 좋아져."

남학생이 나를 부축해서 화장실로 데려간다. 화장실 변기를 끌어안고 속에 든 것들을 죄다 토해 낸다. 그동안 남학생이 나의 등을 부드럽게 두들겨 준다. 눈알이 튀어나와 아침에 먹었던 음식물들과 함께 둥둥 떠다닐 것만 같다. 날카로운 어떤 것이 식도를 긁어내는 것 같은 아픔이 느껴진다. 나는 눈물과 콧물을 흘리며 돼지처럼 웩웩거리는 소리를 냈다. 잠시 뒤 모든 것들이 잠잠해졌을 때 나는 남학생의 품 안에 안겨 있었다. 남학생의 회색 점퍼에는 내 얼굴이 닿았던 자리가 약간 젖어 있다. 그는 몹시 걱정되는 얼굴로 주머니에서 손수건을 꺼내 내 얼굴에 묻은 더러운 오염물들을 닦아 주었다.

"정말 괜찮아요?"

물론이다. 남학생이 걱정하는 것만큼 상태가 나쁜 것은 아니다. 이제 폭풍은 지나갔고 몸에 대한 통제력도 되찾았다. 그렇다고 남학생을 바로 놓아 주고 싶지는 않다. 그의 친절이 마음에 들었고 지금은 정신적으로 몹시 혼란스러우니까 더욱 그의 도움을 받고 싶다. 나는 그에게 택시가 있는 곳까지 함께 가 달라고 부탁했다.

"좋아요."

그는 내가 자신의 어깨 위에 팔을 두르고 그의 몸에 내 몸을 밀착시키고 걸을 수 있도록 도와준다. 강의가 어땠냐고 묻자 그가 두 시간은 너무 짧다고 말해 내 기분을 좋게 만들어 준다. 그 순간 이제 그만 현진에게서 멀어지는 게 좋을지도 모르겠다는 생각이 든다. 이렇게 어리고 순진하고 마음에 쏙 드는 남학생들이 득실거리는 학교에서 굳이 현진을 고집할 이유가 없다. 그는 더 이상 젊지 않고 아내가 있고 나에게 관심이 없다. 왜 나는 그의 관심을 받을 수 없지? 이 남학생이 갖고 있는 정도의 관심만이라도 가져 준다면 얼마나 좋을까? 기분이

다시 나빠지기 시작했다.

"고마워. 다음 강의에나 볼 수 있겠군."

택시에 오르고 나서야 나는 남학생의 손을 놓아 준다.

"몸조리 잘하세요."

그가 말한다.

66

낙서로 가득한 칠판, 떠도는 분필 냄새. 나무 책상에 한 아이가 칼로 내 이름을 깊게 새기고 있다. 열려 있는 창문으로 바람이 불어 들어오고 커튼이 치마처럼 부풀어 오른다. 누군가 내 어깨를 치고 지나가며 웃는다. 물색을 띤 벽, 크고 넓은 창문들, 껌이 눌어붙은 바닥. 바람이 지태의 셔츠 속으로 기어들어 간다. 천장에 매달려 느리게 돌아가는 실링팬, 화단에 핀 비비추 속에서 앵앵거리는 벌, 꾀죄죄한 흰색 실내화를 신은 아이들. 단조롭게 울려 퍼지는 종소리가 들린다. 앵앵거리는 벌이 날아와 내 귓속으로 파고든다. 테이프가 잘못 감기고 머릿속이 엉망진창이 된다.

"연수 씨, 일어나 봐요."

낯익은 얼굴이 나를 바라보고 있다.

"아, 미안해요."

나는 소파에서 자세를 고쳐 앉았다. 가희가 웃는다. 그게 뭐냐고. 퍼즐을 맞추다가 잠드는 사람이 어디 있냐고, 놀리듯 말한다. 나는 어젯밤 제대로 한숨도 못 자서 그런 거라고 변명을 늘어놓는다. 너무 피곤하면 집으로 돌아가도 좋다고 그녀가 말한다. 내가 그녀의 집 소파에 앉아 있는 건 순전히 말머리 가면 사건 덕분이다. 그날 이후 그녀는 때때로 집 안에 혼자 있는 게 무섭다면서 전화를 걸어왔다. 진짜 친구 사이라도 된 것처럼 자신의 집으로 차를 마시러 오라고 나를 불러들인다.

나는 잠에서 완전히 깼다며 두 번 다시 당신을 앞에 두고 잠드는 일은 없을 거라고 말한다. 그 말에 그녀가 즐거운 듯 깔깔거리며 웃는다.

"그럼 다시 잠드는 걸 방지하기 위해 커피라도 마실까요?"

가희가 원두커피를 내리는 동안 나는 식탁에 앉아 손바닥 위에 턱을 괴고 그녀를 바라본다. 신선한 커피 향기를 맡는 동안 잠시 마음에 평온함이 깃들어 놀란다. 내가 늘 원하던 것이 이런 순간이었는지도 모른다. 갑자기 모든 것에 화가 나고 그녀는 아무것도 모른다. 가희가 커피잔을 식탁에 내려놓고 어릴 때 어떤 아이였냐고 묻는다. 뜨거운 커피를 한 모금 마시고 나는 그녀의 눈을 뚫어져라 바라보았다. 뭐가 알고 싶은 거지? 내 어머니처럼 내가 어떤 못된 장난을 하며 놀았는지 알고 싶어? 갑자기 나에 대해 알고 싶은 이유가 뭐지?

"장난이 심한 편이었어요."

어린 시절 이야기라면 더 이상 말하고 싶지 않다. 잔을 내려놓다가 실수인 척 엎지른다. 남아 있던 커피가 바지에 얼룩을 만들어 놓는다.

"이런!"

자리에서 벌떡 일어난 가희가 재빨리 다가와 휴지로 닦아 주지만 스며든 얼룩은 조금 옅어졌을 뿐이다. 옷을 갈아입어야겠다며 자리에서 일어서자 그녀의 얼굴에 실망스러운 표정이 떠오른다. 갑자기 냉랭해진 나의 태도에 당황한 기색이 역력하다. 기분을 너무 맞춰 주면 나의 가치가 떨어진다. 그건 곤란했다. 현관으로 따라 나온 가희가 자신이 뭔가 잘못한 게 있느냐고 묻는다. 그렇지 않다고 대답하자 내 기분이 별로 안 좋아 보인다며 눈길을 떨구었다. 나는 잠을 제대로 못 자서 그런 거라며 신경 쓰지 말라고 말했다. 그러자 그녀가 내일 아침에 수영장에서 만날 수 있냐고 또 묻는다. 한동안 일부러 수영장에 나가지 않았던 것이다. 요즘 몸 상태가 좋지 못해서 당분간 수영은 할 수 없을 것 같다고 말하자 더욱 실망한 얼굴이다. 그녀의 주위를 어슬렁거리며 보내는 시간은 이것으로 끝이다. 이제부터 적당히 거리를 두어 그녀 쪽에서 안달이 나도록 만들 계획이다.

67

화요일엔 강의가 없어 서재에서 내내 번역 일에 매달렸다. 늦게 점심을 먹고 나서 서너 시간 동안 몰두했더니 눈이 따끔거리고 목덜미가 뻐근해졌다. 신선한 바람이 쐬고 싶어져서 바깥 계단 쪽으로 나갔다. 해가 지고 있었다. 담배를 피우며 계단에 앉아 있는 시간을 좋아한다. 휙 바람이 일고 나뭇잎들이 서로 부딪치며 소리를 낸다. 작은 새들이 날아와 나무 위에 앉아 지저귀는 소리를 내고 대담한 놈은 내 발밑까지 날아와 부리로 바닥을 콕콕 찍어 댄다.

가희가 부엌으로 난 창문을 열어 두고 요리에 열중한 모습이 보인다. 요조숙녀처럼 머리를 단정하게 한 묶음으로 묶고 있다. 귀여운 강아지 아플리케 앞치마를 입고 들릴 듯 말 듯 가요를 흥얼거린다. 고양이가 그녀의 발아래를 빙빙 돌고 있는 모습도 보였다. 나는 담배에 불을 붙이고 깊게 한 모금을 빨아들였다. 폐에 담배 연기가 꽉 들어차자 누적되어 있던 긴장과 초조가 마비된다. 그녀가 나를 발견했고 곧 휴대폰이 진동했다. 통화 버튼을 누르자 그녀가 말한다.

― 크로켓과 맥주 한 잔 어때요?

한 손에는 휴대폰을 쥐고 다른 손으로는 노릇노릇 잘 튀겨진 크로켓을 대나무 젓가락으로 노련하게 건져 올리며 그녀가 말한다. 초조함과 흥분이 뒤섞인 목소리다. 유혹하지 말라고 말하자 깔깔거리며 웃는다. 얼마 전에 그녀가 어떤 음식을 좋아하냐고 물었을 때 크로켓이라고 말해 두었던 기억이 났다. 그녀가 연속해서 서너 개의 크로켓을 건져 내어 하얀 접시 위에 담고 가스레인지의 불을 끄고 창가로 다가온다. 창가에 비스듬히 기대어 서서 살짝 손을 흔들며 건너오라고 말한다.

그녀와 나 사이에 존재하는 모든 것들이 그녀가 흔드는 손의 흔들림에 따라 출렁거린다. 나는 짧은 전화 통화를 끝내고 담배를 바닥에 비벼 끄고 나서 자리에서 일어났다. 현진은 지방에서 열리는 학회에 참석 중이고 지금 옆집에는 그녀밖에 없다. 길거리는 텅 비었고 창문을 열어 둔 집이 없지만 이웃들의 눈에 띄지 않도록 주의해서 집 안으로 들어가야 했다. 나는 신중하게 주위를 살폈고 그녀의 집으로 들어갔다. 입구 쪽에 실내화 한 켤레가 놓여 있다. 현진이 집 안에서 끌고 다니는 밋밋한 디자인의 실내화였다. 나는 그를 대하듯 거칠게 실내화 속으로 발을 집어넣고 당당하게 부엌 쪽으로 갔다. 달궈진 기름과 고소한 냄새가 사방에서 진동한다. 식탁 위에는 막 튀겨낸 크로켓과 맥주가 준비되어 있었다. 현진이 늘 앉던 자리에 앉아 그녀의 허리를 살짝 잡아당겼다가 놓아 준다. 포크와 나이프로 크로켓을 반으로 나누고 그녀를 바라보며 만족스럽게 먹어 치운다. 이다음 순서는 뭘까? 이 맥주와 크로켓을 다 먹고 나면 어떤 일이 우리를 기다리고 있지? 그녀의 눈이 빛나고 있다. 그녀의 손을 잡는다. 가볍게 안아 올리자 깔깔거리며 그녀가 웃는다. 우리는 침실로 향했다. 햇살 속에 말려진 시트는 까슬까슬하고 방은 올리브색 커튼이 쳐져 있어 세상으로부터 봉인되어 있다.

가희는 적극적이다. 미구에 자신에게 닥칠 불이익에 대해 전혀 신경 쓰지 않는다. 지금껏 지켜온 것들을 기꺼이 망쳐 버리려고 작정한 사람처럼 보인다. 하긴 선택권은 그녀에게 없었다. 그녀는 행운 밖에 있다. 그녀의 땀으로 얼룩진 붉은 뺨을 어루만지고 부드럽게 핑크빛 티셔츠를 머리 위로 벗겨 냈다. 하얗게 드러난 매끄러운 어깨에 여러 번 키스를 퍼붓고 팔을 돌려 그녀의 가슴에서 브래지어를 벗겨 낸다. 잔뜩 긴장해서 단단해진 젖가슴. 아이스크림을 핥듯 핥아 본다. 아름다운 육체, 젠 체하며 사람을 조롱하는 눈, 고양이 같은 몸놀림, 너의 모든 것들이 현진을 내게서 멀어지게 만들었어. 지난번 소파 위에서 엉겨 붙어 있던 두 사람의 알몸이 떠오르자 분노가 치솟는다. 몹시 흥분해서 거칠게 그녀 안으로 들어가려 하자 나긋나긋하던 몸이 갑자기 거부하기 시작했다. 순간적으로 나는 자제력을 잃었다. 그녀의 두 손을 꽉 쥐었고 억지로 그녀 안으로 들어가려고 시도했는데 결정적인 순간에 제정신이 돌아왔다. 나는 패배자처럼 눈을 내리깔고 그녀를 놓아 주었다. 몹시 놀란 듯 가희가 뒤쪽으로 물러났다. 잽싸게 바닥에 무릎을 꿇었다. 한동안 흐느꼈는데 눈물이 계속 나와 주었다. 여자들이 동정심이 많다는 사실만 잘 이용하면 해결하지 못할 일은 없다.

"미안해요. 정말 미안해요."

가희가 침대에서 내려와 가엾은 동물을 다루듯 내 머리를 쓰다듬는다.

68

윤우에게 여자 친구가 생겼다. 뜻하지 않은 상황이었다. 여자애는 갸름한 얼굴에 작은 체구로 길모퉁이 편의점에서 아르바이트를 한다. 윤우가 자주 맥주를 사러 들락거리다 둘 사이가 그렇게 된 것이다.

"도와드릴까요?"

내가 주위를 두리번거리자 물건을 진열하다 말고 여자애가 습관적인 눈웃음을 흘리며 묻는다. 가슴 쪽에는 작은 이름표가 달려 있지만 나는 그녀의 이름을 알 필요가 없다. 거미다리 같은 속눈썹이 인상적이다. 여자애는 내게 그저 거미다리일 뿐이다. 편의점에서 시간당 보수를 받고 일한다는 건 가정형편이 그리 넉넉하지 않다는 의미가 될 수 있다. 이런 계집애는 얼마든지 상대할 수 있다. 선물을 사 주고 만져 주고 돈을 아낌없이 쏟아붓는다면 어떤 짓이라도 할 것이다. 그것보다 더 좋은 방법도 있다.

"맥주가?"

물론 나는 맥주가 어느 쪽에 진열되어 있는지 알고 있지만 목소리가 듣고 싶어서 물어본다.

"저쪽에 있어요."

거미다리가 고개를 돌리며 안쪽으로 손을 뻗는다. 나는 고개를 끄덕이고 그녀가 가리키는 방향으로 천천히 걸어 들어가 음료 코너에서 맥주 여섯 캔을 들고 나와 지폐와 함께 내밀었다. 여자가 계산을 하고 거스름돈을 내주며 도톰한 입술에 엷게 미소를 짓고 나는 그게 마음에 들지 않는다. 한 시간 뒤면 거미다리가 교대할 시간이다. 공원 쪽에서 마시고 따라붙는 게 좋을 것 같았다. 거미다리는 지방에서 올라온 재수생으로 공원 뒤쪽에 있는 낡은 원룸에서 혼자 살고 있다.

"형!"

막 편의점을 빠져나가려는 순간 헬멧을 벗으며 윤우가 안으로 들어온다.

"뭐야? 맥주는 내가 사 가려고 했는데."

우연이란 놈이 내 편이었던 적이 있었나? 갑자기 나타난 윤우 때문에 화가 치밀지만 꾹 참는다. 나는 편의점 문을 도로 닫고 돌아설 수밖에 없다. 거미다리가 내 얼굴을 확실히 봐 두는 건 별로 좋은 상황이 아니지만 어쩔 수 없다.

"내가 말했지. 연수 형이야."

윤우 때문에 거미다리와 억지로 인사를 나눈다. 나중에 보자고 말하고 나가려 했지만 윤우가 같이 들어가자며 붙잡는다. 열두 시가 넘은 시간, 우리 세 사람은 편의점 안에 준비된 테이블에 마주 앉아 컵라면을 먹는다. 불편한 의자에 앉아 뜨거운 면을 입속으로 밀어 넣고 후루룩 소리가 나게 국물을 쭉 들이켰다. 편의점 내부를 둘러보고 통창 너머로 길거리에 지나다니는 인간들을 바라본다. 달리 내가 뭘 할 수 있을까?

윤우가 거미다리의 허벅지 위에 아주 자연스럽게 손을 올린다. 나는 불청객처럼 방치되어 쳐다본다. 윤우는 나와 있을 때처럼, 아니 그 때보다 더 신이 나서 하루 동안 있었던 일에 대해 떠들어 댄다. 하얀 치아가 드러나고 오른쪽에 오목하게 보조개가 드러난다. 거미다리는 윤우와 대화하는 중에도 힐끗힐끗 나를 쳐다본다. 나는 그게 마음에 들지 않는다. 거미다리는 생각지도 못한 장애물이다. 장애물은 반드시 치워 버려야 했지만 시간이 좀 더 필요할 것 같았다. 집으로 돌아와 윤우가 아끼던 옷을 가위로 잘라 버렸다. 녀석이 나를 배신할 거라는 생각을 떨칠 수가 없었다.

69

강의 도중에 학생들이 내 눈을 피한다. 나는 그저 허공에다 대고 강의를 한다. 나는 늘 외톨이였으므로 지금에 와서 기분이 나빠지지는 않는다. 내 강의에 실망해서 그런 것일지도 모른다. 좋은 학점을 받아야 하는 이상 학기가 끝나기 전에 그들이 나를 완전히 무시하는 일은 없을 것이다. 학교 근처 식당에서 혼자 먹는 점심은 지겹다. 신문에서 눈을 떼고 주위를 둘러보다 우연히 낯익은 얼굴을 발견했다. 지난번 내가 쓰러졌을 때 나를 도와준 학생이다. 그는 햇살이 떨어지는 창가 쪽 테이블에 앉아 친구들과 함께 덮밥 종류를 먹어 치우고 있다. 일행은 죄다 청바지에 티셔츠 차림이고 발아래에 커다란 백팩들이 놓여 있다. 그들을 둘러싸고 있는 특별한 활기가 그들의 젊음을 더욱 부각시킨다. 볼이 볼록해질 정도로 음식물을 입안에 넣고서도 즐겁게 대화 중이다. 우리의 시선이 마주쳤다. 친구들과 이야기를 나누는 동안에도 그의 눈은 내게서 떠나지 않는다. 다가가는 게 좋을까? 아님 다가오길 기다리는 게 좋을까? 식사를 마친 무리가 자리에서 일어섰을 때 그가 잠시 갈등하는 얼굴로 나를 본다. 아무래도 다가오지 않을 것 같은 느낌이 든다. 나는 음식을 남겨 둔 채로 자리에서 일어섰다. 그리고 계산을 위해 입구 쪽으로 걸어가는 그들을 향해 다가갔다.

"승현, 잠깐만."

무리가 일제히 뒤를 돌아다본다. 어쩐 일인지 그도 다른 학생들처럼 내 눈을 피한다. 나는 약간 불쾌해진다.

"이야기 좀 할 수 있을까?"

무리는 나의 요구에 못마땅한 얼굴이 되었지만 그를 남겨 두고 자리를 떠났다. 녀석이 눈썹을 치켜올리며 나를 본다. 그는 윤우만큼 매력적인 외모를 갖추고 있지는 않지만 웃을 때 살짝 처지는 눈초리가 사람을 미치게 만든다. 그와 친분을 쌓아 두면 가끔 그로부터 위로를 받을 수 있을지도 모른다. 그때처럼 내게 어깨를 빌려주고 다정하게 대해 주는 것만으로 만족스러울 것이다.

"제출한 영어 작문 과제 말이야. 문장이 엉터리야. 괜찮다면 내가 개인 지도를 해 줄 수도 있는데."

그는 나의 호의가 전혀 달갑지 않은 얼굴이다. 나는 당황했고 그 순간을 어떻게 헤쳐 나가야 할지 몰랐다.

"호의는 고맙지만 제겐 필요하지 않습니다. 휴학할 생각이니까요."

"휴학? 어째서?"

"그건 개인 사정이니까, 꼭 말씀드릴 필요가 없을 것 같습니다."

뭔가 단단히 잘못되었다는 느낌이다. 그의 친구들이 밖에서 그가 무리로 돌아오기를 기다리며 쳐다보고 있다. 더 이상 그를 붙잡아 둘 수 없다. 나는 알았다고 말했고 녀석은 휑하니 그 자리를 떠났다.

70

소문은 결국 총장 귀에도 들어갔다. 누군가 총장 앞으로 투서를 보낸 것이 발단이 되었다. 나는 그런 짓을 한 학생이 누군지 전혀 감이 오지 않는다. 투서의 내용은 내가 강의가 끝난 뒤에 남학생의 손을 잡고 학교 내에 있는 한적한 화장실로 이끌어 남색을 했다는 것이다.

나는 학과장실로 불려 갔다. 정년퇴임을 앞두고 있는 학과장은 나를 동정하는 얼굴로 바라보았다. 원한다면 사진과 투서를 보여 주겠다고 말했다. 원하지 않는다고 대답했다. 무죄임을 입증하기 위해 소비해야 할 시간과 에너지와 충격 여파를 생각해 보았다. 누군가의 신뢰를 회복하는 일은 그리 어렵지 않을지도 모른다. 그러나 익명의 인간들로부터 신뢰를 회복하는 일은 거의 불가능하다는 것을 알고 있다. 학과장은 그것이 진실이 아니라고 해도 어쩔 수 없다고 말했다.

더 이상 강의를 할 필요가 없게 되었다. 연구실에서 내 물건들을 치우는 데 겨우 반나절이 주어졌다. 박스에 쓰다 만 논문들을 아무렇게나 던져 넣고 책들을 끈으로 묶어 연구실 밖에 내놓았다. 컴퓨터를 켜고 나와 관련된 모든 것들을 차례로 지워 나갔다. 사위가 어두워졌을 때 잠시 밖을 내다보며 창가에 서 있었다. 진탕 마셔 댄 학생들의 거친 웃음소리가 밤공기를 갈랐다. 누군가가 쏘아올린 폭죽이 빛 소나기가 되어 흩어진다. 시간이 야금야금 젊음을 먹어 치우고 있다. 창가 선반 위에는 학생들 중에 누군가가 선물한 작은 화분이 있다. 생각해 보니 지금껏 한 번도 물을 준 적이 없었다. 마지막으로 말라죽어 더 이상 가치가 없게 된 화분을 휴지통에 던져 넣고 그곳을 빠져나왔다. 문을 닫자 희미한 복도 불빛 아래 누군가가 '게이는 꺼져!'라고 벽에 검정색 라카 스프레이로 휘갈겨 놓은 것이 눈에 들어왔다. 분노가 치밀어 오른다.

71

공원 옆 유료주차장에 세워둔 차는 한때 할머니의 소유였다. 할머니는 지난달 집을 정리하고 부모님 집에서 10분 정도 거리에 있는 실버타운으로 들어갔다. 자신이 제대로 운전할 수 없다는 걸 인정하게 되자 내가 할머니의 차를 이용할 수 있도록 해 주었다. 구입한 지 3년이 되었지만 제대로 된 주인을 만나지 못한 은색 아우디는 완전히 새 것이나 다름없다.

학교에서 쫓겨난 후로 번역 일도 그만두었다. 아우디를 몰고 나가 가희를 미행하며 하루를 보낸다. 사람들의 시선을 피하기 위해 은색 아우디 전면에 짙게 선팅을 했다. 제대로 된 점심은 포기하고 도로변에 차를 대고 차 안에서 블랙커피와 편의점에서 산 도시락을 먹는다. 가희를 기다리며 갖가지 공상에 젖어드는 일은 즐겁다. 그녀는 사람들과 만날 때 약간 흥분해 있어서 주위에 크게 신경을 쓰지 않는다. 그래서 앞으로 자신에게 벌어질 일에 대한 어떤 정보도 수집하지 못한다. 물론 당장 그녀를 어떻게 할 계획 같은 건 없다. 시간은 충분했고 실수 따위는 절대 용납될 수 없었다. "연수야, 늘 그게 문제야. 넌 너무 일을 서둘러." 어머니의 목소리가 떠오르고 그러면 나는 몹시 침착해졌다.

72

윤우가 거미다리와 어울려 다닌 뒤로 피자를 주문하지 않고서는 그의 얼굴을 거의 볼 수가 없게 되었다. 꿀꿀한 마음을 달래 보려고 동네 호프집에서 진탕 마시고 윤우에게 전화를 걸었다. 그가 전화를 받자마자 배달이 밀려서 바쁘다고 말했지만 꼭 할 얘기가 있으니까 집에 들르라고 말했다. 열두 시가 넘도록 기다렸는데 윤우가 오지 않자 머리에서 왱왱거리는 소리가 났다. 몇 번이나 전화를 걸었지만 받지 않았다. 거미다리와 있는 게 분명했다. 잔뜩 화가 나서 모자를 푹 눌러쓰고 거실에 불을 켜둔 채로 집을 나와 거미다리가 살고 있는 원룸으로 갔다. 예상했던 대로 거미다리가 살고 있는 집에 불이 켜져 있다. 창문 너머로 다정하게 소파에 앉아 있는 윤우와 거미다리가 보인다. 그녀가 녀석의 무릎 위에 앉아서 그의 새끼손가락에 매니큐어를 발라 주고 있다. 한 손으로 그녀의 몸을 꼭 껴안고 있는 그를 보자 눈이 돌아간다. 이런 날이 올 줄 알았지만 화가 치미는 건 어쩔 수 없다. 당장 안으로 쳐들어가 그를 끌어내고 싶지만 그건 안 될 말이다.

터덜터덜 걸어서 집으로 돌아간다. 이미 한 시를 넘긴 시간이라 공원 쪽에도 행인이 거의 없다. 공원을 가로지른다. 술에 만취한 남자가 벤치에 널브러져 자고 있는 게 보인다. 넥타이는 삐뚤어지고 한쪽 구두는 벗겨진 채다. 나는 남자가 있는 쪽으로 빠르게 다가갔다. 남자의 상체를 일켜 물건처럼 바닥에 내팽개치고 마구 발길질을 시작했다. 남자가 한순간 정신이 들어 어리둥절한 얼굴로 나를 쳐다본다. 나는 날렵하게 남자의 가슴 위로 올라앉아 얼굴에 마구 주먹질을 해 댔다. 공포를 느낀 남자가 살려 달라고 애원하기 시작한다. 나는 때리고 또 때렸다. 놈의 코뼈가 부러지는 소리가 들렸지만 멈출 수가 없다. 마을을 순찰하는 경찰차가 번쩍거리는 불빛을 앞세우고 나타났을 때에야 제정신이 돌아왔다. 코와 입이 피범벅이 된 남자의 얼굴이 눈에 들어온다. 내 손에도 피가 잔뜩 묻어 있다. 나는 일어섰고 그대로 도망치듯 집으로 돌아왔다.

며칠 뒤 나는 윤우를 위해 노트북을 구매했다. 한 달 전에 녀석이 컴퓨터가 고장이 났다고 말했을 때 사 주겠다고 약속했었다. 나는 노트북을 사 두었으니까 갖고 싶으면 집으로 오라고 문자 메시지를 보냈다. 학교가 파한 후 아르바이트를 시작하기 전에 윤우가 나타났다. 잔뜩 기대에 찬 얼굴로 현관 앞에 들어선 녀석을 보자마자 며칠 전 밤이 떠올라 화가 치밀어 오른다. 그는 내 기분 따위는 안중에 없고 노트북을 갖는 일에만 열을 올리고 있다. 정말 가져도 되느냐고, 또 묻는다. 나는 대답하고 녀석은 좋아 날뛴다. 나는 망아지처럼 굴지 말고 소파에 좀 앉으라고 말했다. 녀석은 내 비위를 맞추기 위해 말 잘 듣는 강아지처럼 얌전하게 소파에 앉는다. 나는 오늘 밤 집에 와서 함께 영화라도 보지 않겠냐고 물었다. 녀석은 고민하는 얼굴이 되더니 선약이 있지만 약속을 취소하고 오겠다는 의지를 내보인다. 기분이 좋아진다. 하지만 아르바이트 시간이 다 되었다며 노트북만 챙겨서 서둘러 일어서는 녀석에게 다시 섭섭해졌다.

"잊지 마."

녀석은 알아들었다며 오케이 사인을 보냈다. 오래간만에 나는 들떠 있다. 함께 볼 만한 영화를 고르는 일에 푹 빠져 있을 때 하얀 이에게서 전화가 왔다. 거절하고 싶었지만 적절한 핑계가 얼른 떠올라 주지 않아서 저녁만 먹기로 하고 나갔다. 그녀는 언제나처럼 재잘거렸고 나는 먹는 일에만 열중했다. 식사가 끝나 갈 즈음 하얀 이가 느닷없이 자신의 아파트에서 한잔 하지 않겠냐고 말했다. 이번에는 몸이 안 좋다며 바로 거절했다. 그녀는 약간 뿌루퉁한 얼굴이 되어 마지못해 일어났다. 집으로 돌아와 샤워를 하고 면바지에 라벤더색 셔츠를 입고 소파에 앉아 내내 창밖을 내다본다. 이제 곧 윤우가 마지막 배달을 끝내고 이곳으로 올 테지만 나는 벌써부터 기다리는 데 지쳐서 냉장고에서 맥주를 두 캔이나 꺼내 마셨다. 강의 준비를 하지 않아도 된다는 사실이 기쁘다. TV를 켜고 채널을 이리저리 돌리다 깜빡 잠이 들고 말았다. 몸이 부르르 떨려 와 눈을 떠 보니 이미 새벽이었다. 창문 너머로 희뿌옇게 세상이 밝아 오고 있었다. 녀석은 결국 오지 않았다.

73

대낮부터 진탕 마셔 대고 취해서 잠이 들었다. 잠이 깼을 때는 해질 무렵이었다. 가희가 자동 응답기에 곤히가 사라졌다고 음성 메시지를 남겼다. 나는 가희에게 전화를 걸었고 나가서 찾아볼 테니 걱정하지 말라고 말했다.

머리통 속이 뒤죽박죽이다. 아침나절 마트에서 술과 안주가 될 만한 것들을 골라 집으로 돌아오는 길에 곤히를 만났다. 안주로 산 쥐포를 흔들어 댔더니 냄새를 맡고 따라왔다. 먹는 걸 밝히는 놈을 유인하는 방법은 너무 쉽다. 지금은 왜 그런 행동을 했는지 기억에 없지만 어쨌든 나는 곤히 녀석을 집으로 데려와 욕실에 가두었다. 비틀비틀 소파에서 일어나 욕실로 가 보았다. 문을 열자 한쪽에 웅크리고 잠든 고양이가 보인다. 곤히에게 먹을 걸 던져 주고 조심스럽게 다가가 쓰다듬는다. 잠시 송곳니를 드러내며 으르렁거리던 고양이가 경계를 풀고 쓰다듬는 걸 허락하는 데는 그리 긴 시간이 필요하지 않다.

정성껏 샤워를 하고 고양이를 데리고 그녀의 집 현관문을 두드렸다. 술기운이 완전히 가신 건 아니었지만 그게 오히려 상황을 좋게 몰아갈 수도 있을 것이다. 예상했던 대로 집 안은 조용했다. 현관 앞에 쭈그리고 앉아 고양이를 쓰다듬는다. 내리쬐는 따뜻한 햇살에 고양이가 눈을 감고 잠에 빠져든다. 가희에게 곤히를 찾았다고 전화를 걸자 한참 뒤에 눈이 퉁퉁 부어오른 가희가 집으로 돌아왔다. 내 팔에 안겨 있는 곤히를 보자 울음을 터트린다. 어떻게 된 거냐고, 온 동네를 뒤졌는데 찾을 수 없어서 무서웠다고 말한다.

그녀의 어깨에 손을 올리고 곤히를 찾았으니까 이제 울음을 그치라고 다독여 준다. 가희가 곤히를 찾아 줘서 고맙다며 잠깐 안으로 들어가지 않겠냐고 말한다. 나는 그날 이후 한동안 가희를 찾지 않았다. 그녀가 내 손을 붙들고 안으로 이끈다. 먼저 고양이를 거실에 내려놓고 돌아서며 차를 마시겠냐고 묻는다. 시원한 맥주가 마시고 싶다고 했더니 냉장고에서 맥주와 체리를 꺼내 놓는다. 맥주 두 캔을 연거푸 마신 가희가 푸념처럼 요즘은 왜 자신을 보러 와 주지 않느냐고 묻는다. 자신을 더 이상 좋아하지 않느냐고, 다른 사람이 생긴 거냐고 묻는다. 그녀는 식탁 맞은편에 앉아 있어 손만 뻗으면 그녀의 얼굴을 만질 수 있다. 울어서 부어오른 눈이 부르르 떨리자 그녀가 손등으로 눈을 비빈다. 내가 자신을 좋아한다고 믿었는데 잘 모르겠다고, 자신이 뭔가를 잘못해서 내가 단단히 화가 난 것 같다고, 모든 것들이 자신의 과대망상이었냐고 묻는다. 나는 눈을 바라보며 그녀의 손을 잡았고 부드럽게 손목을 쓰다듬었다. 제대로 일을 치를 수 있을지 자신이 없었지만 기회가 왔으니 잡아야만 했다. 자리에서 일어나 무릎을 꿇고 그녀의 무릎 위에 얼굴을 가져다 대었다. 치마 아래 그녀의 따뜻한 허벅지가 느껴졌다. 당신을 사랑한다고, 그러면 안 되는 줄 알면서도 그렇게 되어 버렸다고, 어떻게 해야 할지 모르겠다고 고백했다. 그녀의 가느다란 손이 내 얼굴을 들어 올렸고 우리의 눈이 마주쳤다. 도자기를 다루듯 조심스럽게 두 손으로 그녀의 얼굴을 쥐고 입술과 목에 키스를 했다. 그녀는 고양이처럼 나긋나긋해져서 내 입술에 입을 맞추었고 결정을 내린 듯 내 손을 잡고 침대로 데려갔다. 현진과 가희의 특별한 영역.

    나는 거추장스런 옷들을 벗어던졌다. 그녀를 어찌 다뤄야 할지 몰라 애를 먹을 필요는 없었다. 가희가 도발적으로 몸을 움직여 뱀처럼 유연하게 나를 감쌌다. 분별력이 흐려진 가희를 상대하는 건 어렵지 않았다. 술기운 때문인지 그녀가 자꾸 웃는다. 한동안 그녀의 몸이 달 뜨도록 부드럽게 쓰다듬는다. 완전히 그녀의 몸속으로 들어갔을 때 그녀가 작게 비명을 토해 냈고 나는 거의 쓰러질 정도가 되어서야 그녀에게서 떨어졌다.

가희가 좀 더 함께 있어 달라고 말했지만 현진이 곧 퇴근해서 돌아올 거니까 둘이 함께 있는 건 좋은 생각이 아니라고 말했다. 침대를 떠나기 전에 우리의 관계에 대해 진지하게 대화를 나눠야 한다고 가희가 말했고, 나는 고개를 끄덕였다.

저녁 늦게 윤우가 일하는 피자집으로 찾아갔더니 녀석의 눈이 휘둥그레졌다. 나는 그를 가게 밖으로 불러내어 왜 약속을 지키지 않았냐고 화를 냈다. 윤우는 내가 자신에게 너무 집착하는 것이 이상하다고 말했다. 나는 피가 거꾸로 솟는 기분이었다. 집착하고 있는 것이 아니라 소중히 생각하기 때문에 그런 여자에게 빠져 있는 널 걱정하는 거라고 말했고, 제발 정신을 차리라고 소리를 질렀다. 아니라고, 사사건건 간섭하려 들고 자신을 소유물처럼 생각하고 있다고 그가 말한다. 녀석이 당돌한 어투로 우정이라고 말하려 하지 말라고, 우정은 그런 게 아니라고 말한다. 자신은 그녀를 사랑하고 아무리 형이라고 해도 방해받고 싶지 않다고 악다구니를 써 댄다. 지나가는 사람들이 우리를 이상한 눈으로 쳐다본다. 더 참아 줄 수가 없다고 내가 소리쳤다. 나는 그가 그 자리에서 무릎을 꿇고 용서를 빌기를 바랐다. 내가 시키는 대로 내가 원하는 대로 하겠다고 말해 주길 바랐다. 그러면 앞으로도 널 보살펴 주겠다고 널 위해서라면 내 모든 것들을 나눠 줄 준비가 되어 있다고 말해 주려 했다. 진짜 형제처럼 잘 지낼 수 있을 거라고 말이다. 그런데 녀석이 나더러 꺼져 버리라고 말했고 가게 안으로 들어가 버렸다. 나는 화가 치밀어 올라 곧 폭발할 것만 같았다.

74

가끔 내가 없을 때 어머니가 내 집을 다녀간다. 세탁기 안에 처박아 둔 옷들이 옷장 안에 말끔하게 개켜 있고 냉장고에 신선한 야채와 과일들이 가득 차 있는 것이다. 어머니는 아직도 엄지손가락이나 빨아 대는 어린아이라도 되는 것처럼 나를 돌봐 주려고 한다.

"연수야."

언제나처럼 내가 집으로 돌아오기 전에 어머니는 돌아갔어야 마땅했지만 오늘은 어머니가 소파에서 나를 기다리고 있었다. 이마 쪽에 흰머리가 몇 가닥 올라와 있고 미간에 주름이 잡혀 있다. 어머니가 함께 집으로 가서 저녁을 먹지 않겠냐고 묻는다. 내가 거절하기 전에 어머니는 도쿄에 살고 있는 막내 이모가 집에 와 있고 나를 보고 싶어 한다고 덧붙인다.

"이모가 어렸을 때 널 많이 귀여워했잖니."

그건 코흘리개 적 이야기라고, 이제 더 이상 나는 누군가가 귀여워해 줘야만 하는 나이가 아니라고 말하려다 관두었다. 어머니는 집요한 편이고 아버지처럼 쉽게 물러서지 않을 것이란 걸 안다. 나는 승낙했고 아주 오래간만에 부모님의 집 식탁에 앉았다. 막내 이모가 나에게 주려고 면세점에서 샀다며 선물 상자를 내놓았다. 선물용 상자를 열어 보니 사각 프레임에 가죽 줄 시계가 나왔다. 시계를 꺼내 손목에 차 보자 내 손이 멋져 보인다. 막내 이모가 내 손을 꼭 쥐었다 놓더니 할 말이 있는 사람처럼 눈을 깜빡거린다. 나는 고맙다고 말했고 이모는 만족스러운 미소를 지으며 내 손등을 몇 번이고 토닥거렸다. 식사가 이어지는 동안에도 이모의 시선은 내내 나를 향해 있다. 마치 내가 정상적인 얼굴을 하고 있는 것이 놀랍기라도 한 것처럼.

"지금도 열쇠를 모으고 있니?"

이모가 묻는다.

"열쇠라니요?"

"열쇠 모으는 걸 좋아했잖니."

"아니에요, 이모. 열쇠 모으는 걸 좋아한 건 형이죠."

갑자기 식탁 분위기가 가라앉는다. 식탁에서 형 이야기를 꺼낸 건 아주 오랜만이다. 형이 떠나고 오랫동안 어머니가 형의 죽음에 대해 아주 민감했기 때문에 모두가 조심하다 보니 언젠가부터 그렇게 되어 버렸다. 이모가 어리둥절한 표정으로 어머니 쪽을 바라본다. 내가 모르는 어떤 신호라도 보내고 있는 것처럼 눈썹을 꿈틀거린다. 나는 그게 마음에 들지 않는다.

"형이 열쇠 모으는 걸 좋아했잖아요."

나는 강조하듯 재차 말했다. 어머니가 후식을 가져오겠다며 자리에서 일어섰고 아버지가 몇 번이고 헛기침을 했다.

"아, 그랬나."

잠시 무거운 침묵이 흐른 뒤, 이모가 고개를 든다.

"연수야, 일본으로 올 생각은 없니? 환경을 좀 바꿔 보는 것도 좋을 것 같은데."

"전 여기가 좋아요."

"그렇구나."

참아 보려고 했지만 땀 때문에 손이 끈적거려서 더 이상 앉아 있을 수 없다는 생각이 든다.

"손 좀 씻고 올게요."

자리에서 일어서자 모두의 시선이 내 쪽으로 향한다. 일순간 정적이 흐르고 나는 누구와도 눈을 마주치지 않는다. 그들은 나에게 문제가 있다고 생각하고 있는 게 분명했다. 나는 충분히 그들처럼 내가 정상이라는 것을 인식시킬 방법이 떠오르지 않는다. 욕실 쪽으로 걸어가는데 가슴이 두근거리기 시작했다. 예전처럼 욕실 문을 잠그는 등의 행동은 하지 않는다. 물을 틀고 비누칠을 하고 손을 씻는다. 몇 번이고 씻는다. 손이 불결하다는 생각이 떠오르면 참을 수가 없다. 다시 비누칠을 하고 손을 씻는다. 몇 번이고 반복한다.

"연수야, 그만해."

문 쪽에 어머니가 서 있다. 어머니의 아랫입술이 떨린다. 나는 더욱 빠른 손놀림으로 손을 씻는다. 그러나 불결함을 지울 수가 없다. 손을 흐르는 물속에서 거둬들일 수가 없다. 어머니가 뒤쪽에서 나를 끌어안고 흐느껴 우는 소리가 들린다.

75

이모 말이 옳았다. 지태가 죽고 나서 내 마음을 사로잡은 것은 열쇠였다. 그것이 어떤 경로로 내 방, 내 침대 밑에 존재하게 되었는지는 알 수 없다. 그건 아주 단단하고 홈마다 먼지가 묻어 있는 오래된 열쇠였다. 쓰임새가 있는 물건이 아니었지만 나는 헝겊으로 윤이 나도록 닦은 다음 책상 서랍에 넣어 두었다. 잠들기 전에 때때로 열쇠를 꺼내 이리저리 살펴보는 동안 마음이 차분해지는 걸 느낄 수 있었다. 게다가 세상에 무수한 열쇠들이 있다는 생각을 하자 더 이상 슬프지 않았다. 그래서 열쇠를 모으기 시작했다. 몇 달 뒤, 어디서 그토록 많은 열쇠를 모았는지 벽 한쪽이 온통 열쇠로 가득 찼다. 처음 열쇠를 걸기 위해 벽에 못을 쳤을 때를 기억한다. 어머니는 내가 다시 어떤 것에 흥미를 보인다는 사실에 기뻐했다. 내가 다시 웃었던 것이다. 열쇠 하나가 두 개가 되고 두 개가 셋으로 늘어났다. 그리고 마침내 온 방이 열쇠로 가득 찼을 때 어머니가 나 몰래 내 방에 침입했다. 내가 열쇠를 닦고, 그것들에게 이름을 붙이고, 벽에 걸어 두고 자기 전까지 그것들을 바라보는 게 어머니의 마음에 들지 않았던 것이다. 늘 그런 식이었다. 어머니는 내 생각 따위는 안중에도 없다. 내가 어머니를 때렸나? 아니다. 뭔가를 집어던졌던 것 같다. 탁상용 시계였나? 스탠드였나? 어머니의 찢어진 이마에서 콧등을 타고 피가 흘러내렸다. 어머니가 울었던가? 분노가 치솟았던 것이 그 때문이었나? 나는 악을 쓰며 내 방에 있던 물건들을 죄다 창밖으로 집어던졌다. 아버지가 방으로 올라왔다. 아버지가 무서운 기세로 나를 바닥에 넘어뜨리고 내 위로 올라앉았다.

"정신 차려."

아버지가 나를 누르고 손바닥으로 거칠게 내 뺨을 여러 차례 때렸다. 나는 벗어나려고 쿵쿵 소리가 나도록 발을 굴렀다.

"그만해. 그럼 널 놓아 줄 거다."

나는 멈췄고 아버지가 내 몸 위에서 내려왔다. 고개를 돌렸을 때 나는 보았다. 어머니가 입고 있던 하얀 블라우스 위에도 피가 묻어 있었다. 그것을 보자 마음이 아팠다. 나는 어머니를 용서하기로 마음먹었다. 물론 아버지도 용서했다. 열쇠가 아니어도 좋다는 생각이 들었던 것이다. 내가 어머니에게 사과를 했던가? 병원에서 이마에 일곱 바늘을 꿰매고 돌아온 어머니가 자고 있는 나를 꼭 끌어안았다. "죄송해요." 그래, 나는 어머니에게 사과를 했었다.

76

의사들은 하나같이 질문을 퍼붓고 속내를 떠보려 들었다. 나를 뜯어고치기 위해 가능하다면 뇌엽절제술이라도 시키고 싶었겠지만 내 정신은 멀쩡했다.

"솔직하게 당신의 마음을 말해야 합니다."

예전에 나를 담당했던 의사는 내가 치료를 거부하고 고의적으로 모든 걸 숨기려 한다고 어머니에게 말했다. 그건 사실이 아니다. 나는 치료에 저항한 적이 없다. 분노충동과 자살충동을 조절하기 위해 의사가 리튬(lithium)을 처방했을 때도 아침, 저녁으로 꼬박꼬박 약을 챙겨 먹었다. 약을 끊고 나서 알게 되었다. 빌어먹을! 약이 문제였다. 늘 두통이 일었고 기억이 트림을 했고 모든 것들이 뒤죽박죽이었다. 그날에 대한 일도 이제 더 이상 확신할 수 없다. 형이 염려하고 있다는 걸 알고 있었다. 해변에서 상당히 멀어졌을 때 형이 나를 앞질렀다. 내가 해변에서 더 멀어지는 걸 막기 위해서였다. 결국 바다에 빠져 죽는다 해도 어쩔 수 없다고 생각했는데 덕분에 형이 나 대신 바다에 빠졌다. 형이 몇 번이고 허우적거리며 애타게 도움을 요청했을 때 나는 그 자리에서 꼼짝도 하지 않았다. 내 탓은 아니었다. 형의 영웅심리가 그를 그 지경에 빠트린 것이었다. 나는 형을 사랑했고 어머니가 바라시는 대로 형처럼 되려고 노력했다. 형이 살기 위해 마지막 힘을 짜내어 얼굴을 수면 위로 내놓았을 때 지는 햇살이 반사되어 그의 얼굴이 번들거렸다. 마치 눈물을 흘리고 있는 것처럼 눈동자가 흐려졌고 입술이 벌어져 있었다. 형이 울었을까? 자신의 어리석음에 대해 후회했을까?

"말해 봐요. 형의 사고가 자신의 책임이라고 생각하고 있나요?"

닥터 K가 내 속을 꿰뚫기라도 할 것처럼 바라본다. 눈이 마음으로 통하는 통로라 여기고 그 속으로 꾸역꾸역 발을 들여놓을 속셈인 것이다. 내 영혼을 훔쳐보려는 것이다. 그래서 나는 전문가들이 싫다.

"아니요. 형을 돕고 싶었지만 무서워서 꼼짝할 수가 없었습니다."

나는 꼬마들이 하는 것처럼 고개를 절레절레 흔들며 대답한다.

"좋아요. 형이 죽고 당신에게는 어떤 변화가 있었나요?"

"글쎄요. 너무 오래전 일이고······."

"떠올려 보세요."

"한동안 아주 힘들었어요. 형을 몹시 사랑했던 것 같습니다. 그래서 모든 게 변했죠."

"형을 미워한 적은 없나요?"

이런 식의 질문이 사람을 얼마나 짜증나게 하는지 그는 너무나 잘 알고 있다. 내가 감정 때문에 폭발하는 걸 보고 싶은 게 분명하다.

"아뇨."

"그렇게 단정적으로 말하지 말고 기억을 떠올려 보세요. 털어놓을 수 있는 뭔가 특별한 기억이 있을 겁니다."

"글쎄요."

그가 깍지 끼었던 손을 풀어 왼손으로 턱을 쓰다듬으며 내 쪽으로 고개를 기울인다. 뭔가 의미심장한 말을 하려고 말이다.

"당신은 마음만 먹으면 누구라도, 얼마든지 속일 수 있어요. 솔직하게 말해야만 치료가 시작된다는 것도 알고 있죠. 이걸 명심해요. 거짓말이나 하려고 내게 돈을 지불하는 건 아주 비합리적인 행동입니다."

그는 내가 거짓말을 늘어놓는다고, 마음을 열지 않는다고 몰아붙이고 있었다. 나는 이마를 손으로 짚으며 얼굴을 찡그렸다. 내 눈을 똑바로 쳐다보고 내 과거를 훔쳐본다고 해도 과거를 되돌릴 수는 없다.

"형은 아주 용감했고 어디 한군데 나무랄 데 없이 완벽했어요. 그런 사람을 미워할 사람은 없을 겁니다."

"다른 사람들의 생각은 중요하지 않습니다. 당신이 어떻게 느꼈는지가 중요합니다."

"형이 먼저 제안했어요. 전 수영을 그리 잘하는 편이 아니었죠. 형은 나와 비교도 안 될 만큼 수영을 잘했어요. 앞서가는 건 당연했어요. 형이 너무 멀어졌다는 걸 깨달았고 돌아오라는 손짓을 했습니다. 그런데 내 말을 듣지 않았어요. 너무 무서웠고…… 어떻게 해야 할지…… 그런 상황에 빠진 건 형 탓이었어요. 아니, 제 탓이기도 했어요. 제대로 도와주지 못했기 때문에 그 모든 일이……."

이 부분에서 눈물을 터뜨렸다. 후회와 죄책감이 뒤섞인 강렬한 울음이 자연스럽게 목구멍에서 터져 나와 주었다. 치료가 단절되어서는 안 되었다. 정신과 치료를 받았다는 사실이 제정신이 아니었음을 뒷받침해 줄 것이다.

그가 자신의 책상에서 일어나 다가오는 소리가 들렸다. 나는 고개를 푹 숙이고 울고 있었기 때문에 그가 손수건을 손에 쥐여 주었을 때에야 그가 바로 코앞에 서 있다는 걸 알았다.

"죄송합니다. 그만 눈물이 나서."

"자책할 필요는 없습니다. 운이 나빴다는 걸 당신도 알 겁니다. 당신이 형을 미워해서 형이 죽은 게 아닙니다."

그는 잠깐 말을 멈추었다가 다시 차분한 목소리로 말을 이어 갔다.

"이제 당신이 마음의 문을 열 준비가 된 것 같아서 마음이 놓입니다. 상담을 하면서 늘 당신이 위태위태하게 보여서 신경이 쓰였어요. 다음 상담에서는 한층 밝아진 모습의 당신을 볼 수 있겠군요."

그는 전문가로서 한 번에 너무 몰아 대서는 안 된다는 걸 알고 그쯤에서 나를 놓아 주었다. 문을 나서기 전에 그가 크고 창백한 손을 내밀었고 나는 그 손을 잡고 악수를 나누었다. 그는 만족스런 표정으로 자신의 자리로 돌아가 컴퓨터에 뭔가를 기록했다.

77

병원 내에서 환자들에게 제공된 휴게실은 상당히 넓다. 문 입구 쪽에는 너스 스테이션이 있어 간호사들이 수시로 환자 상태를 체크하기 위해 드나들고 천장에는 여러 대의 CCTV가 설치되어 있어 하루 종일 사람들을 감시한다. 다행히 내부에는 구역을 구분하기 위해 파티션이 쳐져 있어 노인들의 맞은편 쪽에 앉으면 나는 CCTV에 잡히지 않는다. 내가 만약 쭈그린 자세로 의자에서 내려와 문 쪽으로 기어서 나가면 CCTV에 잡히지 않고 밖으로 나갈 수도 있다. 그러나 수시로 드나드는 간호사들과 느닷없이 아는 체를 하는 노인들의 눈을 피하기란 CCTV를 피하는 것만큼이나 어렵다.

"오늘은 그쪽에서 수업을 하기 어려울 거예요. 내부 공사 중이거든요."

막 휴게실 안으로 들어서려는 순간 수간호사 신분증을 목에 건 여자가 다가서며 말했다. 그러고 보니 인부들이 부산하게 움직이고 있었다.

수간호사가 따라오라는 듯 복도 쪽으로 고갯짓을 하고 앞장선다. 나는 그녀를 따라 1층으로 연결된 계단을 내려가서 오른쪽 복도를 따라 한동안 걸어갔다. 드디어 멈춰선 문 앞에는 간호사실이라 적힌 팻말 아래에 관계자 외 출입 금지라고 큼지막하게 적혀 있다. 수간호사가 문을 열자 실내가 한눈에 들어온다. 한쪽 벽면은 커튼으로 분리되어 있다. 살짝 열린 커튼 사이로 2층 침대가 보인다. 중앙에는 둥근 테이블과 바퀴 달린 의자들이 있고 테이블 위에는 책이며 차트, 서류들이 보기 흉하게 쌓여 있다. 밖으로 돌출된 큰 창문 앞에 널찍한 책상이 하나 더 있는데 그 위에 대기화면이 띄워진 컴퓨터가 한 대 있다. 그곳은 그다지 정리가 잘되어 있는 것 같지 않다. 책상 아래 휴지통에는 구겨진 종이와 종이컵 같은 것들이 수북이 쌓여 있다. 잠금장치가 되어 있는 캐비닛 옆쪽 옷걸이에는 간호사들이 출근할 때 입고 온 옷들이 쭉 걸려 있다. 병원 안에 퍼져 있는 냄새와 달리 이곳에서는 향긋한 풀냄새가 난다.

"당분간 이곳을 이용하세요."

수간호사가 둥근 테이블 위에 있는 것들을 한쪽으로 밀어내며 말한다. 그때 문이 열리고 휠체어를 밀며 소미 간호사가 들어왔다. 그녀는 내게 수줍게 인사를 하고 테이블 쪽에 노인이 탄 휠체어를 끌어다 놓는다.

"오늘은 경희 할머니만 모시고 왔어요. 다른 분들은 몸이 안 좋으세요."

"할머니 안녕하세요."

내가 바닥에 한쪽 무릎을 꿇고 솜뭉치 노인과 인사를 나누는 동안 두 간호사가 만족스런 얼굴로 우리를 바라보고 있다.

"그럼, 부탁드려요."

두 간호사가 방을 나갔고 이제 솜뭉치 노인과 나만 남았다. 노인이 날씨 이야기와 자식 자랑을 떠벌리는 동안 나는 늘 하던 대로 기계적으로 페이퍼 컷 도구와 도안을 꺼내 놓았다. 커팅매트를 깔고 나서 내가 날카로운 칼날을 바라보며 한동안 서 있었던 모양이다. 늘 흐리멍덩한 눈으로 세상을 보던 솜뭉치 노인의 눈이 조금 경직되었다. 나는 눈이 마주칠 때마다 살짝 웃어 주는 걸 잊지 않는다. 노인의 손에 아트나이프를 쥐여 주자 쪼글쪼글한 손이 한껏 긴장한다.

"할머니, 칼은 늘 조심해서 다뤄야 해요. 언제 살이 베일지 모르니까."

나는 부드러운 목소리로 설명을 시작하고 노인은 "망칠지도 몰라."라고 말하며 아트나이프를 서서히 움직인다. 그녀가 손을 덜덜 떠는 통에 테이블 위에 펼쳐 놓은 도안이 비뚤어졌다. 자리에서 일어나 노인의 등 뒤로 걸어가 그녀의 손 위에 내 손을 포개 놓는다. 칼이 미끄러지듯 도안 위를 움직인다.

"자를 때는 힘을 줘야 해요. 뭘 자르든 힘을 줘야 매끈하게 된다니까요."

나는 좋은 냄새가 나고 나를 감시하는 눈이 없는 이곳이 무척 마음에 들었다.

78

학교에서 쫓겨났다는 소식은 곧 아버지의 귀에도 들어갔다. 나는 아버지의 서재로 불려가 어렸을 때처럼 마주 앉아 있다. 아버지는 전에 없이 성난 황소처럼 콧김을 뿜어내며 분노와 슬픔이 동시에 느껴지는 목소리로 나를 질책했다.

"모든 걸 망쳐 버렸어."

그랬다. 난 항상 모든 걸 망쳐 버렸다. 왜 나란 인간은 다른 사람들과 비슷한 꿈을 꾸지 못할까? 왜 고개를 쳐들고 해를 바라볼 수 없는 걸까? 빌어먹을 놈들이 만들어 놓은 도덕 안에 정말 나를 욱여넣을 수 없는 걸까?

"제가 망친 게 아닙니다. 학교 측이 오해를 하고 있는 겁니다."

언제나 나는 변명을 했다. 사람들은 변명을 듣는 일에 익숙하다. 변명을 들어 줌으로써 상대에게 최소한의 관대함을 베풀었다고 자신을 속일 수 있는 것이다.

"그렇겠지."

나는 아버지가 나약한 자신과 타협하지 않고 더 추궁해 주길 바랐다. 내가 생각하고 있는 것, 미래에 내가 벌이고자 하는 일들을 털어놓고 싶은 충동을 느낄 수 있도록 가슴을 쇠방망이로 두들겨 주길 바랐다. 그런 일은 일어나지 않았다.

"그런 오해를 받았다고 해서 고개를 숙일 필요는 없다. 사람들의 입방아에 오른 건 유감이지만 소문은 곧 잠잠해질 거다. 내가 총장을 만나 볼 수도 있고."

"그러지 마세요."

"뭐라고?"

"그러지 마세요. 학생들을 가르치는 건 제게 어울리지 않습니다."

그건 사실이다.

"무슨 말을 하는 거냐. 네가 태어났을 때 우리 모두는 네가 교수가 될 거라고 믿었다."

"아니에요, 아버지. 그건 제가 아니에요. 형이죠."

침묵이 흐르고 아버지는 깜깜한 창밖을 내다보았다.

"네 형은 이제 이 세상에 없고 우리에게 남은 유일한 자식은 너다. 우리는 네가 사람들의 오해를 받는 것을 원하지 않는다. 그건 네게도 책임이 있어. 오해를 벗어던질 수 있는 방법을 찾지 않는다면 말이다. 지난번에 선을 본 여자는 어떠니?"

아버지는 하얀 이를 끌어들이고 싶어 했다. 그녀를 가족의 일원으로 받아들이고 나란 존재를 떠맡기고 싶은 것이다.

"일요일 저녁에 함께 저녁 먹으러 들르지 않겠니?"

아버지와 어머니에게 남아 있는 유일한 자식은 나다. 아버지는 그걸 강조했다. 인간은 영원히 사는 존재가 아니고 따라서 그들의 모든 권리는 이제 곧 내 것이 될 것이다. 그들이 나에게 원하는 의무는 하나다. 그들은 나에게 결코 만족한 적이 단 한번도 없었지만 손자가 태어나면 모든 게 달라질 거라 믿고 있다. 나와는 전혀 다른 존재. 나를 닮지 않고 자신들을 쏙 빼닮은 손자가 태어날 것이라고 기대하고 있는 것이다. 아니면 그렇게 키울 수 있을 거라고 믿고 있거나.

79

하얀 이는 몇 번이고 아이를 갖고 싶다고 말했다. 나를 닮아 눈이 반짝거리고 웃을 때 한쪽 볼에 보조개가 파이는 아이가 태어날 거라고도 말했다. 아이를 낳아 본 적도 키워 본 적도 없으면서 아이에게 필요한 것, 아이에게 가르쳐야 할 것, 아이를 위해 준비해야 할 것들에 대해 자세히 알고 있다. 그녀는 세상에 착한 아이들만 태어난다고 생각한다. 그러나 그건 단지 섣부른 기대에 불과하다. 아이가 얼마나 사악할 수 있는지, 또 얼마나 교활할 수 있는지, 무엇을 요구할 수 있는지, 때에 따라 자신과 주변 사람들을 괴롭히기 위해 어떤 결정을 내릴 수 있는지 제대로 모르고 있다. 아이의 아주 작은 결점 하나만으로도 충분히 나쁜 결과를 가져올 수 있다는 것도 모른다. 나는 그녀를 실망시키고 싶지 않아서 이런 골치 아픈 이야기들은 하지 않는다.

"일요일에 함께 집으로 저녁 먹으러 가자."

그녀가 그 말을 오랫동안 바랐던 것처럼 기뻐한다. 저녁 준비를 하다 말고 돌아서서 팔로 내 허리를 감고 입술 속으로 혀를 밀어 넣는다. 끈적거리는 침이 입속으로 밀려들었지만 나는 그녀를 밀어내지 않았다. 우리는 한동안 밀착되어 서로의 몸을 더듬는다. 입맞춤이 끝나자 그녀가 아쉬운 듯 나를 놓아 준다. 나는 하얀 이가 시키는 대로 군소리 없이 양파를 까고 감자를 깎고 당근을 정육면체 모양으로 잘랐다. 그녀는 내가 자른 당근 조각 하나를 집어 들고 자르는 솜씨가 좋다고 칭찬하며 내 기분을 맞추는 데 여념이 없다. 나는 칼로 자르는 건 뭐든지 잘한다고 말하려다 말고 입을 다물었다.

똑같은 앞치마를 입고 나란히 부엌에 서 있으니까 꼭 신혼부부 같다며 하얀 이가 웃는다. 여자들은 무뚝뚝하고 말없는 남자에게 흥미가 없다. 나는 다른 때보다 말을 많이 했다. 하얀 이를 만나서 할 이야기는 지난밤 미리 다 생각해 두었다. 여자들은 결혼하기 전에 남자에게서 뭔가를 얻어 내지 않으면 안 된다고 생각한다. 욕심이 노골적이고 변덕스러운 여자들의 비위를 맞추는 일은 아주 간단하다. 나는 하얀 이가 현관에 들어섰을 때 버건디색 니트 원피스가 그녀에게 얼마나 잘 어울리는지에 대해 언급했다. 앙증맞은 코와 얇고 촉촉한 입술을 매만지며 내가 그녀에게 얼마나 깊이 빠져 있는지를 보여 주었다. 하얀 이는 내가 꾸며 낸 무대의 주인공이 되어 거짓된 모든 것들을 황홀하게 받아들였다.

실제로 하얀 이와 함께 먹는 저녁 식사는 우울하기 그지없다. 식탁 위에 덩그러니 놓인 카레덮밥과 야채샐러드와 튀김새우와 무김치가 나를 바라보고 있다. 카레의 누런색이 마음에 들지 않지만 잠자코 먹는다. 하얀 이가 무김치를 씹을 때마다 아삭아삭 소리가 난다. 나는 속이 울렁거리고 먹은 것을 죄다 토해 내고 싶지만 짐짓 웃으며 당신과 함께 있으면 시간이 어떻게 가는지 모르겠다고 말한다.

저녁을 먹고 난 후 하얀 이는 나의 무릎 위에 앉아 내 부모님의 집을 방문할 때 어떤 옷을 입어야 할지에 대해, 선물로 무엇을 준비해야 할지, 가족들의 취향에 대해 끊임없이 묻는다. 그녀는 정말 나와 가족이 되고 싶어 한다. 넓은 정원이 딸린 집을 사고 아이들과 휴일이면 정원에 나가 햇살을 만끽하고 가끔은 교외로 피크닉을 나가는 삶을 살고 싶다고 말한다. 사랑하는 사람을 위해 정성껏 음식을 만들고 잠자리를 돌봐 주고 잠들기 전에 뺨에 키스를 해 주고 싶다고. 나는 고개를 끄덕이며 미소를 지었다.

80

"와 주어서 기쁘구나."

현관문이 열렸을 때 어머니가 반갑게 우리를 맞았다. 어머니는 하얀 이가 내미는 화려하고 비싼 꽃다발을 가슴에 안고 감격스런 표정으로 탐색을 시작했다. 입가에 생기가 돌았고 눈은 별처럼 반짝거렸다. 식탁에 어머니가 준비한 음식들이 가득 차려질 동안 아버지는 양복바지에 나비넥타이를 매고 딱딱하게 굳은 채 소파에 앉아 있었다. 옷차림새가 강의를 하러 나가는 교수처럼 보여 나는 속으로 웃었다. 우리는 드라마 속 주인공들처럼 아버지와 어머니의 관심을 받으며 나란히 식탁에 앉았다. 누구나 바라는 그런 일이 우리 집에서도 일어났다. 나란 인간이 태어난 이후로 그들에게 가장 사랑받을 만한 일을 한 것이다. 이쯤에서 모든 계획을 포기하고 순순히 그들이 원하는 아들이 되는 건 어떨까? 하얀 이와 결혼을 하고 아이를 낳고 그들에게 손자를 안겨 주는 것이다. 그들이 할아버지, 할머니가 된 것을 기뻐하며 미소를 짓고 있는 모습이 떠올랐다. 순간 소름이 돋고 머리가 쭈뼛거리고 손에 식은땀이 났다. 그래서? 아이가 태어나고 모든 게 반복이 되는 것, 그게 진정 그들이 원하는 건가? 나를 바꿀 수 있다고 믿는 건가? 나와 똑같은 존재가 태어나고 그들이 정성을 들이면 나와 다르게 자랄 수 있다고?

고개를 돌려 하얀 이를 본다. 그녀가 알고 있는 내가 진정한 나일까? 내가 보고 있는 하얀 이가 진정한 그녀일까? 우리는 무엇으로 상대를 인식하지? 그녀가 내 눈을 통해 보고 있는 것은 그녀가 보고 싶어 하는 것이지 진정한 나는 아니다.

"어디 아파요?"

식사가 끝나고 화장실에서 먹은 것을 죄다 토해 내고 나왔을 때 하얀 이가 물었다.

"그런 것 같아."

"그럼, 돌아가요."

"당신한테 미안해."

"전 괜찮아요. 이제 자주 만나 뵐 수도 있을 테고."

그 순간 나는 하얀 이가 생각했던 것보다 훨씬 더 좋은 여자인지도 모른다고 생각했다. 그러나 달라질 건 아무것도 없었다.

81

가희가 운영하는 블로그에는 언제나 야생화 사진들이 가득했다. 나는 거의 매일 그녀의 블로그에 방문했고 그녀가 찍어서 올린 꽃 사진에 대한 댓글도 남겨 두었다. 물론 나는 컴퓨터 속에 존재하는 꽃 사진 따위에는 관심이 없었다. 내가 원하는 건 단지 그녀의 일상을 훔쳐보는 것이다. 무엇을 먹고 어떤 곳에서 쇼핑을 하고 누구와 대화를 나누고 무엇을 하며 시간을 보내는지 알아야만 했다. 그래야 예측이란 걸 할 수 있으니까. 심리를 파악하기 위해서는 그녀에 대한 모든 것들을 알 필요가 있다.

그녀는 야생화 동호회 회원으로 정기적으로 회원들과 함께 야생화 사진을 찍으러 다녔고 가끔은 동호회 회원들과는 상관없이 혼자서 사진을 찍으러 가기도 했다. 내가 우연을 가장해 그곳에 모습을 드러내면 아이처럼 기쁨을 숨기지 못했다. 그녀에게 나는 일상의 무의미함을 희석시키고 그녀의 내부에 존재하는 일탈의 욕망을 스스럼없이 충동질하는 그런 존재가 되어 있었다. 나는 단지 그녀의 이야기에 귀를 기울이고 손목 안쪽을 쓰다듬고 그녀가 원할 때 그녀의 치마 속으로 내 물건을 들이밀기만 하면 됐다. 이제 그녀는 결혼 서약을 통해 했던 스스로의 맹세를 저버리고 현진을 가증스러운 거짓말로 속이고 있었다. 내겐 그게 중요했다.

82

 쓰레기봉투를 들고 나갔다가 돌아왔을 때 뜻밖에도 가희가 내 집 뜰에 몰래 숨어 들어와 있었다. 눈이 마주치자 초조한 듯 혀로 입술을 핥으며 다가왔다. 그녀의 얼굴에서 젠 체하던 고고한 눈빛은 사라졌다. 빳빳하던 자존심은 시궁창에 처박은 지 오래였다. 이제 남편을 속이고 사회를 속이는 파렴치한 여자일 뿐이다.
 "강의를 그만뒀다는 이야기는 들었어요. 몹쓸 사람들은 쉽게 남의 이야기를 하죠. 피해를 입을 사람에 대해서는 전혀 생각을 하지 않아요."
 그녀가 먼저 입을 열었다. 목소리에는 나보다 나에 대해 더 잘 알고 있다는 확신이 배어 있다.
 "고맙군요. 당신이 그렇게 말해 주니까 마음이 한결 가벼워졌습니다."
 나는 진짜 그런 것처럼 가슴을 쓸어내리며 말했다. 가희는 자신에게 충실하게 행동한다는 이유로 내가 남색을 했다는 추잡한 소문은 믿지 않는다. 참과 거짓이 한 몸통을 소유할 수도 있다는 것을 인정하지 않는 여자. 속는 것에 익숙한 여자. 그게 바로 이 여자다.
 "제가 신경이 쓰이는 건 당신이 소문 때문에 그 여자를 만나는 거라면."
 그녀에게서 시선을 약간 돌리자 창문 너머로 책에 몰두해 있는 현진의 한심한 모습이 보인다. 가희가 나의 품 안에 안겨 내 등을 쓰다듬는다. 그녀는 내게서 어린양을 떠올리고 주체 못할 보호 본능으로 자신을 위험에 빠뜨린다.

"제가 오해하는 것이고 당신이 그녀를 진짜 좋아한다면 어쩔 수 없는 일이지만."

그녀는 내가 하얀 이를 집으로 끌어들이는 데 대한 불만을 그런 식으로 드러낸다. 이제 그녀에게 더 이상 집중할 필요가 없다. 거미줄에 걸린 나비는 어디로도 날아갈 수 없는 법이니까.

"당신이 곤경에 처하길 바라지 않아요. 그래서 그녀를 만나는 겁니다."

가희는 내 말을 전적으로 믿는다. 내가 원하는 것이 자신이 원하는 것이라 믿기 시작했다. 나는 이제 곧 승자가 될 것이다.

"곧 남편에게 이혼 이야기를 꺼낼 작정이에요. 변호사도 만나 볼 생각이구요."

이혼? 그것도 나쁘진 않겠군. 그러나 현진이 쉽게 모든 걸 정리할 수는 없을 거야. 내가 그를 도와야 해.

"서두를 필요 없어요. 당신을 난처하게 만들고 싶지 않아요."

부드럽게 가희의 볼에 입을 맞추고 그녀의 한쪽 볼에 들러붙어 있는 머리카락을 떼어 준다. 입술에도 가볍게 입을 맞춘다. 기분 탓인지 입술에서 달콤한 맛이 느껴졌다. 나는 때가 되었다고 느꼈고 드디어 머릿속에 늘 담고 있던 말을 입 밖으로 내뱉었다.

"당신에게 특별한 야생화가 있는 곳을 알려주고 싶어요. 당신이 야생화 동호회 회원들과 함께 보내는 시간을 조금만 내게 나눠 준다면 말이죠."

"물론이죠."

그녀가 가볍게 떨리는 목소리로 말했다. 원한다면 그녀를 집 안으로 데리고 들어갈 수도 있었지만 나는 그녀를 현진이 기다리고 있는 집으로 데려다주었다.

83

나는 늘 원하지 않았지만 이번에도 어머니의 저녁 초대를 거절하지 못했다. 어머니가 콩국수를 내놓았다. 이번엔 하얀 이도 함께였다. 그녀는 참새처럼 조잘거리며 식탁 분위기를 화기애애하게 만들었다. 나는 굳이 말을 하지 않아도 된다는 사실이 기뻤다. 그녀만 있으면 언제든 나는 껍질 속으로 들어가 기어 나오지 않아도 되는 것이다. 디저트를 준비하기 위해 어머니가 부엌으로 들어갔을 때 하얀 이가 돕겠다며 부엌으로 따라 들어갔다. 아버지는 엷게 미소를 띤 얼굴로 탁자 위에 펼쳐져 있던 신문을 펴 들고 안경을 찾는다.

"소영 씨, 고마워."

어머니가 하얀 이의 이름을 다정하게 부른다. 그녀에게 잘 어울리는 이름이다. 나는 두 사람이 나란히 서서 디저트를 준비하는 모습을 물끄러미 바라본다. 어머니를 원망했던 적이 있다. 물론 아버지를 원망했던 적도 있다. 그리고 사회도 원망했다. 내가 나인 것을 원망한 적도 있다. 사실 어딘가에 갇혀서 모든 일들이 더 이상 일어나지 않기를 바라기도 했다. 내가 처음 죄를 지었을 때 말이다. 죄가 들통이 났고 죗값을 치렀다면 어땠을까? 형이 죽지 않고 지태가 죽지 않았다면 어떻게 되었을까? 사회가 나에게 좀 더 관심을 가졌다면 어땠을까? 사회가 나에게 좀 더 친절하게 굴었다면 내 쪽에서도 좀 더 친절해졌을 텐데.

84

오후 두 시.
참석 인원은 오늘도 단 한 명뿐이다. 솜뭉치 노인은 아까부터 휠체어에 앉아 꾸벅꾸벅 졸고 있다. 도안 위로 노인의 침이 커다란 얼룩을 만들어 놓는다. 병실로 그녀를 돌려보내기 위해 누군가 문을 열고 들어올 때까지 나는 책상에 앉아 있다. 범죄 심리에 관한 책을 펼쳐 두고 있었지만 읽지는 않았다. 그냥 그렇게 시간을 흘려 보내며 앉아 있기만 했다. 책상 위에는 솜뭉치 노인이 흰 종이로 만들어 놓은 새장 속의 종이새가 횃대 위에 앉아 있다. 현진에게 새장 따위는 어울리지 않는다. 그를 자유롭게 만들 수 있는 건 나뿐이다. 그는 스스로 정리하지 못할 것이다. 주변을 정리해 주어야만 한다. 모든 것들을 싹 쓸어버리고 나면 내게 돌아올 것이다. 계획을 조금 수정할 필요가 있을지도 모르겠다. 현진은 내가 윤우에게 완전히 빠져 있다고 믿는다. 천진한 아이의 눈빛에 사로잡혀 있다고 말이다. 사실이다. 그러나 그건 중요하지 않다. 세상엔 젊음과 아름다운 육체를 팔고자 하는 인간들이 널려 있고 그들을 이용하는 건 어려울 게 없다. 윤우는 아직 눈을 뜨지 못했지만 결국 자신이 팔 수 있는 것을 팔 것이다. 나는 좀 더 많은 것을 원한다. 채워지지 않는 그 무엇 말이다.

노크 소리를 듣지 못했기 때문에 갑자기 소미 간호사의 얼굴이 코앞에 나타났을 때는 약간 놀라고 말았다. 그녀의 미끈한 허벅지가 내 허벅지 사이로 들어와 있다.

"괜찮으세요? 대답이 없으셔서."

지난번 그녀를 도와준 이후로 우린 가까워졌고 여러 번 데이트를 즐겼다. 여자는 생각했던 것만큼 전통적이지도 보수적이지도 않았다. 상대로 왜 나를 선택했는지는 알 수 없지만 어쨌든 그녀는 나를 원했다. 여자가 자연스럽게 내가 들고 있던 책을 들여다본다. 자신도 읽어본 책이라고 말하고 잠시 책에 대한 이야기를 한다. 우린 통하는 구석이 있다. 솜뭉치 노인이 깨지 않을까 신경을 쓰며 그녀가 힐끔거린다. 솜뭉치 노인은 죽은 듯이 잠들어 있다.

여자가 책상 위에 자리를 잡고 앉아 나를 바라본다. 나는 자리에서 일어나 고개를 그녀 쪽으로 숙이고 빨간 입술에 입을 맞추었다. 여자는 기분이 좋은 듯 손을 뻗어 내 머리카락을 헝클어 놓고 소리 없이 웃는다. 여자는 늘 내 눈을 빤히 들여다보며 갈망하고 있는 소중한 뭔가를 찾고 있는 사람처럼 내 안을 들여다보려 애쓴다.

"다음 주에도 이곳에서 만날 수 있을까요?"

여자가 솜뭉치 노인을 깨우기 전에 그녀의 귀에다 대고 속삭인다. '이 여자는 이용 가치가 있어.' 형의 눈이 말하고 있었다. 형은 내가 걱정이 되어 다시 돌아온 것이다. 처음 형의 모습이 나타났을 때 나는 그 사실을 담당 의사에게 말했다. 지태가 떠난 직후였다. 그는 아버지나 어머니처럼 놀라지 않았다. 큰 사건을 겪고 나서 갑자기 발병하는 경우도 있다고 침착하게 말했다. 치료가 시작되었고 환각과 환청은 점점 힘을 잃어 갔다. 나는 담당 의사가 시키는 대로 했다. 형이 나 때문에 몹시 슬퍼 보였지만 무시했다. 결국 형은 나를 떠났다. 다시 형이 나를 찾아온 것은 약을 끊었기 때문이다. 형이 이 여자를 원한다면 나는 막을 힘이 없다. 소미 간호사가 나를 바라보며 고개를 끄덕이고 있었다.

85

진탕 술을 마시는 날이 늘어났다. 인사불성이 될 때까지 취해 낯선 곳에서 눈을 뜨기도 했다. 어느 때는 모든 게 엉망진창이라고 느끼고 또 어느 때는 모든 계획이 완전해지고 있다고 느끼기도 했다. 아버지가 아직도 나를 믿지 않기 때문에 치료를 그만둘 수는 없었다. 내가 병원에 갇히는 신세를 면할 수 있었던 건 온전히 아버지의 자존심 때문이었다. 나는 아버지가 시키는 대로 움직일 수밖에 없다. 그러나 닥터 K에게 모든 걸 털어놓지는 않았다. 그가 해 줄 수 있는 건 아무것도 없었다.

86

아침부터 몹시 흥분이 된 상태였다. 가희가 야생화 동호회 회원들과 함께 사진을 찍으러 가는 날이다. 휴게실 공사는 아직 끝나지 않았다. 지금 내 곁에는 솜뭉치 노인 한 명밖에 없다. 수업은 여전히 간호사실에서 이루어졌다. 수업이 시작되기 전 솜뭉치 노인이 물을 요구했고 나는 친절하게도 복도로 나가 정수기에서 물을 가져와 그녀에게 건넸다. 얼마 후 솜뭉치 노인은 계획대로 물에 탄 수면제를 먹고 잠이 들었다. 한 시간이 조금 넘으면 소미 간호사가 솜뭉치 노인을 데리러 올 것이다. 나는 창문을 통해 밖으로 나왔고 CCTV가 설치되어 있지 않은 병원 뒤쪽 담벼락을 넘어 그곳을 빠져나왔다. 시간이 별로 없었다. 누구의 눈에도 띄지 않고 가급적 한 시간 안으로는 다시 돌아와

야만 했다.

우리는 이미 둘만의 계획을 의논했고 만날 장소도 물색해 두었다. 이웃들의 눈에 띄지 않고 현진의 눈을 피해 둘만의 시간을 보낼 수 있는 곳으로 떠날 예정이었다. 야생화 동호회 회원들을 가득 태운 버스가 목적지에 도착했을 때 그녀가 무리에서 빠져나와 내가 기다리고 있는 곳으로 왔다. 아무도 눈치채지 못했다. 어떤 일에 빠져든 인간들이 다 그렇듯, 그들은 차에서 내리자마자 사진을 찍는 데 온통 정신이 팔렸다.

번쩍거리는 아우디를 보고 그녀가 어떻게 된 거냐고 물어서 특별히 친구 녀석에게 빌린 거라고 대답했다. 다행히 누구의 눈에도 띄지 않고 그녀를 아우디에 태웠고 가속 페달을 밟아 남쪽으로 달렸다. 집까지 가려면 시간이 걸렸지만 소미 간호사가 간호사실로 돌아올 시간이 얼마 남아 있지 않았다.

그녀는 조수석에 앉자마자 검정색 점퍼를 벗어 뒷좌석에 던지고 근사한 곳을 기대하며 재잘거리기 시작했다. 나는 앵앵대는 목소리가 듣기 싫어 커피를 권했다. 편의점에서 구입한 커피는 아직 따뜻했고 그녀는 커피를 아주 좋아했다.

"이 사진 어때요? 구도가 색다르지 않아요?"

꽃 모양이 온전하지 않고 반쯤 잘려 나간 사진을 코앞에 들이밀며 내 의견을 묻고 있다.

"꽤 마음에 들지만 더 괜찮은 사진이 있을 겁니다."라고 말하자 고개를 끄덕이며 다시 카메라에 담긴 사진들을 들여다보는 데 열중한다. 그러다 커피가 바닥을 드러낼 때쯤 갑자기 그녀가 소리를 질러 나를 놀라게 했다. 경악한 눈빛으로 가희가 묻는다.

"당신이 왜 이 사진 속에 있는 거죠?"

동호회 회원들의 단체 사진 속에서 아주 작게 찍힌 내 모습을 발견한 것이다. 우리가 만나기도 전의 사진이다. 나는 그들로부터 떨어져 있지만 카메라 쪽을 바라보고 있다.

가희가 머리를 흔든다. 커피 속에 녹아 있던 수면제가 제 기능을 발휘하고 있는 것이다.

"말해 봐요. 당신은 누구죠?"

가희가 말한다.

"내가 누구냐고?"

"나한테 의도적으로 접근한 거죠."

그녀가 말한다. 나는 고개를 끄덕였다.

"나한테 꽃바구니를 보내고 전화를 건 것도 당신이군요."

나는 또 고개를 끄덕였다.

"대체 왜? 내 주변에서……."

약기운에 굴복해 마침내 그녀의 얼굴이 앞쪽으로 맥없이 고꾸라졌다. 나는 힘껏 가속 페달을 밟았다.

87

 창문은 열려 있고 하얀색 커튼이 너울거린다. 메마른 햇살이 솜뭉치 노인을 어루만지고 있었지만 그녀는 다행히 아직도 잠들어 있다. 수면제 양을 조절하는 게 어려웠지만 결국 해낸 것이다. 나는 그곳을 빠져나갔을 때처럼 창문을 통해 그림자처럼 무사히 그곳으로 돌아왔다. 내가 자리에 앉아 흐트러진 머리를 뒤로 쓸어 넘기고 옷매무새를 바로 잡고 있을 때 노크 소리가 들렸다. 심호흡을 한 후 짧게 대답하자 예상대로 소미 간호사가 안으로 들어왔다. 나에게 살짝 미소를 짓고 나서 곧장 솜뭉치 노인의 어깨를 흔들어 깨우려 했다. 그전에 내가 먼저 그녀의 손을 움켜잡았다. 가방 안에 작은 선물이 있었고 그걸 내밀 시간이었다. 나는 작은 상자를 꺼내 그녀의 작은 손바닥에 내려놓았다. 그녀의 눈이 그걸 보고 반짝거렸고 상자의 뚜껑을 열었다. 작고 값나가는 목걸이가 그곳에 있었다. 나는 얼른 목걸이를 꺼내 그녀의 가는 목에 걸어 주었다. 그녀는 이제 목걸이에 집중한다. 내가 허리를 끌어당기자 두 팔로 부드럽게 내 목을 끌어안는다. 고맙다는 말 대신 내 얼굴을 부여잡고 입술을 밀어붙인다.

 "당신은 진짜 좋은 사람이지만 아이처럼 땀을 너무 흘리는 것 같아."

 그녀가 나의 귓불을 잡아당기며 속삭였다. 시간에 쫓겨 병원 안으로 들어오기 전까지 뜀박질을 한 터라 양쪽 겨드랑이가 축축하게 땀에 젖어 있었다. 장난기가 발동한 소미 간호사가 내 한쪽 팔을 들어 올리고 어둡게 물든 내 겨드랑이를 바라보며 웃었다. 나는 그녀를 끌어당겨 무릎에 앉혔고 말려 올라간 스커트 안으로 손을 밀어 넣었다.

"이러지 말아요."

소미 간호사가 장난스럽게 내 손을 걷어 냈고 나는 조금 실망한 얼굴로 그녀에게서 손을 뗐다. 실은 집에 가희가 기다리고 있고 나는 어서 그녀 곁으로 돌아가고 싶다.

"이제 할머니를 병실로 모셔다 드려야 할 시간이라서."

소미 간호사가 솜뭉치 노인 쪽으로 시선을 돌리며 말했다. 나는 그만 그녀를 놓아 주고 테이블 한쪽에 잠들어 있는 노인에게 다가가 어깨를 흔들었다. 테이블 위며 바닥에 잘려 나간 종이들이 아무렇게나 흩어져 있고 노인의 옆쪽에는 내가 완성시켜 놓은 배 한 척이 놓여 있다. 작품이 조악해서 누가 보아도 노인의 작품이다. 노인이 눈을 떴고 몽롱한 눈으로 우리를 번갈아 바라본다. 그리고 잠든 사이에 흘러내린 침을 손등으로 닦았다. 책상 위의 종이에 침으로 만들어진 거대한 얼룩이 있다. 그녀가 솜뭉치 노인의 옷매무새를 고쳐 주는 동안 나는 침이 묻은 종이가 드러나지 않도록 그 위에 가방을 올려놓았다. 모든 것이 완벽했다. 문제가 생긴다 하더라도 그녀는 내가 이곳을 떠난 적이 없다고 증언할 것이다. 경찰이 아무리 나를 의심한다 해도 알리바이가 확실한 이상 나를 어쩌지는 못할 것이다.

88

 내가 드디어 본색을 드러낸 건가? 아님 가희가 이제야 나를 제대로 보게 된 건가? 계획대로라면 좀 더 잠들어 있어야 마땅했지만 공교롭게도 그녀가 눈을 떴고 자신이 처한 상황에 대해 몹시 놀라워했다. 내가 어처구니없는 장난을 치고 있다고 생각하며 두려워하지 않으려고 안간힘을 쓴다. 그러다가 현실이 자신이 생각하는 것과 전혀 다르다는 사실을 알게 되자 공포 속에 갇혔다. 내보내 달라고 애원한다. 목소리에 간간이 가느다랗게 울음이 섞여 있다. 도대체 자신에게 왜 이러는 거냐고, 원하는 게 뭐냐고, 지금 내보내 준다면 자신이 당한 모든 일들이 없던 일이 될 거라고 말한다. 자신은 나를 좋아하고 나 또한 자신을 많이 좋아하기 때문에 이런 일이 벌어졌다고 말한다. 사람은 실수할 수 있고 자신은 이해할 수 있다고도 말한다. 자신은 지쳤고 몹시 집으로 돌아가고 싶다고 말한다. 내가 친절한 사람이고 이런 일을 벌인 것은 순전히 충동 때문일 거라고 말한다. 제발 눈을 마주하고 이야기를 하고 싶으니 안대를 풀어 달라고 말한다. 또 목이 마르다고도 말한다. 목소리가 점점 격해지고 결국 감정에 쫓겨서 울음을 터트린다. 나를 믿은 자신이 어리석었다고 말한다. 나를 사랑하고 있다고 말한다. 이야기를 나누면 모든 것들이 순조롭게 될 거라고 말한다.

 나는 주전자에 물을 올리고 차를 준비한다. 그녀가 내뱉는 말들을 듣고 있지만 대답하지는 않는다. 그녀의 울음소리 때문에 기분이 약간 언짢아졌다. 지금이라도 되돌리고자 한다면 되돌아갈 수 있다. 가희는 내가 자신을 너무 사랑한 나머지 이런 일을 벌였다고 생각하고 있다. 지금이라도 무릎을 꿇고 눈물을 흘리며 용서를 빈다면 모든 건 사랑 때문에 일어난 일이 될 것이다. 여자들은 쉽게 용서하고 믿어 준다. 사랑 앞에서는 모든 것들이 용서된다고 믿으니까.

찻잔에 엽차 티백을 넣고 물을 붓는다. 향기가 재빨리 공기 중으로 흩어진다. 한 모금 마시자 마음이 가라앉고 기분이 좀 나아진다. 가희가 계속 뭐라고 중얼거리며 말을 걸어오지만 대답하지 않는다. 이제 듣지도 않는다. 현진이 태어났고 가희가 태어났고 내가 태어났다. 이건 우연일까? 운명일까? 인생에서 바꿀 수 있는 시점이 있다면 인생이 다른 곳으로 흘러갈 수도 있을까? 시간을 되돌릴 수 있다면 말이다. 가희는 지금 공포에 갇혀 시간을 되새김질할 것이다. 나를 따라나선 그 시점으로 시간을 되새김질하고 나를 만나지 말았어야 했다고 자책할 것이다. 이제 그녀는 학대받는 아이들이 그렇듯이 자신에게 그럴 만한 이유가 있기 때문에 이런 일이 발생했다고 믿게 될 것이다. 그렇게 생각하지 않으면, 잔인하고 신뢰할 수 없는 나에게 자신의 생존이 내맡겨졌다는 사실을 받아들여야 할 테니까. 그건 견딜 수 없는 공포일 것이다. 나는 이 상황을 즐기고 싶어진다. 내가 그녀를 너무 사랑한 나머지 이런 일이 벌어졌다고 믿게 놔두고 싶지 않다.

"난 변태가 아니니까 네 껍질 따위를 벗기지는 않을 거야."

내가 소리쳤고 손과 발이 묶여 잔뜩 겁을 집어 먹은 가희가 한동안 조용해졌다.

89

정말 그녀의 껍질을 벗기지 않을 건가? 그녀를 죽이지 않고 문제를 해결할 수 있을까? 범죄자가 되고 싶나? 나는 내게 묻는다. 그녀를 죽이지 않는다면 범죄자가 될 가능성이 높아진다. 아니다. 나는 이미 범죄자. 어쨌든 그녀를 찾기 위해 혈안이 된 경찰들이 내 주변을 이리저리 쑤시고 다니는 건 싫다. 아버지와 어머니가 또 내 걱정으로 밤잠을 설칠 것이다. 약의 숫자가 늘어날 것이고 어딘가에 갇히게 될지도 모른다. 그녀가 죽는다면 모든 것들은 간단해진다. 그녀는 애초에 이 세상에 존재하지 않았고 현진이 태어났고 내가 태어났다가 이야기의 전부가 되는 것이다.

90

현관문을 열었을 때 다짜고짜 턱으로 주먹이 날아왔다. 무방비 상태였던 나는 그대로 바닥으로 나가 떨어졌다. 그의 분노는 그 정도에서 멈추지 않았다. 내 몸 위로 올라타서 얼굴에 사정없이 주먹질을 하는 바람에 입가와 눈가가 찢어져 비릿한 피 냄새가 났다.

"네 짓이란 걸 알아."

현진이 구둣발로 몇 번이고 복부를 걷어찬다. 찌릿한 아픔에 몸이 저절로 둥글게 말렸다. 현진의 얼굴이 절망으로 얼룩져 있다. 초조한 손길로 자신의 머리카락을 쓸어 넘기며 나를 바라본다. 인생이 그에게 무엇을 약속했기에 이토록 당당한 것인가? 약이 빠짝 오른 현진이 삐뚤어진 넥타이를 고쳐 매는 동안 나는 찢어진 입술을 손등으로 꾹꾹 눌러 닦았다.

"가희가 어디 있는지 말해!"

그가 날카로운 목소리로 묻는다.

"본 적 없어. 맹세해."

나는 침착하게 두 손바닥을 보이며 대답했다. 정신만 똑바로 차리면 충분히 그를 조종할 수 있다. 현진의 까만 눈동자에 일순간 혼란스러움이 깃든다. 파르르 떨리는 입술과 창백한 얼굴이 나를 자극한다. 머릿속이 노랗게 물들고 심장이 미친 듯이 쿵쾅거린다. 태양이라도 삼킨 것처럼 가슴이 타오른다.

"네 짓이야."

"생사람 잡지 마."

짐짓 언짢은 표정을 지어 보지만 그는 속지 않는다. 나를 일으켜 세웠고 거칠게 멱살을 잡고 벽 쪽으로 밀어붙인다. 다른 사람들은 다

속여도 자신은 속일 수 없을 거라며 고래고래 소리를 지른다. 내 머리통에 어떤 생각들이 들어차 있는지도 모르는 주제에.

그의 시선이 나의 시선과 부딪친다. 나는 그의 눈을 피하지 않는다. 모든 건 달라졌다. 이제 당할 필요가 없다. 나는 이제 그가 상상조차 할 수 없을 정도로 강해졌다. 지금 현진은 가희를 찾기 위해 안달이 난 상태지만 곧 그 상황에 적응하게 될 것이다. 내가 필요해질 것이고 나를 원하게 될 것이다. 그렇지 않다면? 그런 일은 일어나서는 안 된다. 내게서 뭔가 알아낼 수 없음을 깨닫고 그가 내게서 떨어져 문을 연다.

91

내가 뭘 할 수 있을까? 어떤 일이 벌어지기를 바란다면 직접 할 수밖에 없다. 가슴이 터질 듯이 두근거린다. 나는 지금 이 순간 신이다. 나는 용기를 냈고 계획을 실행에 옮겼다. 눈앞에 내 것을 훔치려던 쥐새끼가 있다. 어둠 속에서 눈만이 공포로 번들거린다. 퉁퉁 부어오른 겁먹은 눈은 눈물로 흐려져 있다. 이런! 이런. 사방에 지린내가 진동을 한다. 역한 냄새는 질색이지만 동시에 나를 흥분시킨다. 멀리 침을 뱉고 다가서자 가희가 스펀지를 물고서 팔과 다리가 묶인 채로 나를 피하기 위해 환형동물처럼 꿈틀거린다. 지난밤까지만 해도 도로 풀어 줄 마음도 있었다. 모든 걸 정신 나간 인간의 사랑 탓으로 돌려 버리면 되는 거니까. 그런데 생각이 바뀌었다. 내가 겁을 집어먹고 있다는 사실에 화가 난 것이다. 나는 절대 처벌 따위를 두려워하는 겁쟁이가 아니다. 나는 나에게 그걸 증명할 필요가 있다.

"여긴 화장실이 아니야."

나는 실내화에 오줌이 묻지 않도록 뒤로 물러났다. 가희가 울기 시작한다. 후회할 때는 이미 때가 늦은 것이다. 눈물과 콧물이 그녀의 얼굴을 엉망으로 만들고 있다. 눈과 양쪽 볼이 심하게 부었다. 여자들은 궁지에 몰리면 늘 이런 식이다. 눈물을 흘리고 막무가내로 감정에 호소하고. 일이 왜 이렇게 되었는지 따위에는 관심도 없다. 자비를 베풀어 손수건을 꺼내 눈물을 닦아 주려 하자 얼굴을 피한다.

"날 원망하고 있겠지만 진짜 원망해야 할 사람은 내가 아니야. 너를 이 지경에 몰아넣은 현진을 원망해. 그보다는 네가 이런 세상에 굴러다니도록 만든 네 부모를 원망하든가. 그리고 이건 좋은 소식인데. 지금 당장에 널 죽이지는 않을 거야. 약속해."

나는 멋대로 약속을 해 버렸고 약속을 한 이상 지켜야 할 의무가 있었다. 어머니는 늘 내가 약속을 하게 만들었고 약속한 것은 어떤 식으로든 지켜야만 한다고 주의를 주었다. 그건 오로지 내가 즐기는 못된 짓을 저지하기 위한 하나의 방안이었다.

나는 가희를 당분간 이곳에 처박아 두기로 결정했다.

92

현진이 실종신고를 했고 경찰이 여러 번 그의 집을 방문했다. 그들은 사냥개처럼 코를 킁킁거리며 탐문수사를 하고 다녔다. 물론 내 집에도 찾아왔다. 이번이 두 번째다. 지난번에는 내가 꼼짝도 하지 않았기 때문에 집을 비웠다고 여기고 돌아갔지만 오늘은 그냥 돌아가지 않을 것이다. 현관 밖에는 사복을 입은 경관이 두 명 서 있다. 나는 그들 때문에 두렵고 화가 난다. 그들은 나와 이야기를 나눌 수 있어도 수색 영장 없이 내 집을 뒤질 수는 없다. 한 명이 현관 벨을 누르는 동안 또 다른 한 명은 누군가에게서 걸려온 전화를 받고 있다. 나는 그들의 행동을 2층에서 쭉 내려다보고 있다.

그들은 가희가 있는 곳을 모른다. 그러니까 무고한 시민을 체포하러 온 것은 아니다. 문을 열어 주고 그들이 안으로 들어올 수 있도록 비켜섰다. 경관들은 옆집 여자가 실종되었다는 사실을 알고 있냐고 물었고 나는 그렇다고 대답했다. 혹시 옆집 여자가 실종된 당일에 이야기를 나눈 적이 있는지, 어딘가로 향하는 모습을 본 적이 있는지도 물었다. 나는 단호하게 없다고 대답했고 잠시 침묵이 흘렀다. 나를 떠볼 심산인 것이다. 나를 잡아들일 빌미를 잡으려는 것이다. 경관들 중에 나이가 많은 쪽이 눈을 가늘게 뜨고 들고 있던 검은색 수첩에 뭔가를 적는다. 큼지막한 매부리코가 인상적이다. 그들은 가희가 '납치' 되었을 가능성에 대해 언급하며 나의 반응을 살핀다. 내가 범인일 거라고 현진이 그들에게 말해 주었나? 그래서 나를 용의자로 지목하고 내 집 주변을 얼쩡대고 있는 건가? 나는 전혀 동요하지 않는다. 그들은 좀 더 이야기를 나눌 수 있겠냐고 요구했고 나는 그들에게 협조하기 위해 소파를 내준다. 그러나 두 사람 다 앉지 않는다. 경관들 중 좀 더 젊은 쪽이 거실에 있는 책장을 훑어보고 서재 안을 들여다본다. 한쪽 벽면에 빼곡히 꽂혀 있는 책들을 훑어보더니 감탄한 얼굴로 나를 바라본다.

사람들은 책들이 빼곡히 꽂혀 있는 책장을 존경한 나머지 그 책장을 소유하고 있는 인물까지도 존경하려고 든다. 책장에 꽂힌 책들이 나의 지적 수준을 증명하고 한 분야에서 만큼은 전문가라는 사실을 그들에게 각인시킨다. 책장과 책을 사들이느라 소비된 시간과 돈이 톡톡히 제값을 한다. 젊은 경관이 돌아보며 옆집 여자에 대해 알고 있는 게 있느냐고 묻는다.

"좋은 이웃이죠. 가끔 음식을 나눠 주곤 했습니다."

"옆집 남자는 어때요?"

말투에서 아내를 잃은 불쌍한 현진을 의심하고 있는 게 느껴진다.

"글쎄요. 몇 번 마주친 적이 있지만 그런 만남으로는 인간을 제대로 알 수 없지요."

"집이 가까워서 옆집에서 나는 소리가 들리기도 하겠군요."

내가 고개를 끄덕이자 나이 든 쪽이 더 직접적인 물음을 던진다.

"옆집 여자가 사라지기 전날이나 그전에 혹시 평소와 다른 점은 없었나요? 기억나는 게 있다면 뭐든 좋습니다."

"가끔 다투는 소리가 들리긴 했습니다."

결혼한 여자에게 문제가 생기면 남편은 의심을 받기 마련이다.

"최근에 두 사람이 다툰 적이 있나요?"

"지난주였던 것 같은데. 아마 수요일이었을 겁니다."

"수요일이라…… 무슨 이유로 싸웠는지 알고 있나요?"

젊은 쪽과 달리 나이가 든 경관은 집요한 구석이 있다. 그의 날카로운 눈이 대화를 나누는 내내 집 안을 샅샅이 훑고 있다. 나는 집 안을 정리해 두길 잘했다고 생각했다. 바닥은 윤기가 나도록 닦았고 책들은 분야별로 잘 정리되었다. 창틀엔 먼지조차 없다. 현진이 들이닥치고 나서 내가 한 일은 청소였다. 누군가가 방문하게 된다면 집 안 꼴이 문제가 될 것이란 걸 알았다. 맨발로 걸으면 먼지 때문에 발바닥이 새카매질 정도로 바닥이 더러웠던 것이다. 근래에 하얀 이가 집으로 오겠다고 할 때마다 핑계를 대며 밖에서 만난 이유도 그 때문이다. 나는 이 집에서 감출 것이 없지만 집이 너무 더러운 건 문제가 될 수 있다는 것을 알고 있다. 가희가 성인이고 결혼한 여자인 만큼 그들은 가정불화에 의한 자발적 가출도 염두에 두고 있을 것이다.

"아무리 이웃이라 해도 남의 집 속사정은 알 수가 없죠."

무겁지 않게, 그렇다고 가볍지도 않게 나는 그렇게 대답했다.

93

그녀와 친분이 있던 사람들이 용의자 선상에 올랐다. 나 또한 예외는 아니다. 그런 사실이 불쾌했지만 참을 수밖에 없다. 경찰은 용의자 모두를 예의 주시한다. 그래도 그리 나쁜 상황은 아니다. 나는 학교에서 쫓겨난 사실을 하얀 이에게 알리지 않았고 그녀를 더 자주 만난다. 경찰들이 주변을 서성거리고 있다는 것을 알고서 윤우는 더 이상 내 집에 오지 않는다. 나는 빨간 헬멧이 집 앞을 그냥 지나쳐 가는 것을 보면 몹시 슬퍼진다. 그러나 내게 그보다 더 중요한 일들이 벌어지고 있고 나는 그 일에 충실하고 싶다.

한동안 코빼기도 보이지 않더니 윤우에게서 만나자고 연락이 왔다. 기다리는 동안 닭튀김을 주문했다. 내내 콧노래가 절로 나왔다. 녀석은 약속 시간보다 30분이나 늦게 나타나서는 인사도 없이 다짜고짜 말했다.

"당신은 무서운 사람이야."

불안과 자책, 후회 가득한 눈으로 테이블 아래를 응시하며 중얼거리듯 녀석이 말한다. 녀석이 나를 떠날 준비를 하고 있다. 나를 떠나기 전 모두가 그렇게 말했다. 내가 원하는 건 그저 그들이 그 자리에 남아 있는 것이었는데. 지금껏 쏟아부은 정성에 대한 대가가 고작 이런 결과라니. 나는 닭고기 뼈를 바구니에 던져 넣었다. 기름이 묻어 손가락이 번질거린다. 시선을 그에게 고정시킨 채 콜라 컵에서 스트로를 걸어 내고 마신다. 녀석이 맞은편 의자에 앉아 잔뜩 찌푸린 얼굴로 이쪽을 노려보고 있다.

"무슨 말이야?"

마음의 동요를 감추고 느긋한 목소리로 물어본다. 빌어먹을! 뭔가 알고 있나? 누구도 내 계획을 알아서는 안 된다. 그를 다루는 방법을 알고 있지만 녀석의 입을 틀어막는 일은 생각처럼 쉽지 않을 것이다. 모든 게 밝혀지는 날에는 끝장이다. 나는 감자튀김으로 손을 가져갔다. 시간이 필요했다. 지금 죽일까? 그건 곤란하다. 사람들로 북적거리는 패스트푸드점이니까. 위아래로 짙게 아이라인을 그은 여자 셋이 옆쪽 테이블에 앉아 있다. 짧은 스커트 차림에 날씬한 여자들. 점심 식사를 해결하러 나온 대학생들이다. 그중에 가장 어려 보이는 여자가 햄버거에서 양상추를 희고 가는 손가락으로 끄집어내며 우리 쪽을 힐끔거린다. 시끄러운 음악 소리 때문에 대화를 엿들을 수 없다는 걸 알지만 신경이 쓰인다.

"내 여자 친구였어."

이런, 녀석은 질투에 눈이 먼 거다. 내 계획을 눈치 챈 것이 아니었다.

"뭐? 아, 그 편의점 알바생?"

"사라졌어."

녀석은 사귀던 여자애가 사라진 게 나 때문이라고 우기고 있었다. 싸구려 여자에게 목매는 어리석은 놈.

"시치미 떼지 마! 당신 짓이지."

녀석은 흥분해 있다. 이토록 흥분한 모습은 처음이다. 몸에 전기가 통한 것처럼 짜릿하다. 그는 지금 이 순간에 오로지 나에게만 집중하고 있는 것이다.

"그래, 나야. 뭐가 잘못되었나?"

"당장 당신을 죽여 버리고 싶어."

목소리에서 혐오감이 묻어난다.

"말이 과하군."

나는 피식 웃었다. 사실이다. 여자애는 가난뱅이에다 아직 소년티를 벗어나지 못한 윤우보다 나를 더 좋아했다.

"이제 당신을 보지 않을 거야. 전화도 받지 않을 거고. 이제 끝이야."

"어린애처럼 징징대지 마. 그깟 여자애가 뭐가 중요해."

갑자기 가슴이 쿵쾅거리고 귀에서 윙윙거리는 소리가 들린다. 나는 그의 어깨를 잡으려고 했다. 하지만 그가 몸을 뒤로 휙 빼는 바람에 손이 허공에 한동안 붕 떠 버렸다. 어쩔 수 없이 손을 거뒀고 휴지로 기름이 묻은 입술과 손을 천천히 닦는다.

"당신은 정상이 아니야. 병원에 가 보는 게 좋겠어."

벌컥 화가 난다. 널 보기 위해서 패스트푸드점에 와서 음식을 주문하고, 시끄러운 음악을 듣고, 이런 걸 먹기까지 했는데 나를 버리겠다고? 네가 입고 있는 옷을 봐. 백화점에서 내가 구입한 거야. 세일된 제품이 아니라고. 나는 세일 기간에 옷을 구입하지 않으니까. 네 신발은 또 어때? 어린 염소 가죽으로 만들어졌어. 오렌지 색상이 환상적이지 않아? 가죽의 부드러움은 네 몸의 일부처럼 느껴질 거야. 그 시계는 어때? 너의 격을 한층 높여 주고 있어. 이 모든 걸 너한테 해줄 수 있는 사람이 누구지? 누구야? 바로 나야. 나라고, 바로 나. 그런데도 넌 고개를 숙이고 눈도 마주치려고 하지 않아. 생기로 빛나는 네 육체에는 손 한번 댄 적 없어. 대체 뭐가 두려운 거지?

지켜보는 사람들이 있어서 하고 싶은 말이 많지만 당장에는 할 수가 없다.

"좋아, 충고 받아들이지. 그래, 네 말대로 내가 좀 그랬어."

나는 눈을 내리깔고 검지 손톱에 낀 이물질을 바라본다. 이제 이런 지긋지긋한 곳과도 이별이다. 사람들로 들끓는 이런 장소는 진짜 질색이다. 녀석이 자리에서 일어섰다. 내게 등을 돌리고 먼저 떠날 준비를 하다니!

"그 애가 있는 곳을 알려줄까?"

녀석이 자리에 도로 앉는다.

"말해. 어디야?"

경직된 녀석의 얼굴이 나를 보고 있다.

"알려 줘도 찾지 못할 거야. 그런 애들은 원래 한 곳에 오래 머물지 않아. 그러니까 잊어버려."

94

이런, 가엾은.

얼굴은 눈물과 먼지로 얼룩졌고 엉겨 붙은 머리에선 지독한 냄새가 난다. 줄로 두 손을 단단히 묶어 두었더니 줄이 살을 파고들어 피멍이 들어 있다. 스펀지를 물리고 청색 테이프를 붙여 두었는데 간간이 신음 소리가 흘러나와 나를 자극한다. 처량하게도 그녀는 몇 년은 더 늙어 보인다. 당장 이 꼴을 현진에게 보여 주면 좋을 텐데. 사진을 찍어 두는 것도 괜찮을 거야. 그런 생각을 하다 그만둔다. 사진을 찍어 두는 건 좋은 생각이 아니다. 나중에 분명 불리한 증거로 쓰일 테니까. 그런 유치한 짓을 하는 것보다는 오히려 이 순간을 즐기는 게 나을 것이다. 여자는 내 손안에 있고 나는 무슨 짓이든 할 수 있다. 나를 슬프게 하고 고통스럽게 한 장본인.

너를 어떻게 하면 좋을까?

손끝으로 턱을 쓰다듬자 가희의 얼굴이 공포로 경직된다. 내가 너무 거칠게 다뤘나? 블라우스 단추가 몇 개나 떨어져 나가 살색 브래지어가 거의 드러나 있다. 벗어나기 위해 안간힘을 쓰지만 가희는 좀처럼 그 자리를 벗어날 수 없다.

"가만히만 있으면 아무 일도 일어나지 않아."

빌어먹을 고약한 냄새, 어떻게 현진은 이런 여자를 좋아할 수가 있지? 이 꼴을 보면 현진도 아마 구역질이 나고 말 것이다. 이동식 욕조를 지하로 옮기는 동안에도 가희는 내내 굼벵이처럼 몸을 비틀고 있다. 그런 식으로 이곳을 빠져나갈 수 없다는 걸 알면서도 말이다. 욕조에 물을 채우는 동안에도 쉬지 않고 묶인 손을 비벼댄다.

"냄새가 지독해."

입에서 테이프를 뜯어내고 스펀지를 빼내자 눈을 피하며 한동안 기침을 해 댄다. 그녀의 몸에서 밧줄을 제거하며 나를 자극하지 않는 이상 아무 일도 일어나지 않을 거라고 다시 말해 준다. 가희는 죽이겠다고 협박한 것도 아닌데 계속 살려 달라고 애원한다. 머리를 욕조 속으로 처넣자 겁을 집어먹고 끙끙거린다.

"닥치고 있어."

손을 떼자 머리가 물 위로 떠오른다. 말뜻을 이해하지 못하고 계속 살려 달라고 애원한다. 준비해 둔 가위로 긴 머리카락을 잘라서 검은 비닐봉지에 집어넣는다. 이번엔 옷을 벗길 차례다. 잔뜩 겁을 집어먹은 가희가 미친 듯이 버둥거렸다. 나는 힘으로 그녀의 팔과 다리를 누르고 입고 있던 옷을 죄다 벗겨 냈다. 알몸을 욕조에 처넣고 거품 칠을 하자 내게 침을 뱉는다. 자신을 씻겨 주고 있는데 말이다. 기분이 상해 얼굴과 배를 몇 차례 때렸더니 기절해 버렸다. 지금 이 꼴로 그녀가 죽는다면 나는 '조직적' 범죄자가 된다. 희생자를 미행하고 구체적으로 범행 계획을 짜고 살인을 저지른 용의주도한 살인범 말이다. 경찰은 지금 그녀를 찾아내기 위해 혈안이 되어 있다. 마음대로 하라지. 난 그리 호락호락하지 않아.

이제 옷을 입힐 차례다. 가희가 기절해서 더 쉽게 다룰 수 있다는 게 마음에 든다. 그녀의 피부는 벨벳처럼 부드럽다. 이제 가희는 내 것이고 나는 그녀의 주인이다. 소파침대에 가희를 눕히고 다시 밧줄로 손을 묶었다. 얼마 후 정신이 든 가희가 공포에 질려서 저항하며 괴성을 내질렀다. 입을 막아 두는 걸 잊어버렸던 것이다. 여자의 입을 손으로 막고 한 번 더 소리를 지르면 죽여 버리겠다고 말한다. 알아들은 것인지 고개를 끄덕이고 고통스런 신음 소리를 내뱉는다. 손을 떼자 또다시 울먹거리기 시작한다.

잔뜩 움츠리고 자신을 원한다면 마음대로 해도 좋다고 말한다. 그 말이 내 피를 끓어오르게 만든다. 내가 무엇을 원하는지도 모르면서 그런 소리를 잘도 지껄인다. 네가 죽으면 현진이 슬퍼하겠지. 얼마나 슬퍼할까? 일 년? 이 년? 시간이 흐르면 그래도 결국 잊혀질 거야. 아름다운 네 육체도 말이야. 언제나 그랬듯이 약속을 지킬 수 없을 듯했다. 나는 두 손으로 가희의 목을 감싸 쥐었고 있는 힘을 다해 눌렀다.

95

방으로 돌아온 건 새벽 두 시였다.

"월요일이군."

나는 혼잣말을 했다. 바지와 셔츠가 더러워졌기 때문에 옷을 갈아

입고 샤워까지 끝냈다. 그대로 침대로 기어들 작정이었지만 자는 건 불가능했다. 지난번에 사다 둔 맥주가 냉장고에 있을 거라고 생각했는데 없었다. 맥주를 마셔야만 했다. 너무 흥분한 상태여서 부지불식간에 또다시 무슨 짓을 저지를지 몰라서 두려웠지만 어쩔 수 없다. 결국 맥주를 사기 위해 걸어서 편의점까지 나오고야 말았다.

이제 돌아갈 수 없다. 과거 속으로 돌아갈 방법은 결코 없으니까. 형이, 핑크빛 손톱이, 지태가 온전한 과거가 되었을 때도 느꼈던 두려움이다. 이번이라고 특별할 건 없다. 힘든 과정이었고 마침내 해냈다. 원하는 걸 얻기 위해서 치러야 할 과정이다. 이제 어디로 나아가야만 하는가. 이게 관건이다.

맥주와 마른안주를 사 들고 터덜터덜 걸어 집으로 돌아간다. 달빛에 그림자가 길어지고 그림자는 새로운 생명체라도 되는 것처럼 너울거렸다. 이제 모든 게 끝나 가고 있다. 끝은 새로운 출발점이다. 약간의 시간이 필요하고 또 생각도 필요하다. 그래, 다시 태어나는 거야. 하얀 이와 함께 세상이 원하는 인간으로 살아가는 것도 나쁘지 않을 거야. 하지만 먼저 끝내야 할 숙제가 남았다. 나는 오랜 시간 동안 현진을 그리워했다. 화장실에서 오줌을 쌀 때도 밥을 먹을 때도 잠자리에 들 때도, 심지어 윤우와 함께할 때도 현진을 떠올렸다. 그의 손, 미간에 잡힌 주름, 목소리, 냄새, 특유의 발자국 소리, 정갈한 머리카락, 나를 걱정하던 눈빛까지.

생각은 고통으로 이어지고 욕구불만으로 이어지고 불면증으로 이어지며 결국 나를 병들게 만들었다. 나는 그가 필요하다. 이 빌어먹을 불안에서 탈출하고 싶다.

현진의 집은 불이 환하게 켜져 있다. 가희를 기다리고 있겠지. 피식 웃음이 난다. 현관 앞에서 비밀번호를 누르려는데 문이 열려 있다. 문을 잠그는 걸 잊어버렸나? 정신이 온전하지 못하니까 실수는 얼마든지 일어날 수 있다. 상관없다. 안으로 들어서자 현관 쪽 불이 자동으로 켜진다. 소파에 앉아 있던 현진이 흐리멍덩한 눈으로 이쪽을 본다. 아주 잠깐 혼란이 찾아왔지만 곧 정신이 그 어느 때보다 맑아진다. 현관에 사온 것들을 내려놓고 소파로 다가가 바닥에 앉았다. 현진의 머리에서 술과 담배 냄새가 코를 찔렀다. 며칠 동안 잠을 자지 못했는지 눈도 퀭했다. 그가 다짜고짜 내 손을 부여잡고 입을 연다.

"가희를 돌려줘. 모든 게 내 잘못이야. 그녀는 죄가 없어."

그는 완전히 취해 있어서 자신이 무슨 말을 하고 있는지도 모르고 있다. 그는 곧 쓰러질 듯이 보인다. 나는 그의 머리를 쓰다듬고 입을 맞춘다. 그리고 그의 옆쪽으로 자리를 옮겨 그의 어깨를 잡아끌어 안았다. 그는 내 어깨에 머리를 기대고 나직하게 흐느끼며 눈물을 흘렸다. 나는 아이처럼 달래 주려고 그의 얼굴을 쓰다듬는다.

"연수야."

그가 내 이름을 부른다. 그가 떠난 후 수없이 듣고 싶었던 내 이름이다. 오랜 시간이 흘렀지만 나는 여전히 그가 내 이름을 부르는 게 좋다.

"연수야."

대답하지 않는다.

"연수야."

이번에도 대답하지 않는다.

"너에겐 많은 것들이 주어졌어. 아버지와 어머니를 생각해. 그들을 외면해서는 안 돼. 나는 너한테 아무것도 아닌 존재야."

나를 설득하려 든다.

"아니, 아무것도 아닌 게 아니야. 당신이 없으면 나는 온전한 인간이 아니야."

나에게 그가 얼마나 필요한 존재인지 알릴 필요가 있다.

"당신이 내 곁에 있어야 해. 그래야 내가 실수하지 않고 걱정하지 않고 또 뭔가에 빠지지 않을 거야."

"어리석은 소리 집어치워."

손을 내밀었지만 그는 어떤 감정의 한계에 도달한 것처럼 내 손을 뿌리쳤다. 그가 비틀거리며 일어서더니 내 앞에 무릎을 꿇고 앉는다. 바닥을 짚고 있는 그의 손이 부들부들 떨렸다.

"내 차가 따라붙은 걸 알고 있었지?"

그가 체념 섞인 목소리로 묻는다.

"물론. 하루 종일 나를 따라다니는데 어떻게 모를 수가 있겠어. 신호에 걸려서 안절부절 못하는 꼴이 우스꽝스러웠어."

나는 피식 웃었다. 그는 나를 어떻게 다루어야 할지 모른다. 나는 불행 그 자체이니까. 아마도 그의 몸 어딘가에 녹음기가 있을지도 모른다. 아무려면 어떤가.

"네가 원하는 건 나잖아. 왜 가희를 납치한 거야. 설마 죽이진 않았지? 그렇지?"

"어떤 대답을 원해?"

그가 내 팔을 꽉 움켜쥔다.

"몸에서 머리와 팔과 다리가 떨어져 나가도 과연 그래도 그게 가희일까?"

내가 희죽 웃는 바람에 그는 꼭지가 돈다.

"넌 완전히 돌았어."

그가 내 멱살을 부여잡고 흔든다.

"당신 주려고 갖고 있었어."

탁자 아래에 두었던 비닐봉지를 바닥에 집어던지자 그가 무릎을 꿇고 손을 부들부들 떨며 입구를 열어 본다. 그 안에 든 것이 아내의 머리카락이란 것을 알고 짐승처럼 울부짖는다. 이제 그의 본성이 눈을 떴다. 우연은 도대체 어디까지일까? 그는 덫인 것을 알면서도 걸려들었다. 나를 판단하려고 노력했을 것이다. 내가 누구인지 알려고, 내가 어떻게 할지 알아내려고 생각하고 또 생각했을 것이다. 하지만 그게 무슨 소용이란 말인가.

상황은 완전히 다른 방향으로 움직일 것이다. 이제 우리는 막다른 골목에 섰다. 누구도 자신을 도울 수 없다는 걸 그도 깨달았을 테니까. 이 모든 상황을 모르는 척할 수 없을 것이다. 그래, 이제 꺼내. 당신이 뭘 가지고 왔는지 난 다 알고 있어. 지금이 그때야. 어서.

예상한 대로 그가 옷 속에 숨겨 온 칼을 꺼내 내 목에 들이대고 협박한다. 그의 책상 서랍에 감춰져 있던 칼. 그것을 발견했을 때부터 이런 날이 올 것이란 걸 알고 있었다. 그가 나를 상대하기 위해 구입해 두었다는 걸 알았으니까.

"널 죽일 수도 있어. 어디야! 말해."

칼로 목을 누르는 바람에 목에 상처가 나고 붉은 피가 셔츠로 흘러내린다. 그가 내 몸을 뒤져 열쇠 하나를 발견한다. 가희와는 전혀 상관없는 열쇠 하나. 머저리처럼 그가 어떤 상상을 하고 얼굴이 납빛이 되어 이성을 잃고 칼을 내 옆구리 깊숙이 쑤셔 박는다.

"어디야, 말해!"

96

"경찰을 부르지 그래?"

이죽거리자 현진이 팔꿈치로 얼굴을 쳐서 입술이 찢어졌다. 칼에 찔린 옆구리에선 아직도 피가 흐른다. 다행히 중요 장기를 피한 게 분명하다.

"말해. 어디야? 죽여 버리기 전에 어서."

"아파."

그의 눈이 흔들린다. 칼에 찔린 옆구리가 욱신거린다. 현진이 내게서 떨어지자 나는 그 자리에 꼬꾸라졌다.

"내가 말했지. 가희를 버리라고. 그렇지 않으면 너희 둘 다 죽일 거라고."

"미친놈."

현진이 내 머리와 가슴에 발길질을 해 댄다. 고통으로 신음하고 있는데도 내가 느끼는 고통 따위는 안중에도 없다. 몸속에 있는 피가 다 쏟아져 나오는 것 같은 고통이 밀려온다. 나는 고통을 참고 일어섰다.

"지금 그 칼로 날 죽여. 안 그러면 당신이 죽어."

"미친놈."

나는 그의 팔꿈치를 잡고 마지막 기회가 될 거라고 쏘아붙였다. 모든 걸 끝내는 방법이 이것밖에 없다는 것이 유감스러웠다. 그가 나를 받아 주지 않는 이상 이제 이 세상에 살아남을 수 있는 사람은 둘 중 하나뿐이다.

"가희는 지하 창고에 있어."

나는 돌아섰다. 옆구리를 움켜잡고 절뚝거리며 부엌 쪽으로 가서 카펫을 걷어 냈다. 현진의 얼굴에 놀라움과 역겨움이 번진다. 무엇을 상상하고 있을까? 정말 아내가 살아 있기를 바랄까? 그는 지하 창고 문을 열고 위험이 도사리고 있다는 걸 알면서도 아래로 내려가는 계단을 밟는다. 미리 지하 창고 쪽 전기를 차단해 둔 건 잘한 일이다. 겨우 입구 쪽에서 흘러드는 빛으로는 계단을 밟고 내려가는 것조차 어렵다. 그는 거의 제정신이 아니어서 내가 뒤따르고 있다는 걸 의식하지 못한다. 퀴퀴한 냄새가 코를 찔렀지만 현진은 아랑곳하지 않는다. 너무 서두르는 통에 그가 계단을 헛디뎌 둔탁한 소리를 내며 굴러 떨어진다. 광인처럼 마구 손을 휘저어 칼을 찾아내고 드디어 그가 가희를 발견했다. 가희는 소파침대에 반듯하게 누워 있다. 그가 손으로 더듬으며 얼굴을 확인한다. 깨끗하게 씻겨 주었지만 예전의 그녀로 되돌아가지는 못했다. 죽은 지 얼마 지나지 않았는데 벌써 굳어 버린 몸. 더 이상 숨을 쉬지 않으니까 마치 진흙으로 빚어 놓은 인형 같다. 죽었지만 여전히 손톱과 발톱은 자랄 테지. 문득 그런 생각을 하자 코끝이 찡해진다.

"몇 시간 전까지만 해도 살려 달라고 애원했었지."

현진이 비명을 지르며 운다. 내 말만 잘 들었어도 이렇게 되지는 않았을 거야. 나는 단단히 결심했고 준비해 둔 둔기를 손에 쥐었다. 이제 끝낼 시간이다.

"저기예요. 바닥 아래에 지하 창고가 있어요."

현관문이 열리는 소리와 함께 날아든 건 누군가에게 건네는 윤우의 다급한 목소리였다. 여러 개의 발소리와 함께 초대하지 않은 방해꾼들이 지하로 통하는 입구 쪽에 모습을 드러냈다. 랜턴의 강한 빛이 이쪽을 향한다.

"꼼짝 마! 천천히 손에 든 걸 내려놔."

녀석이 모든 걸 망쳤다. 더 이상 망설일 시간이 없다. 둔기를 내려다본다. 오래전 지금은 기억나지 않는 누군가의 집에서 훔친 물건이다. 이제 아무도 나를 떠날 수 없어. 엄마 말이 맞아. 내가 나쁜 아이였어.

현진이 뒤돌아보며 일어서고 둔기를 쳐들고 서 있는 나와 눈이 마주친다. 공포로 흐려진 눈. 나는 온 힘을 다해 그의 머리를 향해 둔기를 휘둘렀다. 그의 피가 얼굴에 튄다. 무너져 내리며 무릎을 꿇고 그가 두 손으로 내 다리를 움켜쥐었다. 끝내야 한다. 그 순간 다리로 날아든 총알이 나를 무너뜨렸다.

"둔기 내려놔!"

다급히 계단을 내려오는 발자국 소리가 아득하게 들린다. 시간이 얼마 없다. 나는 있는 힘을 다해 한 번 더 둔기를 휘둘렀고 그 순간에 머리에 총알이 날아와 박혔다. 나는 쓰러졌고 생각이 끊겼다 이어졌다. 내 집을 다녀갔던 매부리코 경관이 쭈그리고 앉아 맥을 찾으려고 내 목에 손가락을 댄다.

눈을 감고 싶지만 몸이 말을 듣지 않는다. 몸 안에 갇힌 영혼이 답답하기만 하다. 익숙한 냄새로 윤우가 아주 가까이 다가온 것을 느낀다. 녀석의 두려움 가득한 얼굴이 보인다. 살아 있냐고 묻는 목소리도 들린다.

"아직은."

누군가의 목소리가 들린다. 눈앞에 형이 서 있다. 팔을 뻗어 보려 했지만 그저 작은 경련이 일어났을 뿐이다. 눈에서 뭔가 따뜻한 액체가 흘러나와 바닥으로 떨어진다. 아주 미세한 바람이 불자 형이 손을 흔들며 멀어져 간다.

작가의 말

소설책을 읽는 것을 좋아한다. 시간이 날 때 도서관을 찾아 서가 사이를 돌아다니며 제목이 마음에 드는 책들을 꺼내 훑어보고 구석진 자리로 옮겨 가서 탐독을 시작하는 것. 그것이야말로 나를 더없이 행복하게 하는 일이다. 어떤 책들은 첫 문장부터 마음을 사로잡았는데, 너무 매혹적인 소설은 나를 행복하게 만들지만 한편으로 곧 책장을 덮게 되는 순간이 온다는 것을 알기에 슬프게도 만들었다. 나는 소설책을 읽는 것만큼이나 글을 쓰는 것도 좋아한다. 이토록 어두운 인간의 내면을 다루는 소설을 쓰면서 내가 행복했다는 것이 믿기지 않지만 사실이다.

우린 살아가면서 누구나 열등감을 느끼고, 크고 작은 불행을 겪게 된다. 누군가는 열등감을 떨쳐내지 못한 채 세상을 왜곡된 시선으로 바라보게 되고 인생의 암흑기를 맞이할 수도 있다. 열등감을 가지고 불행한 일을 연이어 겪는다고 해서 모두가 악인이 되는 것은 아니다. 다만 이 소설은 우리가 일상 속에서 만날 수 있는 평범한 인물이, 우리가 전혀 이해할 수 없는 두려운 존재가 될 수 있다는 사실을 말하고 있다. 한 인간의 어두운 심연을 들여다보며 삶의 경계로 삼는 것도 유의미하다고 생각한다.

장편을 쓰려면 정말 긴 시간이 필요하다. 어느 날에는 자판을 두들겨 몇 장을 쓰기도 하며 글쓰기가 순풍에 돛을 단 배처럼 순조롭게 나아가지만 또 어느 날에는 쓰고 지우기를 반복하며 시간을 허비하게 된다. 이 소설을 쓰는 데 오랜 시간이 걸렸다. 때로 낙담하며 이렇게 적어서 언제 완성이 될까 싶었는데 결국 완성했다. 허탈감보다는 기쁨이 컸다. 이 소설을 쓰는 동안 나 자신은 물론이고 나의 가족, 친구들, 이웃들, 거리에서 마주치는 타인들의 행동까지 눈여겨보며 정말이지 인간의 마음을 들여다보려고 애썼다.

부족한 소설을 뽑아 주신 여러 심사위원님들과 수림문화재단, 연합뉴스에 깊은 감사의 말씀을 전한다.

2025년 10월
박해동

제13회 수림문학상 심사평

소설을 읽다 보면 종종, 소설이란 무엇인가라는 원론적인 질문에 맞닥뜨리게 된다. 시란 무엇인가라는 물음에 대한 답이 시가 아니라 시적인 것에 있듯, 소설이란 무엇인가라는 질문에 대한 대답 역시 소설이 아니라 소설적인 것에 있을 것이다. 수많은 응모작 속에서 자기만의 목소리로 '소설적'인 것을 발화한 작품을 찾으려 했다.

본심에 오른 작품은 모두 여섯 편이다. 여섯 편의 소설은 각기 다른 문제의식과 서사적 모색을 보여 주었으나, 동시에 해결하지 못한 과제 역시 골고루 드러냈다. 『언니들과 포르투갈』은 여행소설의 익숙한 틀을 비틀려는 시도가 눈에 띄는 작품이었다. 낯선 이들과의 패키지 여행이나 가이드를 대신하는 여행작가라는 설정은 흥미로웠으나 에피소드가 스케치하듯 가볍게 반복되는 탓에 결말을 향해 나아가는 밀도를 놓친 점은 아쉬웠다. 『청설몽』은 미국 대학의 노조 활동에 참여하는 대학원생이 연대와 회의 사이에서 갈등하는 과정을 담았다. 청설모를 통해 현실과 이상의 괴리를 비유적으로 드러낸 점은 참신했지만 소설의 방향성이 뚜렷하지 않아 작가가 말하고자 하는 바가 무엇인지 가늠하기 어려웠다.

『어느 사적인 예지』는 시간 역행이라는 소재를 통해 지식과 삶을 소설적으로 연결하려 한 시도가 흥미로운 작품이었다. 특히 연구자들이 철학적 지식을 놓고 토론하는 장면은 그 자체로 열기를 만들어 내는 신선한 자극이었다. 그러나 학문적 논의가 서사를 압도하는 바람에 소설 전체가 지식 전달에 머물고 말았다. 앎과 삶 두 축의 이야기가 유기적으로 연결되지 못해 끝내 서먹함을 남긴 것이 아쉬웠다. 소설은 지식의 통로가 아니라 그 자체로 새로운 지식이어야 한다는 점을 상기시키는 작품이었다. 『어디에도 없는 호텔』은 작가 레지던스를 배경으로 한 드라마였다. 시간과 공간의 작용이 가장 적극적으로 활용된 소설이었지만 과도한 설정들에 비해 서사는 조밀하게 이어지지 못해 흡인력을 잃고 말았다.

본심에서 집중적으로 논의된 작품은 『새는 혼자 날지 않는다』와 『블랙 먼데이』다. 『새는 혼자 날지 않는다』는 재난 이후 구성원들의 책임 의식을 환기하는 소설로 선박을 둘러싼 치밀한 배경 지식과 그 묘사가 인상적이었다. 사회에 각인된 다양한 참사에 대한 기억을 불러내며 몰입감 있게 전개되는 장점도 있었다. 그러나 인물들이 지나치게 도덕적인 탓에 현실감이 부족했고 작가가 세팅한 대로 진행되며 단순하고 평면적인 느낌을 자아내는 한계도 뚜렷했다. 『블랙 먼데이』는 사회적 인정의 결핍 속에서 왜곡된 욕망과 폭력으로 파국에 이르는 한 남자의 추락을 집요하게 추적하는 작품이다. 주인공의 병리적 집착이 차갑고 냉정하게 묘사되며 독자를 몰입시키는가 하면, 인간 내면의 균열을 서늘하게 드러내며 악의 새로운 얼굴을 연출한 지점도 새롭게 만나는 서스펜스였다. 한 사람의 주인공에게 너무 많은 사연이 부여되며 서사의 역동에 불필요한 지체를 안긴 면이 없지 않지만, 인간의 불가해한 어둠을 끝까지 밀고 나간 작품이라는 데에는 이견이 없었다. 논의 끝에 병적인 인간의 타락을 소설적으로 응시하며 인간을 탐구하는 『블랙 먼데이』를 올해 수림문학상 수상작으로 결정했다. 당선을 축하드린다.

심사위원장 이승우, 김양호, 장은수, 박혜진, 김의경, 김혜나

(대표집필 박혜진)